人生百忌

[美]刘墉 著

（新版）

RENSHENG BAIJI XINBAN

接力出版社
Publishing House

桂图登字:20-2014-203

原出版者:台湾水云斋文化事业有限公司

图书在版编目（CIP）数据

人生百忌:新版/(美)刘墉著.—2版.—南宁:接力出版社，2019.5
ISBN 978-7-5448-5920-2

Ⅰ.①人… Ⅱ.①刘… Ⅲ.①散文集—美国—现代 Ⅳ.①I712.65

中国版本图书馆CIP数据核字（2019）第015539号

责任编辑：刘安莉　美术编辑：许继云　封面设计：张龙梅
责任校对：王　静　责任监印：郝梦皎　版权联络：金贤玲
社长：黄　俭　总编辑：白　冰
出版发行：接力出版社　社址：广西南宁市园湖南路9号　邮编：530022
电话：010-65546561（发行部）　传真：010-65545210（发行部）
http: //www.jielibj.com　E-mail: jieli@jielibook.com
经销：新华书店　印制：唐山嘉德印刷有限公司
开本：710毫米×1000毫米　1/16　印张：22.25　字数：350千字
版次：2015年5月第1版　2019年5月第2版　印次：2022年5月第5次印刷
印数：44 001—48 000册　定价：58.00元

目

录

职场有忌 | 你有没有职业伦理

社交有忌 | 调整心态，尊人重己

忌迷信 | 信科学更要信自己

忌无原则 | 任何时候都要有规矩

忌无退路 | 万事留一线，江湖好相见

忌溺爱 | 渔网比鱼更重要

忌执拗 | 放开别人也放过自己

引子

别把脖子伸过去

我不知道在中国申请大学的过程如何，在美国申请著名的大学，除了要送高中成绩和全国会考SAT（美国中学学术能力评估测试），还要两份老师的推荐函。由于敢去拼这种顶尖学府的学生成绩都相差无几，推荐函往往能起关键的作用。

说个故事给你听：

有位功课特棒的高中生，样样拿A，但是高三那年，他才选完一门课，就忐忑不安。因为听说那门课的老师非但脾气坏、作业交上去常不发回来（表示他可能根本不看），而且从来不给A。最好的成绩也不过B+。

问题是，这样的老师学校为什么还任用呢？

因为那老师够老、够凶悍，而且愈老愈凶悍，他倚仗自己的老资格，跟搞派系的本事，在教师会里霸占重要的位置，连校长都怕他。

这高才生想把这门课退掉，唯恐全A的成绩单上出现B，可是好胜的他又想：过去多辣的老师我没碰过？还不是都拿A。这老师凶，我不怕，如果我报告写得漂亮，考试拿满分，又从不缺课。他能不给我A吗？我在他班上拿A，更能证明我的实力！

不过他还是不安心，终于忍不住跑去问老师："听说你从来不给A？"

那老师对他一瞪眼，当着好多其他的同学，冷冷地说："没错！你最好别来我班上。"

他还是没退选，因为他不信邪，信自己的实力。

果然，没几堂课下来，那老师就对他刮目相看，上课时常把他叫起来问问题，在走廊上遇到，还主动跟他打招呼。

学期结束，成绩单发下来，他果然得A。

这高才生得意极了！四处秀他的成绩单。“看吧！从来不给A的老师，也给了我A。”

开始申请学校，要寄推荐函了，高才生第一个想到的就是这位凶悍的老师。他心想：听说过去没有学生敢请那老师写推荐函，而我在他班上拿到A，他当然最欣赏我，我如果找他，搞不好他还会受宠若惊地极力推荐。

果然，那老师听到他的请求，高兴地叫了起来，用手指着自己的胸口说：“你要请我写？能有这份荣幸，真是太好了！”

照美国大学的规定，推荐函必须直接由学校寄去，而不能交给学生转寄。那老师也真快，才隔两天，就主动对高才生说：“各校的信都发出了！”

四月初，一封封学校的录取通知寄到，高才生兴奋万分地打开，几乎跳出喉咙的心脏，每看一封信就落下一截，最后掉进了冰水。原想来个全垒打的他，居然全部落空，连用来垫背的学校都对他说了“抱歉”。

好，故事说完了。我没有给答案，因为我不知道答案，美国大学对入学资料是严格保密的，没人能知道，这位高才生也一辈子不会知道自己全军覆没的原因。

但是我可以告诉你，一个名校入学部的主管对我说：“推荐函非常重要，一定要找确实会欣赏你的人写，因为我们常会收到非但不推荐，反而说尽坏话的信。很可能收到两封推荐函，一封捧上天，一封又骂到死。”

我回问：“这时候怎么办？你们信哪封？”

“当然是说坏话的！”他想都没想就答。

我当时一惊，问为什么。

“你想想！一个连人都认不清的学生，会聪明吗？他找写推荐函的，必定是他认为对他印象最好的，连该对他印象最好的，都要说他的坏话，他会没有问题吗？而写推荐函的人，本该帮学生忙，要对他多么不满意，才会非但不帮，还倒打一耙啊！单单这几点，他就不可取。”

现在让我们回头，再看看那高才生。他早期被那凶悍老师当众难堪，却坚持留在班上，加倍努力，扭转老师的印象。学期结束，还回头请老师写最重要的推荐函，不是很有“以德报怨”的味道吗？

他“以德报怨”，那老师当然会感动，而大力推荐他。

如果你这么想，就是太不了解人性了。

你先想想，这高才生“明知山有虎，偏向虎山行”，他存了什么想法？

他不信邪，硬要试试，以他这样的顶尖学生，那老师凭什么不给他A。

他是不是很自负，甚至有挑战老师的意思？

碰上这样完美的学生，勤出席，次次考试拿第一，回回报告呕心沥血。那老师敢不给他A吗？

如果不给，别的学生，甚至别的老师会怎么想？怎么说？

于是在无形的压力下，老师屈服了，给了他A。

请问，那老师心里能痛快吗？

这时候高才生居然请他写推荐函，滋味就更妙了！

有些人碰上这情况，确实会很感动。但也有些人，非但不感动，还会火冒三丈。

道理很简单，举个例子，今天你是网赛评审，心里偏向B选手，A打出的球明明在界内，你都判“出界”。幸亏有计算机录像，在A抗议之后，你不得不改判，还A一个公道。

比赛结束，如果A当着千万观众的面，对你深深一鞠躬，观众会怎么反应？（只怕笑出来。）你又会怎么感觉？

A是捧你，还是损你？

没错！A好像以德报怨，不计前嫌。可是，以德报怨，被报的滋味不见得都好哇！

今天如果反过来，学校请学生做教师评鉴（美国很多学校这么做问卷调查）。那老师特别请这高才生评评自己："来！你原先不是认为我很凶悍，从不给A吗？现在如何？你发表一下想法。"

这种"以德报怨"式的做法，被报的人一定高兴。高才生八成会说："其实老师非常认真，只是严格，不随便给分数，如今我拿了A，更证明老师'棒！'"

为什么看起来同样性质的做法，有这么不同的感觉？

因为是不得不给高才生A的"输家"，请得意扬扬，拿到最高分的"赢家"写。

至于前者，则是拿到高分的"赢家"，十分得意地请"憋了一肚子气的输家"写。

偏偏他写的推荐函，又是永远不会曝光的东西。高才生不是等于把脖子伸过去给他砍吗？

各位朋友，尤其是年轻朋友，如果你是那位高才生，绝对不能怪你认人不清。因为你太年轻，不懂得人性。

如果要怪，怪的是你可能太自信、太自负。你一路成功，一路获得掌声，有点得意忘形，居然向权威挑战。

而你忘了那是权威！那是你得罪不起的霸权，甚至是个把你宰了，还永远不会让你知道真相的人。

你看他为贵人，他视你为仇人。你以胜者之姿拥抱他，他不得不回抱你，却暗自咬牙，找机会捅你。

请不要怪我把人性说得太恶。这世上绝对有"一笑泯恩仇"，完全不计前嫌的君子。但记住！君子不多，所以当你毫无抵抗力时，千万别一厢情愿地把自己的全部“押”下去。你大可留一手，譬如留两个学校找别的老师推荐。

我说的是人性，申请学校如此，介绍工作如此，交朋友如此，上战场如此，没人能保证子弹一定从前面飞来。你千万别被人害了一辈子，还猪八戒地以为遇到生命中的贵人。

出门有忌

旅行定要

安全第一

没出门就要小心

我的女儿最近要只身做环球十几个国家的旅行，为了多接触人群，她不参加旅行团，完全自己跑。

借这个机会，她让我写一些旅行中的禁忌，给每位旅行的朋友参考。

就从出发之前写起吧！

忌“游而无方”

孔子说得好：“父母在，不远游，游必有方。”就算你父母不在，为了对家人负责，也为了保护自己，你远游之前最好把已经决定的行程告诉家人（或朋友）。其中要包括每个地方最可能联络到你的地方，即使你完全不订旅馆，是背包流浪的那种，也应该选择几个必定会经过的处所，你甚至可以把各国家旅游服务中心的数据留给家人，然后在到达那些地方的时候，问问对方有没有关于你的消息。

更妥善的方法，是你可以把个人数据和行程报给政府的外事部门，也就是让国家的外交部知道“他的国民”将去哪些地方。他们有责任保护你的安全，并在必要时提供给你协助。

所以，你随身应该有各地领事馆的数据，也把这些资料留给你的家人。

忌不留后路

凡事留个后路，行前你得把必要的旅行证件和护照影印，一份留在家里，一份放在行李中，一份与那些资料的原件随身携带，但不放在同一地方。譬如你把护照放在皮包，复印件放在衣袋。

你的钱也应该分开放在最少两个地方，也就是你得假设当皮包被偷、行李遗失或被抢被偷之后，还能有点应急的钱。

无论是当地的货币，或你随身携带的美金，大小票子都得准备，而且不能杂乱地放。也可以说，当你遇到紧急情况，要能准确地掏出大票子或小票子。千万别以为带大面额就成了，因为你很可能临时找不到人换，找到人，他又不认识你，怕你拿伪钞，不换给你。更要避免明明只需掏一两块钱，却秀出你的一大沓钞票。也要在换汇时看清楚，一方面看数字对不对，一方面把不熟悉的钞票认清楚，以免把五十元当作五元，同时如前面所说，按照面额整理好。

忌带太多行李

Travel light（轻装旅行）！旅行要轻，你愈轻松就愈自由。能只带一件，就别带两件；能带一小瓶，就别带一大瓶；能用塑料瓶，就别用玻璃瓶；能一路用完一路扔，或确定可以在当地买，就别沉沉地带一路。

记住，舍得！舍得！你要“得”就要“舍”，你愈想多在外面买东西回来，就别一开始就带太重的行李。当你东西带太少，为了避免箱子空，物品容易坏，可以放几个硬纸盒进去，一路装新买的东西，一路扔掉纸盒。遇到容易坏的物品，也可以放进事先准备好的硬纸盒。

你还最好随身带个既轻又结实的袋子（折起来很小很小的材质），必要时用来装东西。那袋子最好大一些，于是当你买了好多小东西，拿在手上很不方便时，可以一并装进那个袋子。

更重要的是，当你在机场托运行李时，如果超重被罚钱，你可以临时从大箱子里拿出几样体积小，却沉重的东西随身携带。（譬如书籍，但不能是不准登机的液体、喷雾剂和小刀等。）

忌心里没数

好比飞机的正副驾驶，在起飞前要以“复述”的方式逐项检查，无论你是多么资深的旅行家，在你装箱时都应该“从头到脚”想一遍。这“从头到脚”是真正的“头”与“脚”，也就是你由头想起，一路往下想到脚。

譬如你从最上面的头发开始想，想到雨伞、帽子、洗发精、防晒霜、眼镜（可能要多带一副备用）、太阳眼镜、护唇膏、围巾、项链（可能为了安全，决定把贵重的摘下来留在家里）……当你不这样一点一点按顺序想，而认为带了的，很可能这么一数，才发现："哇！我要去非洲，太阳那么大，怎么忘了防晒霜！""我要去阿拉斯加，那么干冷，怎么忘了护唇膏？""天哪！我居然忘了带袜子！"

同样的道理，出门前一定要逐项检查，如护照、签证（指单独的签证纸或签在旧护照里的有效签证）、信用卡、旅行支票、现款、联络电话、手机、手提电脑等，免得你到了机场，才发现非回家不可。

还有，你要记住连随身行李一共带了几件，一路上都要随时提醒自己，数一数。有人帮你提行李上车之后，也一定要亲自点一遍，或问问数目对不对。免得你认为我拿了，我认为你拿了，到头来有一件还在房间里或机场的门外。

忌带重复的东西

如果你的旅行很多样，譬如有几天要去山区，而且住在山上，你的行李箱就应该有一大一小（小的也可以是背包），因为你不能带很大的箱子去，必须把大箱子寄存在山下，只带轻便的上山。

要带能适用不同场合的鞋子，譬如你多半在城市旅游，但中途也可能走山路、过小溪，偏偏你还打算参加几个正式的场合，而你只想带一双鞋子，当然不能带光滑的皮底鞋，甚至为了可能涉水，连鞋面都要是防水的材质。同样的道理，假使只偶然一两次需要穿西装（有些餐馆会要求男顾客都穿西装上衣，甚至用餐中途不能脱下），也犯不着带太贵重的，甚至为了防皱、防淋雨缩水，带一套人造纤维的就够了。

除非你旅行的目的是去"秀"，你带得愈平凡、愈不值钱，愈不会有得失心、愈能轻松愉快。

忌行李上有敞开的口袋或缝隙

背包、手提袋的边上，常有为方便而设置的开口口袋，成为走私运毒人

“托付”的好地方。经常有人在海关被查出随身行李，甚至宽松衣服口袋里藏着毒品，被抓的人却完全不知情，就是因为当了“毒袋鼠”。

所以你的行李，尤其背包上，如果有开口的口袋，最好钉上结实的扣子，或干脆缝起来。否则你莫名其妙被抓，偷塞毒品的人却逃了，真是百口莫辩。

你甚至要小心不法的“关员”把毒品塞进你的行李，这时候执法的权力在他们手上，你最重要的是当他们把“所谓搜到的毒品”，往你手上塞的时候，千万别接！如果你完全不碰，上面没有你的指纹，还有些平反的机会。

也不要因为同情，而帮助老弱妇孺带东西过海关。必要时你可以帮他们找机场的工作人员帮忙。但是当你去找人时，小心自己的行李。

朋友托你带东西的时候，也最好查看清楚。如果那个朋友懂事，应该当着你的面，把东西打开，先让你看看。而且前往机场的途中，要尽量避免行李离开视线。因为你无法确定会不会有恐怖分子，偷偷把危险物品塞进你的行李。

忌行李上有一眼就能看清的名条

别把自己的名字、地址和电话，用很大的字写在行李上，以免歹徒记下来到你家里讹诈。譬如在你已经登机，手机不能用的时候，歹徒却故作紧张地通知你家人，说你在赶赴机场的途中遭遇车祸，急着等钱。有些国际诈骗集团，甚至会当你人在国外时，向你家里行骗，要你家人汇款到歹徒的海外账户。

所以名条上面的字要写小一点，最好使用那种有盖子的签牌。退一步想，你还应该在每个行李中的明显处，另外放一张大大的纸条，写上你的联络数据，于是就算有行李遗失，名条不见，也能认出那是你的行李。

因为很多箱子十分类似，为免拿错行李，你可以在行李上做个明显的记号。譬如贴个贴纸，在把手上缠个明显的东西。但是千万别挂一堆绳子之类的东西，以免被绞进行李转盘（有时甚至会把行李扯烂）。

忌死认登机门

就算你已经提早拿到登机牌，也最好到机场时再查看一次登机门的屏幕数据。因为登机门随时可能改变。如果你早早到了机场，远远盯着自己的登机门，心想只要没见到别的旅客进去，就表示没登机。很可能登机门换了，飞机早飞了，你都不知道。

你也应该按航空公司规定，提早确定你的订位，以免到机场才发现被取消。更得在出发前再确定飞机是否准时起飞，以免航班延迟或取消，你到机场空等。

忌在机场离开你的行李

如果你单独旅行，行李还没交运，你尿急，最好等交运之后再去方便，否则你得拉着行李去。同样的道理，如果你到达了，在领取行李的地方尿急，就别急着拿行李，先去厕所，回来再拿，否则你也得拉着行李去。

总之，你不能把行李孤孤单单地留在那儿，自顾自地去厕所。因为很可能当你方便回来，发现自己的行李已经被机场安全人员，怀疑是爆炸物，拿去“处置”了。

在交运行李过 X 光机的时候，别急着先离开，稍稍停留一下，确定没问题之后再去登机门，以免有问题的时候找不到你。

你和随身行李过检查站的时候，别急着把行李放上履带。因为当你把行李送上去，接着要过“金属探测门”时，可能突然有人插队在你前面，又因为他身上有一堆会感应的东西，一而再，再而三地退回重检，等到他过了，你跟着通过，才发现你的行李不见了，或虽然找到，里面的东西却少了。相反地，不属于你的东西，就算海关人员交给你，也别拿！在腐败的国家，你拿了很可能立刻被捕，说那包毒品是你的，要你花钱摆平。

忌行贿关员

就算听说某国家的海关人员会收贿，除非不得已，你也别主动塞钱。因为不是每位关员都收，收贿的时间场合又会改变。上星期有人行贿过了关，不代表这个礼拜还一样。搞不好管理进步了，后面装了摄像头，或碰上清廉不阿的关员。你行贿，就完了！

甚至他可以黑上加黑，当你把钱塞给他的时候，一把抓住你，说你违法行贿，要关进监牢。事实俱在、物证明确，而且是现行犯，你百口莫辩，最后求饶半天，才以罚款放人。

至于你缴的罚款到哪里去了，你最好别问，也别要收据，否则，请你再进去！

别做大肥羊

忌毫无计划

如果你是背包族，又爱流浪的感觉，最好到一个陌生国家之前，也能事先订好“第一天晚上”停留的地方。因为人生没有目标和旅行没有目标都是危险的，到个陌生的国度却不知何去何从，则是险上加险。如果事先能决定过夜的地方，最起码使你先有个方向和目标。

到了那目标，它可以是个青年旅社，也可以是个民宿，你就有机会遇到其他的旅行者，甚至找到伴儿。你还可以在那儿了解旅行该注意的地方，即使大旅馆的旅行咨询柜台，也不一定比得上那种青年旅社能提供消息。因为你不是要参加旅行团去观光，而是打算背着背包去旅行。你要知道的是路上可能遇到的险阻和陷阱，不是米其林餐厅在哪条街。有什么地方会比背包族来往的旅社，更能见多识广呢?

忌坐野鸡车

如果你连这第一站都没订好，请千万别急着出机场。你应该先去机场里的旅游咨询中心找资料，并且兑换一些当地货币（因为机场的兑换率通常比较差，可以先换少量）。但是记住！这也是你被歹徒盯住的时候，不远处可能有许多眼睛正盯着你：来了个一无所知的大肥羊。

所以离开咨询中心，你一定要装成已经胸有成竹的样子，这时候就算有野鸡车用最吸引人的价钱找你，也别上。宁可搭挤人的公共交通或合法的出租车，也千万别一开始就误上贼车。

忌街头看地图

如果你到陌生的地方旅行，一定要准备好详细的地图，而且出门之前先把你打算走的每条路都弄清楚。因为站在街头东张西望，再掏出地图猛看街道名称的动作，等于明明白白地告诉歹徒，你是下手的好对象。

为什么观光客最容易被偷被抢被骗?

因为你在那儿待不久，他抢了你，你不太会追捕他，就算报了案，也不太可能留在那里出庭。加上你的语言不通、人生地不熟，你喊都没人懂，他跑进小街小巷，一溜烟不见了，你更是一点办法都没有。

忌进入暗巷

记住！除非那小街小巷里够热闹，就算你被抢了，也最好别追进“黑街”“黑巷”。那是他的地盘，别说你找不到他了，只怕找到反而得倒大霉。

还有，你要知道，如同抢银行提款出来的人，歹徒先会在旁边看，甚至进入银行，站在里面找抢的对象。你千万别以为劫匪都是临时起意。当你一个人在观光景点东张西望的时候，可能已经被选中。观光景点的人太多，他不好下手，他会跟着你，看你往哪里走。这时候如果你偏往冷僻的小巷游，或进入黑乎乎的地铁走道和楼梯间，就是给坏人制造机会。

所以越是从观光景点出来，你越得继续往热闹的地方去，“他（或他们）”跟你一段路，没见到什么下手的“前途”，就会离开了。

忌露白

同样的道理，你手上提个看似装了值钱东西的手提箱，走在繁华的路段，再走向你的车子，打开后备厢，把箱子放进去，而后离开，也是给歹徒制造机会。你别以为在热闹的街道上走，没问题。问题是你会成为目标，他不敢在繁华的街上抢你，可敢在热闹的街上偷偷撬开你的车子。

总之，你要避免一切成为肥羊变成目标的可能。譬如穿着耀眼，脖子上挂着几架摄影机，手里拿着地图。又譬如你专去名牌店，提着好几个名店的手提袋。即使你掏钱买张车票，那看钱、数钱、认识陌生货币的样子，都十足显示你的身份。

至于“露白”就更不用说了。为了避免露白，你最好身上少带钱，甚至根本不带钱包，而且把中等和小额的钞票分别放在不同的口袋，使你在买小东西的时候，不至于露出大钞。

也有人会带假钱包，或者虽是钱包、皮夹子，其实里面不放几分钱，歹徒就算看到你掏皮夹子，也认为你身上没几分钱。另外有个作用，是如果真碰上偷和抢，就像壁虎断尾，让“他”把皮夹子拿走，也就算了。

如果到治安非常差的地方，你还可以藏一点钱在袜子里，以防被抢之后没有盘缠回家。

忌争强好胜

但是有些时候，你身上一穷二白，却被歹徒认为有钱，反而相当危险。

第一，你让他认为你有钱，表示你的穿着举止像个有钱人的样子，你这么做，让他有被骗的感觉。

第二，他以为可以丰收，结果大失所望，难免恼羞成怒。所以早期在香港流行一句话“总之要见红”，意思是不见百元港币的红色钞票，就要捅你一刀，见到血红。

你尤其要记住“好汉（好女）不吃眼前亏”的道理。留得青山在，不怕没柴烧，除非四周的环境对你有利，否则宁可破财，甚至受辱，也得保住自己的性命。逞强在自己熟悉的地方可以，在异乡不行，在法制不完备、治安不绥靖的地方尤其不行。

所以无论你是男生还是女生，在四顾无援的情况下遇上劫匪，干脆掏出钱，给他。你甚至可以打开钱包或皮夹子，让“他”看，把所有的钱都给他，请他让你保留必要的证件。即使如此，你都不能露出轻蔑的表情，好比说：“你不是要钱吗？老子有，拿去吧！”因为劫匪归劫匪，他还是有自尊，甚至有自卑式的自大，他更敏感，容易被激怒。

忌无谓的游荡

无论你在罗马、开罗或其他地方，做个调查，在街上被偷被抢的观光客，在比例上一定超过当地人。

为什么当地人比较安全？如同前面说的，他语言通、人头熟，而且住在那儿，受害之后可以追到底，搞不好牵来扯去还是远房亲戚。“兔子不吃窝边草”，当然不如“观光客”来得好。

再想想，你跟当地人有什么不同？种族肤色不同，那没办法，但是每个地方都有外来人口，就算不同族裔也可能是当地人。

还有，就是服饰的不同，所以如果你穿上当地的衣服，或者普通得不能再普通的衣服，又不背着旅行袋，就差异不大了。

还有一点，要知道“当地人”跟你最大的不同，是无论他们去上班或购物，心里都有确定的目标，知道自己要走哪条路。所以我在前面说，别站在街头东张西望看地图，最好出门前先看好。

你记不清怎么办？我的建议是，你可以偷偷看。

第一，你事先把要去的地方折起来，也就是将地图折成小块，露出你要用的那一块，免得在街头摊开整张地图，成为明显的目标。

第二，你可以找地方偷偷看，所以老旅行家都会借用餐的时候看。把地图看清楚了，等到走出餐馆，就装成匆忙赶路的样子。

快速行走是避免成为目标的好方法，因为那能显示你“知道路”，像当地人。又显示你活力旺盛，会反抗，最好别碰。而且，因为你走得快，那些想借兜售或表演来靠近你的人，不容易跟上。譬如有名的吉卜赛小孩劫匪集团，就不太容易先用东西在你眼前晃，扰乱你，再伺机一哄而上，抢了就跑。

夜里在僻静的街上行走，避免紧靠着街边的建筑物，以免被人一把拉进去。碰到有敌意的人接近，就往马路上走或穿越马路（但是要注意安全）以吸引来往车辆的注意，必要时甚至可以伸手拦车，请求协助。

或许你要说，旅行当然要慢慢地东逛西逛。

没错！如果在治安好的国家，或人多的地段，当然可以。但是当你只身去治安败坏的地方，又到了荒街野巷，就非小心不可了。

否则，你一定要找几个伴同行。

人生要设防

忌不知逃生门

你进入旅馆房间的第一件事，应该是查看门后面贴的房间地图，看清楚防火梯的位置。绝大多数的旅馆应该有这样的设置，如果你住的是小客栈，没有图，则要亲自查看，假设发生特殊状况，可以往哪里跑。

记住！你必须假设在伸手不见五指的情况下找逃生门。所以要在心里有个数，譬如：如果我出门右转，摸着墙壁走，摸过三个房间门口，右边就是防火梯……

你还可以由门后的地图知道同楼层的房间形状。如果参加旅行团，比较自己与其他团员的房间，则能知道领队有没有差别待遇，在必要时提出抗议。（因为种族或国家而有的歧视，是你不容易觉察却必须警戒的。这涉及民族自尊，不可妥协。）

你也要看看房间里有没有手电筒，甚至防烟面罩。如果没有，紧要关头可以用手机的光线。所以你的手机必须总在你伸手可及的位置。

手机常有救命的效果，你还可以用它报案，甚至在地震被困时对外呼救。有人想侵入你房间时，他可以剪断你的电话线，却剪不断你的手机，你只要大声讲电话，就有吓阻的作用。

忌不设防

按理说，旅馆房间的门，只要关上就会自动上锁。但是记住！那必须在完全关闭之后，锁扣才能进入门上的凹槽，许多旅馆的房门虽然有弹压的设备，但弹力不足，门虽然关上了，却不能关紧，如果你出门时不再拉一把，是无法锁好的，结果给贼制造了机会。

至于房间内，应该都有另外的“门扣”或“链条”，但是在较危险的落后地区，反而常常没有这种保护房客的设置。所以只要会开锁的贼就能轻松进入。甚至有些旅馆的工作人员，因为手上有钥匙，会故意在你睡觉或有异性访客来的时候，先借故敲两下门，接着不请自入。他们存心制造你的不安和尴尬。

除非你懂得潜规则：塞小费！

如果你早知道房门不保险，可以先上网买旅行用的安全锁，那是个扁扁的金属钩子，一边钩在门框上的锁孔，一边有个可调整的东西，从屋内卡在门板上。

你也可以把杯子或瓶子放在门把手上，只要有人转动门把手，杯子瓶子就会落地，加上你大声问话，八成能把贼吓跑。

在治安欠佳的地方，如果旅馆没有保险箱，出门时最好把重要物品贴身带着。也可以在离开房间时留一盏灯，并且打开电视，弄成房内有人的样子。碰上插卡取电的装置，可以用别的纸卡替代，使你不会因为抽走房卡而断电。

发生火警时，用湿手巾或床单掩鼻裹身，常能帮你逃生。所以洗完澡，可以把水留在浴缸。如果没有浴缸存水，却发生火警，你可以把毛巾先塞进马桶，再冲水弄湿。命重要，别怕脏！

住在干冷又开暖气的地方，浴缸留水可以调节湿度，使你不会喉痛流鼻血，也可以把毛巾弄湿，摊在桌面或搭在椅背上，使水分慢慢散发，有奇效。

忌乱放衣物

除非你在同一旅馆要停留很多天，你的箱子应该就是你的抽屉，要尽量避免把箱子里的东西放进旅馆的抽屉。因为你多用一个抽屉，就多一分遗忘的可能。

所以在装箱时就要考虑好，每种东西都“定位”，别一层层堆叠，而要一块块分配。譬如别把袜子放最下面，上面放内衣，再放衬衫，最后放外套，结果你为了拿袜子，先得翻开内衣、衬衫和西装。最好是打开箱子不用翻就能拿到，而且越常用的越放上面。

离开旅店时，就算是夜晚或天还没亮的凌晨，就算窗外的风景烂透了，搞不好正对着别人的厕所，你也得把窗帘拉开来检查。极可能因此大吃一惊，天哪！怎么会把这么重要的东西留在窗台上了？

你也最好别把白色的衣服和物品（譬如白色的手机充电线）往床上扔，因为旅馆床单多半是白色的，你出发前又比较慌乱，很容易忽略留在床上的白色物品。

忌退房不锁门

就算你要离开了，也一定得把房门锁好，将钥匙还给柜台，以免有人溜进房间，偷走冰箱里的酒水点心或其他贵重的东西，却把账算到你头上。你更得对账单上列出的东西逐项检视，否则你很可能重复付款、帮别人付款，或者明明讲好折扣，却没见打折。如果住的酒店有会员积分制，就算你没住几天也应该申请加入，因为才费你几分钟时间，却能让你随时知道酒店的优惠活动，甚至在连锁酒店得到礼遇。（经常在普通房客满、高级房还有空的情况下，只因为你是会员，就能被安排到更好的房间，或得到延迟退房的礼遇。）

忌透露住客资料

尽量避免在旅馆大厅喊别人的名字，再问他住几号房间。这也是旅行团到达旅馆，往往要求团员留在车上，由导游去拿钥匙，再回车上分发的主要原因。

谁住哪个房间，不能让外人知道，因为当贼穿着体面，装作匆匆忙忙地跑到柜台，报出名字跟房间，再说忘了带钥匙的时候，很多旅馆会相信，而帮对方开门。

同样的道理，在外面遇见陌生人，就算谈得很投机，你把自己住的旅馆告诉他，也不能说是哪个房间。否则，你一人在房中听到敲门，问是谁，是那刚认识的人，你开门还是不开门？旅馆人员为了安全，问他是不是你的朋友，你答是，还是不是？

要知道，许多性侵之类的事，都是由半生不熟的人敲门入内才开始的。

除非，你存心盼他来。

忌随便充电

你的手提电脑和手机需要充电，如果当地的插头型号与你的不兼容，你又没有事先带转换插座，就早早向旅馆借（晚了就没了），而且无论下面的旅途多需要，也得在走时还给旅馆，否则他可能开车几十里，追你要东西。你如果不承认，他甚至报警，要你打开行李检查，请问你逃得掉吗？结果人赃俱获，麻烦大了！你往往得花钱摆平，而且丢人现眼。

不要以为你可以在睡觉时充电，因为很多旅馆是当你关掉主灯之后（除非特别标明不断电的插座）所有的插座会同时断电。同样的道理，当你离开房间，抽出房卡之后，全屋的电源也都停掉。

也不要用浴室里给电剃须刀供电用的插头充电，因为那电压太弱。如果你不注意以上这些，很可能充了一天或一夜的电，却没用几分钟就光了。

忌携带贵重物品

重要的东西，最好留在房间里的保险箱。如果旅馆没有，通常柜台后面会有。

但你也要知道，没有真保险的保险箱。房间里的小保险箱，一个人就能抱走。柜台后面的可能好些，但除非是极高级的旅馆，设备与银行保管部相似，一般还是保险得有限。

所以除非你为了出门作秀，表现身价不凡，否则贵重物品最好还是别带上旅途。

忌食无禁忌

人在外，健康比什么都重要，除了出发前该打的疫苗，你自己最能小心的就是“吃”和“拉”。

到落后地区，最好别吃生的。除了少碰生菜和冷盘，也要小心没见过的熟食，因为有些会造成敏感。

水果应该是最安全的，尤其普通带皮的，像苹果、柑橘、梨子、香蕉一类。但你最好自己削皮，而且削皮之前得先洗过，免得吃到皮上的细菌。

遇上你不熟的水果，尤其热带的特产就要小心了。有些水果得慢慢适应，有些需要与其他水果搭配，譬如榴梿与山竹。有些水果不能跟某些东西搭配，譬如你吃了榴梿又喝烈酒，严重的时候能送命。还有些水果需要特别处理，如果你好奇买回，很可能打开来，发现还得搁很多天才能熟，或者很辛苦地打开之后，把手伤得很厉害，譬如波罗蜜，像油漆一样黏。还有些水果，外面带着几乎看不见的芒刺，你不小心碰上，很可能又痛又痒，惨透了。

总之，要小心！碰上没见过、没吃过的东西，先问清楚，或上网查清楚。

忌憋便溺

至于拉，一个是便秘，一个是腹泻。

旅行多半生活不正常，加上搭飞机车船，一直坐着，不能活动，很容易便秘。应对的办法是：一、多喝水；二、多吃水果；三、只要有“便意”，就算在飞机上，也别憋，甚至要勉强自己照平常的频率上厕所。否则愈憋愈便秘，到时候一个礼拜都“出不来”，你怎么办？还有，当你憋尿憋得小解时酸痛无比，甚至血尿，你又怎么办？

至于腹泻，小泻一两次还勉强可以。大泻不止，则一定得看医生。有些人才小泻就吃止泻药，造成细菌无法排出，反而大量繁殖，再不然泻是止了，接下来却严重便秘。

你尤其要小心饮水，落后地区的饮水器因为维修不好，常常比自来水还脏，最好别用。买瓶装水一定要细细检查封口。世界名牌的矿泉水也不见得好，因为非但价格特贵，而且常有假货。

如果你总生活在极干净的地区，突然去落后国家，连刷牙都最好用瓶装水。或者自己带滤水器去，那种旅行用的“小容量滤水器”，很容易买到。你离开的那天，还能送给当地人，结个善缘。

魔高一丈的奸商

忌坦白你的来历

相信你旅行的时候，一定都会碰上旅馆商店或外面商家，笑容可掬地问你:“从哪儿来啊？停留几天哪？”

也相信当你被问的时候，会很直爽地回答:“我从某某地方来”“明天就走”，甚至“再过一个小时就要去赶飞机了”。

如果你那么答，我要说: 你犯了忌。

下次人家问你，尤其是当你打算在那儿买东西的时候，你千万别说，要说也“延长时间”。譬如你可以讲你有亲戚住在附近，这次要待很久。或者你可以不撒谎，却虚着说:“嗨！我刚到，还要好好玩一阵子呢！”

为什么你不能说你“马上赶飞机”“明天去下一站”？因为只要奸商知道你很快会“飞掉”，就确定了你即使吃亏上当，也不会在千里迢迢回来找他麻烦。

你想嘛，如果你家住在离他三条街之外，或你有亲戚是当地人（搞不好还是高官要员警察局局长），他敢骗你吗？只怕就算他是卖小吃的，也唯恐你吃了他的东西，走回家肚子疼，却不怕你上飞机泻肚子。

所以，下次旅游，只要是陌生人问你什么时候走，就一句话:“还早呢！”

回头我也不要你

与前面一段相对应，我也要说如果你告诉商家马上要走，也可能有好处。

但是请注意，这是有条件、有技术的！

首先，你要看准你想买的东西，不透露你要停留的时间，然后问价钱。

举个例子，你要买个木雕，你先把细节都看过了，也认清楚了，甚至记好了编号，然后还价，还到店家不卖了，你记住那个价钱，出店门扬长而去，也不见对方追出来。于是你可以确定“价钱到底了”。

然后，在你走之前，你再去那家店，说你马上要去赶飞机，那木雕照你的价钱，卖不卖?

信不信? 他原先不卖的东西，这时候可能就卖了。

为什么? 因为这可能是他最后一次机会。而且你马上走了，不太会再对别的商店说你以多少钱买到那东西，他就算“倒了行市”，被同行知道会被责备，这时也不怕了。

这种方式尤其适于在旅馆商店购物，而且你最好打电话，在电话里“跟老板”讲价，并请他把东西送到你房间。为什么管用? 我不解释，请自己去想。这在心理上、商店制度上……都有关系。

忌在小店买名牌

在治安不佳的落后国家，你最好少往小巷子里去。就算那里有吸引你的商店，也别贪便宜。第一，是为了安全。第二，是小店里的东西不见得比大百货公司好。他是扮猪吃老虎，“你不是猜这里的店租便宜，应该比较便宜吗?我就吃定你”。

同样的东西，他确实可能便宜，只是常有你不易发现的瑕疵，再不然根本是假货。

还有，许多资本很小的商店，后面没有存货，能卖的全摆在橱窗里。譬如你看上一架相机，他从橱窗里拿出来给你，当你决定买了，他就把那相机拿进去，等会儿端出一个盒子，你以为里面是全新的相机，其实是他原先放在橱窗里，已经不知道经过多少人试、多少人用、多少人退，而且晒太阳晒了大半年的旧货。按说这种 floor sample（减价出售的陈列品）最少应该打七折，他却卖你全价。如果你回去打开包装，发现上面有灰尘，而且用两天就出了毛病，只能怪你自己贪小便宜。

总之，越是贵的东西，你越要去保险一点的地方买。名牌的旗舰店、专卖店，虽然可能照规定价格来，但也“跑得了和尚跑不了庙”。同样的纪念品，在著名的公营商店，譬如罗浮宫和梵蒂冈里面的商店，也可能比外面的小摊还便宜。如果不是，八成质量不同。

忌一厢情愿

还有一件事，是千万要小心的。如同超市，可能发直投广告，里面有几样东西比其他超市便宜一半以上。那八成是真的，他牺牲大，确实便宜。

问题是，这几样便宜不代表其他货品也便宜，如果你猜他都便宜，于是这也买、那也买，很可能比较之后才发现，除了“那几样特价”，样样比别家贵得多。

所以如果你一家家比价，同厂牌同型号，比到最便宜的一家，就千万指定买你比价的那一种，千万别听店家介绍别种的，即使他说得令你心动，你也得退出来，到别家店重新比比看。

还有可能当你坚持买最先看上的，他会不卖给你。要不然说店里的样品不能卖，派人去调货，然后一去不复返。因为你看上的那台是幌子、是饵。要不然，他虽然把相机便宜卖给你，但电池、数据线、背带，样样另外收钱，还推销一些周边产品，好好坑你一把。

忌贪小便宜

同样的情况，是在你发现架子上摆了一堆同样的东西，譬如小雕像纪念品，你一个一个看，每个都一百块钱，突然眼睛一亮，发现其中一个只要六十块。你比了又比，确实一样，猜店里八成标错了，自己是“捡了个漏”。于是赶紧掏钱。

问题是那真便宜吗？只怕你才走，他又故意标错一个价。

还有，小心调包！举个例子，你去巴厘岛火山游览，有人推销黑檀木雕，手艺好极了，却只有山下的半价。你怕有诈，说东西要交给你，你才付钱，他果然把东西往你怀里一塞，接着收了你的钱。这时你低头欣赏自己便宜买到的“猎物”，一惊：怎么精品成了粗品？而他早一溜烟不见了。

问题是你要检讨，如果前面那小雕像进货的本钱就要七十，又如果巴厘岛的黑檀木雕确实只卖山下的半价，那卖东西的人能不亏本吗?

被骗子骗的人往往因为贪。同样的道理，当你旅行的时候，千万别贪。你因为贪心上当，想要讨回公道的时候，当地的执法人员不太会帮你。甚至那被你追讨的人会狠狠修理你，因为他有个借口，你是贪心的有钱人，想占可怜人的便宜。

忌不看清货币

同样的“调包”，是“钱”。首先你要小心，买东西时，对方找回假钞。

其次，他可能要诈，当你付给他真钞，他先收下，突然又说那是假钞，把钱还给你，要你换一张，岂知你的真钞已经被他偷偷换成假钞。

有些胆大的奸商，甚至会在接钞时不小心掉在地上，然后捡起来说你给错了，不是五块，是五十块。问题是你明明给了他五十块，只是被他在捡钱时换成了五块。当你对异国货币不熟悉，又旅途慌乱的时候，很可能因此吃亏。

所以，记住！付钱时把钱抓紧，打开来，看清楚，也交代清楚:“这是五十块！”当他退回假钞给你，如果四周还有一些其他观光客，你可以大声喊，并追着他要。因为他身上一定不只是给你的那点伪钞，他怕事情闹大，通常会乖乖还你。

忌因大失小

近几年，我每次去曼哈顿中城，都看见在观光客聚集的地区，有一家商店在橱窗上贴着“关门大甩卖”的红色海报。上面的广告词从来没改过，海报倒看得出换新，因为挂久了，褪色了，他们不得不换。

这种商店里的东西有个特色。因为他们知道观光客也不是多么好骗，难免想“甩卖”是假的。所以里面确实有些特别便宜，便宜到你认为他非赔钱不可的东西。只是那八成都是不好拿、不好运、容易碎的东西。他算准了:第一，你八成不会自找麻烦。第二，当你要运的时候，他可以用特高的包装运输费吓唬你，再不然说，只能自取，不管运输。

最近我去某城市，碰上更高级的，他的店就开在酒店电梯旁边，老板站在门口喊:“撤店了！撤店了！半买半送！”

你进店，那老板指着一整柜一整柜的东西说:“整柜，你全部拿去吧！”说出价钱，便宜得要命！问题是，那一柜子东西不是大玻璃瓶就是大石雕，你都不能带，只看上个“小摆件”，偏偏是里面价钱最高的。你问他能不能只买那一件，他先故作为难，抓耳挠腮半天，终于大叹气地答应:“好吧！反正跳楼价了！”

真便宜了吗？请自己猜！

街头似虎口

忌旅馆外闲逛

如果你只有一个人，最好别在旅馆附近漫不经心地闲逛，因为你极可能遇到推销的、乞讨的、要求换外币的、拉皮条的……以及抢劫的。

高级旅馆附近发生劫案的概率只怕比名胜景点还高。

为什么？

因为在名胜景点，游客多，维持治安的人多，坏人不容易下手。而且在那么多人当中，他怎知道哪个是大肥羊？

但是当你住在五星级旅馆，你住的地方就说明了你的身价。

或许你要问，说不定我只是去五星级饭店里找朋友，这就对了！我前面不是讲了吗？假使你步伐很快，十足显示你知道要往哪里去，比较不会成为坏人下手的对象。因为他跟不上你，猜想你对“地头”比较熟，或根本是当地人，犯不着惹你。但是相反，你漫步走出旅馆，搞不好手上还攥着旅馆给的地图，东张西望无目的地闲逛，则足以暴露你那“陌生观光客”的身份。搞不好，你还真心里痒痒，想找小姐呢？那拉皮条和中介“特别节目”的混混能不找你吗？

忌街头施舍

施舍是好事，但是如果那是个很贫穷的落后地区，四周又有许多人伸手。你千万别看其中一个特别可怜而掏钱给他，因为你可能才给一个，就拥来一群，他们紧紧地围着你，把手往你身上伸，甚至往你口袋里伸。你拼命冲出重围，搞不好撞倒一两个可怜人，他们躺在地上大声哀号。或者你有车，跳上车离开，却有人拉着车门不放手，被你拖了老远。

天哪！你由一个善心的好人，变成欺压苦难民众、为富不仁的恶人。

如果还真有人被你撞伤了、拖伤了，甚至因为挡在你车前，被轧伤了，你就吃不了兜着走吧！

所以你可以施舍，但要讲究方法。很多旅馆的柜台或机场有奉献箱，供你用！

忌理睬街头搭讪者

在街头向你推销的人，也是你最要小心的。因为如果他有个商店或摊子，他还得顾摊子，要不开。但当他只是一个在大衣里或手臂上挂满各种商品的人，可就没这么简单了。

当这种人向你靠近，你根本不必理会，或摇摇头表示不要，只顾快速向前走，他知道你是行家，八成会知难而退。相反，只要你停下步子，露出好奇，或贪便宜的眼光，他就知道“找对人了”。

遇到这情况，你千万别碰触他的东西，他借机要帮你戴、帮你挂，或把东西交到你手里，都千万别接。因为很可能你才拿在手上，他已经跟你要钱，你说你根本不要，伸手要还给他，却见他一直后退，嘴里念念有词（八成是你听不懂的语言），好像你损了他的东西。这时候“他的人”就会围过来，当一群人把你围在中间，你就麻烦了。极可能突然有人伸手，把你的钱包一把抓走，你要追，四周这伙人却故意不让路。

忌挑战痞子

有时候你就算是行家，知道许多街头骗术，也最好别往街头的人群里挤，除非你确定那群人是观光客或一般民众。举个例子，你看见一群人围着一个玩扑克牌的人，他以很快的速度将三张牌摆来摆去，要大家猜其中一张，有人下注，赢了。也有人看走眼，输了！你心里一笑，根本是用手法唬人嘛！这时候，那玩牌或他四周的人要你下注，你摇头，他又问：“你有钱吗？”你说你当然有，只是不想赌。他再说：“我看你根本没钱。”接着伸手摸你口袋，“有钱你秀出来啊！”

当你被激得不得已，而秀一下钱包时，他可能一把抢去。而当你硬不拿出钱，他则可能冒火，说你吃他豆腐，如果四周又都是他安排好的人，你就可能吃亏。

忌把相机交给陌生人

前面说别让流动小贩把东西挂在你身上。相对地，你也要千万小心，别把身上的东西交给陌生人。

他看你夫妻在互相拍照，问你要不要他帮忙拍个合影，除非你确定旁边有警察、有帮手，或者确定他不是坏人，否则就最好别把相机给他，因为他可能拍完照就伸手要钱，而且你的相机越高级，他开价越高；你不给，他就拿着你的相机往后退，逐渐走开。这时候你跟还是不跟？如果跟去了他的地盘怎么办？

还有，他也可能是在金字塔前牵着骆驼给游客拍照的。先问你要不要骑骆驼，再帮你骑上骆驼、为你拍照、为你们拍，然后敲诈。

真遇上这情况，如果四周还有人，你可以大声喊。他怕失去别的生意，也怕惊动警察，可能会屈服，把相机还给你，或接过你给的“小意思”。

通常即使是落后国家，在常出事的观光地区也有警察，只是那些警察往往睁一只眼闭一只眼。那是“潜规则”，白道与黑道相处久了的默契。导游也一样，他明明看到有人骗你、偷你，却常常不吭声。因为你来一下，就走了，他却总会来，所以不敢得罪“那些人”。

但是只要有警察，你大声喊、大声求救（尤其用英语），一般都会管用。因为你不出声，或小声理论，警察可以装作没听到，但是当你大喊，他就不能不理了。

忌带不该带的东西

违法的毒品和禁药禁书不用说了。有些国家对盗版光盘有严格的处罚，也千万小心。还要考虑国情不同的禁忌，譬如你皮夹子里装了小孙女洗澡的照片，你认为可爱，却可能因此被抓，而且被判重刑。

忌拿不该拿的东西

最后我要说，千万别顺手牵羊。

许多人旅游的时候喜欢拿点纪念品，但这“拿”，有学问。你把旅馆里没用完的小瓶洗发精带走，还成，浴袍毛巾可千万别动。因为旅馆里早有防备，而且越是穷地方、烂旅馆，看得越紧、反应越大。当他报警，又从你行李中翻出印有他店名的毛巾时，你就等着赔钱吧！

还有更严重的，是去古迹时，连一块石头都别捡，更别说文物了。举个例子，你在古迹里发现角落堆了千千万万个小雕像，很粗拙，搞不好还是用模子压出来的，于是捡了一个当纪念品。

岂知离境时过 X 光机，关员别的都看不到，唯独一眼就看到那个小雕像。

突然间，事情大了，一堆警卫出现，把你押到后面房间，说你盗窃古物，依法可判无期徒刑。

这时候你怎么办？

搞不好，那些小东西都是他们设计的，而且过去已经钓到不少大鱼，赚了大笔银子。

他们要感谢谁？

感谢你这种爱顺手牵羊的人！

开口有忌

说话也有

天时地利

偷吃别出声

有一天我去邻近的药店买维生素，瓶子上的标价是一千元，但因为老板一向算我九百，所以我还是拿着药瓶到柜台问：“算我多少钱？”

“一千！”

“不是都算我九百吗？”我问。

那老板苦笑了一下：“对不起！现在什么都涨了，进价涨太多，一千块还是老价钱，已经没得赚了。”

我就掏了一千块给他。

却见他转到收银台，把一千放进去，又拿出一张百元的票子，还给我。

“不是不能算九百了吗？”我一怔。

老板笑了：“你是老顾客，当然算你九百，刚才因为有别人在，所以我说没折扣。”他指指门口，“你没看见那人刚刚出去了吗？”

谁没大小眼？

还有一回我腰痛，去找个熟识的整骨师指压。

因为有一阵子没去了，怕他涨价，我指压完问：“多少钱？”

“一千二！”整骨师大声说。

我递了一千五过去。

“找你三百！”整骨师又大声说。唰！唰！唰！他数了三张百元票子给我，但是跟着安安静静地又塞了一百到我手心。

忌得了便宜还张扬

上面这两个故事的道理一样。

整骨师为什么安安静静地又塞给我一百？他为什么嘴里说的和手上做的不一样？

如果我没心眼，想不通，好奇地问他“咦，你为什么多找我一百？”会不会给他惹麻烦？

因为他的柜台前面，坐了一整排脚底按摩的客人。

十家十个价

如果你从商，一定有这样的经验：

你临时打电话，找合作厂商的业务员过来，接着拿个东西请他估价。

你急着要，他却支支吾吾半天估不出。你急了，问他：“以前不是做过类似的东西吗？”

他可能说记不清了，请你把以前的估价单拿给他参考。再不然他说最近有些东西调整价钱，他得回去查，接着慌慌张张地离开。

他为什么不能立刻估？如果他是个老资格的业务员，不是心里应该有个价目表吗？

对的！他是有，但是很多，家家不一样！

搞不好，他跑业务的有一百家。你临时抓他来，他没有准备，加上你的两只（或你们的几十只）眼睛亮亮地盯着他，他好查、好估吗？

所以为了保险，他必须回去，或偷偷打电话问公司，再不然上网查档案，才能估给你。

当你新搬到一个地方

如同药店，也如同我那位整骨师，生意人对顾客，常常是看人叫价。

所以当你到熟识的店里，想还价的时候，先四处看看有没有别的顾客，不然你可能失去打折的机会。

相对地，你到个不熟的店里，譬如你新搬家，到附近的商店，看见店里的人正跟顾客有说有讲，一副老交情的样子，你也可以躲在旁边慢慢挑、慢慢看、偷偷听！

很可能你这听与不听，能造成很大的不同。

如果你听到他给老顾客打折，等会儿你也可以要求，他八成先一怔，但接着没话说了。假若你再跟他说是新搬来的“邻居”，立刻就能成为“老顾客”享受特殊待遇，搞不好还会拿到一张贵宾卡。

忌当着属下请托

以上都是一般人会碰上的处世小节，我真正要说的是下面对职场朋友的建议：

当你谈生意、讲价钱的时候，就算跟对方大老板很“哥们儿”，也要避免当着他的员工谈价钱或托关系。

因为很可能他才对员工训完话，说以后少走后门、卖关系，对所有的顾客都要一视同仁。

请问，他好接着就当着属下的面，给你优待吗？

相对地，如果你等他属下离开了，才私下托他，他则可能另外想个办法，不留痕迹地给你开个方便门。

同样的道理，你也要尽量避免当着别人的领导或同事，要求特殊待遇。

因为他可能很不给你面子地“严拒”：“对不起！我们现在绝不二价，也没有特别的关系好用。”

于是你失望地离开了。

很可能你才出门，他的老板就对他大大赞赏：“不错！就应该这样，六亲不认！”

结果“那人”明明能够偷偷行个方便，听老板这么说，也行不得了，你这不是自绝后路吗？

忌大夫有私交

往更深一层想，有时候你跟相关单位的“办事人员”就算特别熟，甚至好到两家总在一起玩，你也不适合让他的领导，甚至你的领导知道。

这就是“大夫无私交”的道理。

公与私应该是分开的，当你的“私”明显地超过“公”，他的领导或你的领导难免要猜你们之间会不会有弊端。除非你们的领导，想通过“你们”搞弊端。

卖个交情还可以，搞弊端就不对了。

把神叫醒之后再祈祷

三十年前我刚到纽约的时候，治安很不好，朋友瞪大眼睛警告我：

“如果你在巷子里被抢了，千万别喊‘救命’，更别喊‘有人抢劫啊！’因为你这么一喊，原先两边亮着灯的窗子，就一下全黑了。相反地，如果你喊‘失火了！失火了！’原先黑的窗子，一下子全亮了，大家都会打开窗子或跑出来看哪里失火，你就得救了！”

“引起注意”，是非常重要的沟通技巧。

你知道为什么菜农为反对进口蔬菜，决定星期天游行，却在星期四先聚集一些人，去外国领事馆扔大白菜吗?

因为他们希望引起注意，星期四的激烈行动，经过媒体报道，星期天参加游行的人会多得多。

同样的道理，某公司拍电影时，一下子说演员吊钢丝摔伤，进了医院，一下子传男女主角假戏真做，进了宾馆。

谁发的新闻?

只怕是片商，为了早早造势，引起注意。

甚至有厂商会莫名其妙地道歉，还煞有介事地在记者会里鞠躬，说他们在网上标错了价，但为了信用，即使“失血”，只要已经网购的，绝对照样出货。

天哪！他是老几啊？一家新公司、一样新产品，谁知道？又有几人会去网购?

只是他这么一来，大家全知道了。非但“引起注意”，还达到了免费宣传的目的。

为什么跑龙套

更好的例子，是戏曲演出。

为什么开演之前要敲打锣鼓点，一闹就闹上十几二十分钟？接着又有一票背上插着旗子的龙套演员，上来左绕绕、右绕绕？

答案很简单：前面打锣鼓点，是由早期乡间的“草台戏”发展而来，目的是告诉四处的乡民：“戏要开演了。快来看哪！快来看哪！”

“跑龙套”则是为了安定场子。因为大家到了台下，还可能聊天吵闹，甚至跑来跑去。当龙套演员出场，知道戏开演了，观众才会逐渐安静下来，把注意力集中到台上。

接下来，重要的角色登场，就能获得应有的尊重。

忌在喧哗中致辞

不错！是“尊重”！如果演员在台上演，观众在台下演，演员能感觉被尊重吗？

问题是，今天许多人，即使在职场很久了，还不懂这个道理。

譬如开会时，你这位大老板为了表示大，第一个站起来，没等下面的员工安静，就开始说话。

这时候可能还有一堆人在翻数据、咬耳朵，搞不好在偷偷啃面包、看报纸，你这大老板的感觉好吗？你说的话，员工都能好好听进去吗？

你后面的话，因为他们已经集中注意力，或许听进去了，你前面的几句可就不一定了。

如果偏偏你又不懂说话的技巧，把最重要的事，一开始全说了，很可能有许多人没听到，搞不好下面还会一阵交头接耳：“刚才老大说什么啊？好像很重要！”

你有义务帮忙开场

如果有这现象，请想想我前面举的几个例子，尤其想想戏曲的演出。

你的锣鼓点呢？

最起码，你可以喊话：“开会了！安静！”

洋人在宴会上不是也常用叉子敲杯子，叮叮叮，叫大家安静吗？

这一点都没错，一点都不失礼。

因为你说话，大家不安静，才是真没礼貌。

所以只要你够分量，下面人又不够安静的时候，你大可以吼一句：“请大家安静！”

更好的方法，则是学戏曲演出，让副手跑一下龙套，也就是由下面人先开场，再把“注意力”和“尊重感”，引到你身上。

相对地，如果你是二线主管，今天老大要讲话，你也有责任为他开场。为了礼貌，你可以先小声问老大：“是不是可以宣布开会了？”

老大点头，你就开始宣布，安静场子。

用身体语言告诉大家

如果你是下面的二线主管，也有义务帮着宣布开会。不是出来喊，而是小声或用手势告诉你的人：开会了，上面老大要讲话了。

假使你是最小最小的那个小职员，怎么办？因为如果由你提醒，只怕别人会不高兴，心想：你算老几？

很简单！你可以“独善其身”，一下子坐挺了，眼睛盯向前面。你四周的人八成会注意到你的这个动作，立刻安静下来。

更重要的是，你公司的“老大”，也可能注意到，如果你还懂得身体语言，把整个身体，甚至调整椅子，面对着主讲者，他就更会注意到你，而对你有好印象了。

莫虎发飙记

最后说个真实故事。

纽约有位著名的华裔律师莫虎，早年在担任纽约市警局副局长的时候，有一天为八百位新升职的基层警官讲课。

他进场，全体警官依规矩起立，但是他才走上台，又转身下台，走出门，再等几秒钟，重新进入会场。

为什么？

因为他发现下面有三个白人警官没有起立，甚至还在说话。

接着他叫那三个白人出去，在门口罚站，会后还命令三个人写“检讨”，为免他们串通掩饰，还特地分别在三个房间写，解释为什么当时没起立。

这事情一下子传遍纽约警界，莫虎副局长说得好：

“如果我当时忍下了，就那么开始讲话，以后还能获得尊重吗？尤其我们华人，能不让人看扁吗？”

“不鸣则已，一鸣惊人。”同样一句话、一段话，你什么时候讲，用什么方式讲，能产生完全不同的效果，更重要的是，“能使你获得不同的尊重”。

对了，你知道日本人拜神之前为什么先拍两下掌吗？

据说是怕神睡着了！

只怪男生举不高

先做个心理的小测验:

如果你去做直肠镜检查，发现了息肉，而且立刻切除，检验报告出来是良性，你心想: 好险哪！如果没发现，时间长了很可能变成大肠癌。

不但这么想，你还好心地四处告诫朋友:“你做过直肠镜了吗？到年岁了，该检查了！”

多半人都听了你的话，只有老王，你不知劝了他多少次，他都斩钉截铁地说他家族没半个人得癌，不必没事找事！

过几年，突然你听说老王得了大肠癌，请问，你会有什么反应?

如果是别人告诉你的，你是不是很可能说:“谁让他不听我话啊！我早劝他做直肠镜，他硬是不做。结果被我说中了吧？”

问题是，如果你去探望躺在医院里的老王，你能跟他说谁让他不听你的话吗?

就算老王先开口说只怪他没听你的，你也不能附和:“可不是嘛！”而应该挥挥手:“唉！不提这个！不提这个！所幸你发现得早，没问题的。”

此一时，彼一时

同样的道理，今天你知道烟枪老李得了肺癌，无论你过去有没有劝过他少抽烟，你都不能说“只怪你抽烟抽太凶了”，甚至当他自己后悔抽烟的时候，你还得反着说:“也不全怪抽烟啦！丘吉尔抽得多凶？别操心，现在医学有新的突破，肺癌根本算不得什么。”

没错！老王被你不幸言中，表示你当年说得有理，你暗自得意。

也没错，你平常受够了老李的二手烟，早在心里咒他迟早会出毛病。

但是当事情真发生，你却半个字也不能说。

不可幸灾乐祸

我们常说，“前事不忘，后事之师”，又说“痛定思痛”。当事情发生，确实应该好好检讨，免得下次再出问题。可是千万注意，能做后事之师的一定要有“后”。对个大病初愈的人，你可以劝他以后要好好保养。相反地，如果他已经病入膏肓，你还能这么说吗?

你可以心里怨他没早听你的，你也可以“以此为师”地劝诫别人，但是绝不能对那个病人或他的家人说。

否则，你就有了幸灾乐祸的感觉——用别人的灾难，证明你的神准。

主动化解的技巧

孔子说，“成事不说，遂事不谏，既往不咎”，就是这个道理。事情已经成了，人已经得了大病，既然已经难以挽回，就不必说，不必谏，不必归咎!

同样的道理，老孙的女儿交了个男朋友，老孙怎么看怎么不顺眼，信誓旦旦地说打死女儿，也不准她嫁那小子。搞不好，他还挖出一堆那“浑小子”的烂事。你听了也觉得确实是一朵花插在牛粪上。

但是渐渐老孙不吭气了，遇到你甚至避谈她女儿的男朋友。

这时候你该怎么说?

主动问“你女儿还跟那个小浑蛋来往吗”？还是先打破僵局说“老孙哪!我觉得你这个人有偏见，其实我看你女儿那个男朋友很不错，你女儿比你有眼光”？

你这么说保证万无一失。因为如果他们已经吹了，老孙大不了说，“当然浑蛋，已经拆了”，表示老孙厉害，他赢了。

相对地，老孙可能突然脸上一亮:“没想到你还真会看人，可不是嘛，经过这阵子观察，那小子还真不差。”

接着他很可能说:“下个月要结婚了。”

突然间，你发现老孙由躲着你，变成跟你特别亲近。

为什么?

因为她女儿非嫁那浑小子不可，他软化了。而他过去所有诅咒的话，都回到了他身上，好像自己打了自己一个耳光。

而你，主动为他解了围。

该你背书的时候

再举个例子，马克看上个好房子，就打算订下了。突然听说你很会看风水，于是约你看看，能不能买。

这时候，你可别卖弄本事，最好先侧面了解一下马克是不是真要买了。如果他已经四处说他多么满意那房子，除非你提得出明显的弊端、坏透了的风水，要不你就最好别去，或去了只管一个劲儿地叫好。

为什么?

因为马克是找你去背书，好肯定他挑得对！如果你说了一堆坏话，他却想来想去还是决定买，他心里的第一个反应就是你根本胡说八道。

马克不先否定你，他怎么下手买呢?

而且他即使否定你，买下了那房子，心里一定还是会有疙瘩，潜在地排斥你。

成事不说

只要是既成的事实，再也无法挽回，说了也没用，就千万别说。

你可以问个老朋友半年不见，怎么头发白了那么多，却绝不能大叫:“天哪！您怎么一下子秃啦！”

因为白头发大不了染染，秃了却难以恢复。

跟个朋友逛街买衣服，她试穿一件衣服问你怎么样，你可以摇头说不好，但是在宴会里她穿了那件衣服问你，你就只能叫好了。

除非你想得罪那个朋友。

不嫌就是嫌

高矮的学问就更大了。

当一个很矮的女生很自卑地说她太矮的时候，别以为你安慰她“只要穿上高跟鞋，就不矮了”，她会高兴。要知道，她自己说可以，你说就不行。只怕你原来的好意，听在她耳里还成为讽刺。如同你对另一半说“我从来没嫌过你矮”，反而显示你真嫌他不够高。

小心自卑的敏感

再说个真实故事。

一对情侣下雨天出去，男孩子打伞不小心钩到女生的头发，女生不高兴地说:“你为什么不把伞举高一点？”

“我就是举不高！”男生居然当场翻脸。没多久，两个人就吹了。原因是“他”很矮，“她”很高。

女生那句话成为压垮骆驼的最后一根稻草。

当生米煮成熟饭

说个笑话给你听，看你觉得好笑不好笑：

晚餐时太太给丈夫做了一碗意大利西红柿面。

丈夫吃了一口，大喊："太好吃了！太好吃了！"

第二天，太太又端上一碗意大利西红柿面。

丈夫吃了一口，又喊："太好吃了！太好吃了！"

第三天，太太还是端上一碗意大利西红柿面。

丈夫吃了一口，还是不断说："太好吃了！太好吃了！"

第四天，太太再端上同样的一碗意大利西红柿面。

丈夫没吃，大喊道："难吃死了！"

美国人的忍功

这是我在《读者文摘》上看到的笑话。令我不解的是，我说这笑话给中国朋友听，多半的反应是："这有什么好笑？"相反地，说给美国人听，他们却笑得前仰后合，尤其美国的中年妇人，更是扯开嗓子大笑。

后来我懂了！因为在中国，只要老婆连着两天做同样的东西，丈夫就可能抗议了，再有修养，也忍耐不了第三天还吃一模一样的："怎么还是意大利西红柿面？"

但美国人的文化不一样，也可能他们有些假，碰上不满意的事，他们会忍，还故意装作没事，直到忍不下去的那一刻。

所以美国夫妻可以前一天还开派对宴请亲友，庆祝结婚周年，隔天却冷冷地交给另一半一张律师的名片，然后提着箱子出门。

妻子或丈夫没办法知道，枕边人什么时候会因为“忍到不能忍”而发作。因为他们总是“相敬如宾”。

同样的道理，美国人在办公室也很会忍。

举个例子，你身体不太舒服，早上打个电话给你美国老板，说你病了。

他很可能表现出很关心体贴的样子，再三叮咛你要看医生、好好养病。

改天，你又不太对劲，再打电话请病假。

他还是一样，好关心，好体贴，好体谅！

再过两天，你又有点累，不想去，再打电话请病假。

那老板的反应果如你所料，他还是不断地叮嘱你要注意身体、好好养病。

又过一阵，有一天你上班，走到自己的座位，发现桌上摆了一个空纸箱，上面放了封信，身边站着一个警卫。你要开计算机，已经进不去了。警卫则盯着你收拾东西，然后收缴你的证件，送你出门。

搞不好你在电梯里撞上老板，他还是那么有礼貌：“你好吗？最近身体不错了吧！多锻炼！祝你健康如意啊！”

日本人的“有礼无体”

日本人西化得早，他们也差不多，所以常听人抱怨日本老板是“有礼无体”。

他们在办公室里对你鞠躬如仪、问安如仪。他们在夜总会跟你一起搭肩高歌、跳舞，搞不好还私下伸咸猪手……

第二天，他们又鞠躬如仪、问安如仪，恢复领导的架势。

君不见，他们可能这边还跟美国人敬酒、互祝国运昌隆，那边飞机已经载着轰轰烈烈的大礼，飞到了珍珠港！

忌听表面的外交辞令

外交也一样，这一点西方人又比日本人技高一筹。

他们要跟你断交，绝对不露声色，大概早读了中国的圣贤书，学会了“君子绝交，不出恶声”。前一天你有国宴，他的外交官还带着老婆盛装出席，举杯祝两国邦交永固。

同一时间，那外交官的古董家具早运到了机场的仓库。

你的情报人员来报，你赶紧问他是不是有什么问题，他可以拍着你的肩膀问："可能吗？"

确实可能！他可能半夜突然找你，说他明天要"降旗"了！

忌早早露馅

"成事不说"这句话，你可以从第二人称想，说别人已经成了的事，就别多讲。你也可以从第一人称想，你自己忍了又忍、想了又想，终于决定了的事，就先别吭气。

为什么？

因为你既然已经"吃了秤砣，铁了心"，还有什么气好吭，甚至还有什么气好生？

而且如果你早早吭气，会有一大堆副作用：

今天你要某人下个月卷铺盖，他从这个月就开始卷你的铺盖，把重要的数据全卷走了。

再不然他四处托人，大姨子、小姑子、爷爷奶奶，甚至你邻居、小蜜全来了。说好话不成，就说你坏话，把你搞得鸡犬不宁。

断交也一样啊！

他早早准备，闷不吭声，说走就走。

所以当你的媒体发快报、你的举国愤慨、群众冲向他领事馆的时候，他已经在飞机上了。

你甚至要想，搞不好，连他的外交官都不知道哪天要"断"，只知道情况不好，把东西先运去机场。至于上面什么时候通知"走人"，他一点也没准儿。而且很可能一拖再拖，拖上几年。

照这么说，他在断交前一天举杯，祝两国邦交永固，又有什么错？

忌不懂老板的暗示

我说这么多，是要告诉各位上班族：

你可能出国去外资公司，就算在本国企业工作，那里也有许多人是由海外归来，曾经喝了不少洋墨水，受了不少洋气，也学到不少洋人的脾气。

加上这是个国际化的时代，连最老派的公司恐怕也不得不用西式管理。

所以你要学会“忍”，有气，忍着！偷偷评估自己的去留。也偷偷观察你的老板，猜想他会不会也正忍着，在评估你的去留。

你更要懂得西方人的暗示法，他对你的产品不满，常常只淡淡地表示，却偷偷找人替代你。所以他有一点不满，你都要了解、反应、改进，或者偷偷找人替代他。

忌话不直说

相对地，如果你是非常西化的人，到了东方也得知道，很多你的暗示，对方会听不懂。你对他说：“如果你准时交件，我一分钱也不会少你的。”

他可能不懂，照样拖延交件。而当你扣钱的时候，他又急得跳起来拼命，说他想你只是说说，怎么知道会扣那么多。

碰上这种文化的差异，你不如早早明说：

“请准时交件，否则我退货”，或“迟一天，扣百分之十的货款”。

同样的道理，如果你公司的餐厅，每天做出菜的味道差不多，你可别用西式的礼貌，还对厨子说：“好！好！”

你干脆直说：“味道太没变化了。”

否则，他可能为了讨好你，明天又烧同样的味道，还等着你说：“好！”

你有没有签过投名状

你看过陈可辛导的《投名状》吗?

李连杰、刘德华和金城武，为了结生死盟约，一起去杀了三个无辜的人。杀之前还对那些冤死鬼道歉:“对不起啊！记住我这张脸，下辈子投胎找我报仇。”

天哪！你们结盟，关那三个路人什么事？你们签状子，就找纸笔来签好了，为什么去杀人，又杀完全无辜的善良百姓?

忌纳投名状

“投名状”在江湖黑道早有了。不信你翻翻古典名著《水浒传》。

林冲投奔梁山泊，大家信不过他，要他签“投名状”，林冲要去找笔。朱贵说:“你错啦！不是写状子，是你得下山杀个人，再提着头来。”

接着林冲就下山，等在路边，还怕没人经过、没得杀，终于等到个“倒霉鬼”，提刀杀去。

“投名状”，简单一句话：就是大家成为杀人的共犯。你、我、他，我们彼此都知道对方干了伤天害理的事。你、我、他，彼此抓着小辫子，绑在一块，有一天出了事，谁也跑不掉。

别以为“投名状”是黑道的玩意儿，其实在今天的世界，处处有投名状。

就像投奔梁山泊的林冲，你愈是新来乍到，愈可能被要求：纳上让我们信得过的投名状！

小心自然地成为共犯

今天你警校毕业，分配进个警局，明天你同事发给每人一个信封，办公室里的人都接了，你当然也接过来，打开信封吓一跳："这么多钱？是津贴吗？我才到任，也有？"

你正疑惑，同事摆摆手："拿着！每个月都有你的。"

再过些时，同事告诉你去哪些地方打个转，到了就知道了，少问！有问题回来再说。

于是你一路巡访、一路"收件"，直到有一天又来个菜鸟，你就再把这差事交下去。

这就是"投名状"！出了事，你跑得掉吗？没人拿枪抵着你，是你自己去收的。

忌一陷再陷

再举个例子，今天你做某某官、某某员，有一天同事请客，你去了。

一大桌，全是同事，老张老王老李老孙，还有个不认识的，大家开怀畅饮，由那不认识的埋单；再去下一摊，除了美酒，还有美女。所幸是走后门，房间十分隐蔽，随你们乐。实在开心，借着酒意，还有再下一摊，个别带出场。

这也是"投名状"！

你知道当你跟去喝花酒，你那票同事有多开心吗？如果你还带出场了，他们就更放心了。

所有在场的人、所有的小姐、那个陌生人，都是人证。搞不好还有人借着打手机拍了照，甚至出场的小姐留了"物证"。

你还能跑得掉吗？

当大家都指鹿为马

连文化圈都有投名状：

你是鉴赏名家，同行邀你去看看宝贝。

嗬！真不少，看来全是真的，其实全是假的。

你看出有假，刚要说，四周人却喊："真东西！好东西！"跟着纷纷在鉴定书上签字，递到你面前，你签还是不签？

你刚正不阿，说你不确定，不能签。

没过几天，又有鉴宝的聚会，搞不好还是某拍卖公司的鉴定大会，你认识的那批专家都受邀，据说有惊人的“出场费”，偏偏漏了你。

更麻烦的是业界开始传，你鉴定力有问题。一次两次三次都没你的份儿，事实也证明你过气了。而且就算有人拿了东西找鉴定，也不找你，只因为听说你不够专业，而且眼睛“奇苛”，真的都会被你说成假的。

终于有一天，他们又邀请你去了。你也以大家的意见为意见，乖乖地签了名，拿了出场费。

多好啊！从此你们成为哥们儿，大家信得过你，有好吃的绝对忘不了你。

因为，你签了“投名状”。

忌永远黑白不分

如果你是社会新人，看到这儿，请不要害怕，或者怪我危言耸听。

我也希望这只是我的“危言”，社会上“干净”得不得了。但我不能不让你知道少数的不干净。

你尤其要知道团体的力量。若今天你是前面那个警员、那个官员、那个鉴赏家，当你四周的人都指黑为白的时候，你能如何？

黑永远是黑，白永远是白！没错！但在那个小圈圈、在那个场合，你还是得识时务。否则众口铄金，只怕你死了，都没人能护你。

好比在战场上，你亲眼见到你的同胞滥杀无辜，他没命令你一起杀，叫你签“投名状”已经不错了，你能当场说要揭发他吗？

如果他还没扣扳机，你可以拼命阻止，但是当他已经做了，你顶多能阻止他再做，否则可能有一颗子弹会留给你。

这样的事，你当然要揭发，但不必当场表明。好汉不吃眼前亏，你可以装作没事，直到有个安全的机会，再一举揭发。

同样的道理，你被带去喝花酒，被拍了照，如果你的同侪都去了，你只能认栽，但千万别再带小姐出场。

忌拍亲热照片

还有个最普遍、最不像“投名状”的投名状。是当你跟男朋友（或女朋友）打得火热，甚至翻云覆雨的时候，他举起手机摄影。

他拍的不是你一个人，是两个人，他也在里面，加上你们说不定已经论及婚嫁。

而且，多刺激啊！搞不好他回家把照片发过来给你，你还兴奋呢！

问题是，如果有一天你们不好了，如果有一天他的手机或计算机丢了……怎么办?

他为什么拍照?

因为你们好！因为刺激！

但会不会也因为他要你签投名状?

知道了这一点，无论你是男生还是女生，你能随便拍摄亲热照吗?

切记！切忌！

如果你不记、你不忌，很可能中计，有一天成为“艳照门”的主角。

先杀了再说

2011 年 5 月 2 日，美国的隐形直升机载着反恐部队，飞到距离巴基斯坦首都不远的一户民宅，砰砰砰砰砰，打死了头号国际通缉犯本 · 拉登和另外两男一女。等到巴基斯坦军方发现，美国人早载着本 · 拉登的尸体和大批资料飞不见了。而当全世界得知这个消息的时候，连本·拉登的尸体都被扔进大海了。

天哪！全程居然是由美国总统带头遥控指挥的，而巴基斯坦政府竟完全不知道。

怪不得巴基斯坦官方第二天就发表声明，对美国抗议。只是他们在抗议文稿里加了几句，表示他们过去一直与美国合作反恐，交换有本·拉登的情报，只差没讲“打得好极了！可惜没事先通知我们，否则我们也会参加”！

美国这种做法是什么？

是“先斩后奏”。

美国人不是说得很明白吗？他们怕先走漏风声，巴基斯坦的人会早早通知本 · 拉登逃跑。

可不是嘛！

本 · 拉登就住在离首都一百公里的城市，而且距离巴基斯坦军事学校不过八百米，他一住多少年，巴基斯坦官方能不清楚？如果先知道了突袭行动，能不通知本 · 拉登溜之大吉？

但是美国“先斩后奏”，巴基斯坦能怎么说？只好顺水推舟了！

当人头落地的时候

如果你是有两个儿子的父母，大儿子不学好，你们讨厌死他了，幸亏二儿子上进，使你们得到些安慰。

这一天大儿子跟二儿子起冲突，一刀把二儿子捅死了。

你们看到整个行凶的过程，明明是大儿子不对，但你们会对警方说实话吗？

你们会哭着喊着，要警方把大儿子抓走，送交法办，速审速判，快点枪毙吗？

抑或，你们会撒谎，说二儿子先动手，大儿子只是为了自卫，失手杀了弟弟？

如果两个儿子正在争执，你们绝对向着二儿子，甚至如果二人打架，你们也会帮二儿子。

但是现在，二儿子死了！

为了还能保有一个儿子，你们不得不改变立场。

包公铡陈世美

先斩后奏，最有名的包公铡陈世美也一样。

陈世美为了做驸马爷，骗皇上他未婚。妻子带着两个孩子来找他，他装作不认识，还偷偷派人去杀妻子。

事情刚刚闹到包公那儿，公主和皇太后就跑来求情，说如果你包拯处罚陈世美，就跟你没完没了，甚至连命都要赌上。

这时候包公能怎么办？

他能慢慢办吗？只怕多犹豫一下，消息就要传到皇帝那儿，到时候皇上出面阻止，包公不能不从。

所以，他当机立断，干脆一刀铡了陈世美。

人头落地。

皇帝能怎么说？

他再不高兴，恐怕也得说陈世美罪有应得吧！他能处罚包公，留个千古骂名吗？结果，反而给包公留下了千古美名。

当反对派失败的时候

前面举了三个例子，说的是更深一层的“成事不说”。

巴基斯坦政府、那对兄弟的双亲和陈世美的岳母，事先知道都会反对，但是当人死了，就全变了。

同样的道理，如果今天你们公司有个计划，开会讨论的时候，你极力反对。你有一百个道理，甚至应该说你是专家，其他人全是外行。但任你说破了嘴，领导们还是不听，硬是要做。

你怎么办?

你双手一摊，说你尽力了，不管了。

抑或，你了解前面我说的道理，知道事情已经不可挽回，好比已经人头落地，你能走的只有一条路：听上面的，高呼万岁！主子英明！过去怪你自己看事不清，然后，你跑在第一线，比谁都卖命。

择善可以固执

如果你是年轻的社会菜鸟，八成会双手一摊，说你尽力了。

你这么做，我佩服你!

但是你要想想，在团队当中，你能不服从领导的决定吗? 在民主制度下，少数能不服从多数吗? 如果今天你在军中，领导做的决定有错，你设法劝阻，他还是坚持，你能消极抵抗，等着看好戏吗?

只怕还没上战场，你就先倒下了。那是军法，你抗命，再对也是错!

小心其中有诈

同样的道理。

如果你反对得有一百个道理，再糊涂的领导也该听得懂，他却还是坚持原先的看法，甚至“他们”都好像傻到姥姥家，坚持要做。

你得知道，他们可能是存心要输、存心要错、存心要赔钱、存心要上当，或者存心要营私舞弊。所以你说得对，也成为错。更可怕的是——你是“芳兰当户，不得不锄”。

这时候，为了避免蹚这趟浑水，成为共犯，你最好自己求去。

忌做芳兰当户

否则，你就得改变立场，比谁都拼命，跑在最前面，吃子弹。

因为当你原先坚决反对，事情还是非做不可的时候，你自然成了反对派。就算你照样做事，那些人还是会觉得你可能扯后腿。最起码，他们猜你有“等着看笑话”的想法。

事情果然败了，他们一边生气，一边偷偷后悔没早听你的，也会一边暗暗忌你、恨你，搞不好猜测因为你不配合，才会输。

事情如果成功了，你也没好处，因为证明了你当初反对错了。如果大家听了你，就不可能有后来的成功。你也成为胜利中的失败者。

所以当他们决定了，越不合你当初的意思，你越得跑在前面效力。

那么，当事情败了，你也送了半条命，他们会向你道歉。

事情成了，他们则会赞赏你：从善如流、改过向上、戴罪立功。

现在你懂了吧！为什么争取提名的时候，可以把对手骂得一文不值。对手“出线”之后，又要抢着当他的竞选团队总干事。

这就是“政客”或“政治家”的处事的智慧！

谎话的说与不说

这个世界上，除了非常小的孩子，大概很少有人没撒过谎。

你太太换个新发型，问你漂不漂亮，你怎么看都不顺眼，却说："漂亮！漂亮！"

你朋友病危，躺在床上说他要死了。你明知他拖不过三天，还是斩钉截铁地说："别胡思乱想！一定会好起来。"

你同事送你一瓶香水，是你最讨厌的香味，而且柜子里已经摆了好几瓶，你还是故作惊喜地说："太好了！太好了！我就盼望有这么一瓶。"

他的错，他负责

"谎话人人会说，各有巧妙不同。"所以当我讲"人生百忌，忌撒谎！"的时候，你八成有意见。

那么，请听我讲我的道理。先说两个故事：

前几天，我家的暖气锅炉做保养，不保养还好，保养的隔天就淹了水，而且从锅炉间一直流到外面的地下室大厅。

打电话给那保养公司，人很快就来了。蹚着水进锅炉间看了一眼，出来说要怪他，因为有个压力的开关，打开忘了关回去。接着由他出钱找"抽水公司"，开着大车来抽水，再用干燥机烘干。

正好有位邻居是保险经纪人，我太太打电话问他，是不是该找暖气保养公司理赔。邻居说没什么损失，赔的可能性不大，但还是可以问他公司的"保险号码"，必要的时候可以申请理赔。

临挂电话，那邻居跟我太太要保养公司的电话。

“你要帮我打电话？”我太太问。

邻居一笑：“不！我要找你的公司为我保养暖气，因为这年头很少有那么诚实的人。”

丢了面子，赢了里子

再说个老故事。

三十多年前，我做电视记者的时候，有一次要到韩国采访亚洲影展。那时候台湾地区的人很难离开本地，我拿着表格，找一位位主管盖章，再经“安全室”审核，总算把章都盖完，将资料送给“中影公司”承办的一位先生。

隔几天，突然接到那人电话，说大家都递了资料，为什么没见到我的。

“我送去了。”我说，“还是您收的啊！”

“不要乱讲，我没收。”

我急了，立刻跑去找他，他还是说根本没有，我冒火，他却比我还大声，两个人对吼。

亚洲影展在即，我没办法，只好回公司从头办，一关一关去解释，重新审核盖章。

就在快办好的时候，电话响，是“中影公司”那个人的声音：“对不起！刘先生，我在桌子下面找到你的申请书，我向你道歉！”

放下电话，我真是五味杂陈，既高兴又火大。但是气归气，我却暗自佩服他，佩服他的“风骨”。

诚实走进集中营

没错！谎人人会撒，有时候小小撒个谎，就能逃避很多问题。今天你不想上班，打电话给主管，说你病了，就能逃避一天。今天你不想交报告，说你家里有事，教授就能网开一面。今天，你对妈妈说全班都不及格，只有你考六十分，你非但不会挨骂，还可能得到赞许。

问题是，你虽然可能占外面的便宜，却可能受内在的伤害。

记得在第二次世界大战集中营回忆录里，看过一个故事。纳粹抓人，抓了一堆，问里面有没有犹太人，是犹太人的站出来。

明明知道自己出去，会被送去集中营，一个犹太人却毫不考虑地说：“我是！”

后来有人问他：你长得那么像德国人，德语又那么好，为什么站出去？

“因为我有我的自尊！”

顺手牵羊又如何

撒谎，最大的伤害就是自尊。如同有你可以顺手牵羊的东西，保证没人看到，看到也没什么大不了，那东西又是你很需要的，你不顺手牵羊，宁愿花钱去买。

这跟你顺手牵羊有什么不同？

有！是你的自尊，是你的自许，是你的人格，是你的良心！你顺手牵羊确实可以省下钱，但是难道你的良心和人格不值那个钱吗？

同样的道理，你能撒谎，不撒。明明撒个小谎就能脱身，如同“中影公司”的那个人，既然我已经重办了，又跟我吵得面红耳赤，他大可以将错就错，何必拉下脸来跟我认错？

他确实好像丢了面子、认了错，但是，他也赢得了“里子”，赢得他的“自尊”和我对他的“尊敬”。

不屑于撒谎的人

人生走过六十多年，我越来越发现，那些因为诚实而吃小亏的人，长期下来反而占大便宜。

因为他赢得人们的信任与尊敬。

我也越来越对那些能撒谎却不撒谎的人刮目相看。

“我不撒谎，因为我很自负！”

忘记了这是谁说的，很狂，但是很有道理！

剁掉手指之后

不知道你有没有在日本电影上看过，日本黑社会有人犯了大错，会用一种非常残酷的方式表示歉意——自己用刀切下一截小指头，然后把那截手指用布包好，呈给“对方”。

据说以前台湾地区警察抓到小偷或扒手时，也会用这种方式惩罚。

结果当人们知道被抓的人可能因此少一截手指（当时还传说是要剁掉整只手），于心不忍，反而不报警，甚至报警之后又反悔。

那反悔是什么？就是明明发生了，却说没发生，是说谎。

为什么说谎？

因为“执法”太严苛。

明知何必故问

当我们讨论不撒谎的时候，可以从两个角度看。一个是你主动不撒谎，一个是不要逼别人撒谎。后者的学问可能比前者更大。

好比“国王的新衣”，你是国王，有权有势，谁都怕着你、捧着你，你明知自己光着身子，何必去问臣民新衣服漂亮不漂亮？

除非你指望别人说谎。

问题是，这种逼人说谎，可能造成更严重的后果。

许多上位的独裁者，因为下面的人欺下瞒上，而不知民间疾苦。问题是他只爱听好听的，甚至曾经把大胆直谏的人砍头，下面还有人敢说实话吗？

同样的道理，你是公司主管，凶得像阎王，职员犯一点小错，就要暴跳如雷，甚至革职查办，你以为这样就能把公司治理好吗？

只怕像听说会剁手指的民众，明明抓到小偷，却不报警。因为你的“不合理”，造成公司人人自危，一个护一个，出了事，彼此帮忙瞒骗，你反而不能知道实情。

妻管严的副作用

夫妻亲子之间也一样。

丈夫每天加班，很晚回家，这天晚归，太太问他：“又辛苦加班哪？”

丈夫说：“今天倒没加班，是跟几个同事聊天，聊晚了。”

太太要为此光火吗？

非但不该生气，反而应该暗自高兴啊！今天你老公能据实以告，第一，表示他坦然，第二，表示你的“家教”不严苛。

想想，如果你这“河东狮”“妻管严”，严得出奇，你丈夫会据实以告吗？他只要撒个谎，甚至都不用开口，只点个头，表示“对！加班好辛苦”，不是就过关了吗？

话说回来，如果你大发雷霆，骂他目中无家、目中无妻，下班不回来，还出去瞎扯淡，只怕下次他就不说实话了。

别逼孩子撒谎

对孩子的教育更是如此。孩子今天进门，说他考了九十五分，你高兴地问：“在班上应该前几名吧？有人比你考得好吗？”

孩子说：“多半的人都考一百。”

你该高兴，还是冒火？

你绝对应该高兴，因为表示你的孩子诚实。碰到这种情况，你非但不能骂，而且应该赞美。相对地，如果你一巴掌打过去，下次再发生同样的情况，孩子不是撒谎说别人都不如他，就可能明明知道，却说不知道。

真正严重的问题是，当你的管教不合理，会造成孩子用撒谎的方式逃避，最后变成没几句实话。你发现孩子撒谎，处处怀疑他，更伤害他的自尊，造成亲子之间的矛盾与冲突。

别制造言辞闪烁的子女

撒谎是会成为习惯的。

因为只要他今天撒了谎，就可能得用另一个谎来圆上一个谎。当谎言“积”到他自己都记不清，唯一应付的方法，就是不说实实在在的话。也可以讲：从不把话说死，使自己永远能找个缝脱身。

所以当你遇到言辞闪烁，说话很不实在的人，细细考察一下，他很可能长在一个过于严厉的家庭，再不然就是以前跟过“暴君”式的老板。

父母过度严厉，孩子不见得更好，反而可能变得更爱撒谎，或在父母前后两个样！而且这种人格，可能影响他一生，害他一辈子。

你前面有几个男人

你新交了个女朋友，立刻打得火热。你们翻云覆雨之后，你能问对方“哎！你技术不错，过去有几个男人”吗？

如果你够成熟、够聪明、懂礼貌，当然不能。

如果你问了，请问你希望得到怎样的答案？希望她说“八个，你的技术排第三”，抑或你存心要她撒谎？

她说过去没有，是小时候运动伤了……

你信吗？

既然不会信，何必问？何必逼对方撒谎？当她据实答了，或撒半个谎，把八个减成四个，你会不会追问是哪四个？如果有一天，你们结婚了，吵架了，你会不会把存在心里的那个“疙瘩”吼出来？

撒谎的脾气坏

人在撒谎之后，心情必定不好。第一，他怕被发现，不安。第二，他可能原本不愿撒谎，今天言不由衷，违背了他的良心。

谁让他违背良心？是你！是你逼的！

所以他会恨你，明明早知道，或者明明有感觉，何必问？何必逼他撒谎？

同样的道理，孩子在撒谎之后容易表现叛逆，不然就跟你对着干，再不然躲着你。因为他不敢面对你，怕谎言被你拆穿。他也可能不愿意再撒谎，已经撒谎撒得累了。

别让对方为难

面对不爱撒谎的人，你不小心，问出一个令他犹豫的题目，譬如你问他的东西是自己买的，还是谁送的，或是怎么最近没看到他的另一半，他没立刻答。

此刻，你最好立刻把话题转开，免得对方为难。

不正面作答的方法

相对地，如果别人问你为难的问题，你也可以暂时不答，或耸耸肩带过，再不然“不正面答”。

举个例子，最近有人问一位电视名主持人，是不是几年前就偷偷嫁了。那主持人一笑说:“我早就嫁给我的工作了。”

既然显示她不愿意答，除非你是“狗仔”，就别往下追问。就算你是“狗仔”，也可以把她的话照样写出来，让人们自己去猜。

用不正面作答来避免撒谎，还有个方法。就是当人问你是不是去了北边，你可以不答“是”或“不是”，而说:“我没去西边，也没去南边。”

当人问你新买的房子多少钱，你可以讲“比上一栋贵一点”或“卖了上一栋，还贷了些款”，再不然说“不到一千万”。

你不是没答，却也答了吗?

追根究底还是就此打住

再进一步，如果你是主管，问职员事情，他明明可以撒谎，却吞吞吐吐，好像有点为难。

你有两个选择，一个是追到底，因为他很可能心里矛盾，说还是不说?你一追问，他就说了。

另一个选择是如果他“显然为难”，只是不愿撒谎，你可以就此打住。他会心存感激，你则可以从他的暗示，心知肚明，私下去了解。

小心谎上加谎

还有一点，那些爱撒谎的人在说谎之后，除了会躲着你，还可能采取主动。譬如你才要问什么事，他就抢话，把你的话题岔开，或碰到你就主动瞎扯，而且喋喋不休。

他很可能在掩饰，用他的一堆话来避免你的问话。

碰到这样的人，你不能姑息，必须早早就把他的谎言拆穿，以免他为了圆上一个谎，接下来撒一堆谎。结果上一个谎没什么伤害，后面那些谎却造成严重的问题。

再不然，你要根本不制造他说谎的机会，最起码在办公室里你要公事公办，不听小话。在外面，你要少听也少谈别人的私事，免得把自己卷进去。

当朋友的老婆勾引你

最后举个碰上会非常麻烦，却极可能发生的例子：

你暂住朋友家，朋友老婆如果勾引你，怎么办？

第一，当你发现朋友老婆跟你“可能来电”的时候，朋友不在家，你最好也避出去。

第二，你得非常敏感、非常正经，让他老婆早早就知道你不是“那种人”。再不然，她才露出一点“样子”，你就要用装傻的方式避开，让她知难而退。

第三，如果那女人表现得太过火，你没办法提早设防，就挑明了说你不能接受，而且告诉她你绝不会跟她老公透露半个字，彼此只当事情没发生过。

尽管如此，你还是相当危险，因为坏人先告状。当那女人猜你会跟她老公说的时候，极可能先讲你的坏话。结果她老公才进门就给你一拳，把你踢出去。

碰到这种情况，你只有认倒霉，再不然从起初就别住他家。

自己不撒谎，也别逼别人撒谎，或给别人制造撒谎的机会。这当中的学问真是太大了！

别做“毒舌”派

最近在电视上看到一个特别节目，谈日本占领下的台湾地区。

一位满头白发的老阿妈，颤悠悠地说她上幼儿园的往事。

“我们中国孩子跟日本小孩同班，每天下午发糖果的时候，日本老师都会说：‘大家把眼睛闭上一分钟，不准张开，谁闭得好，就有糖吃。’”白发老人说，“我每次都闭得好好的，完全没张开眼睛，日本老师却说日本小孩表现好，只把糖发给他们。我起初真相信是自己没闭好，拼命把眼睛闭紧，闭得眼睛都酸了，还是没糖。”她叹口气，“这件事留在我心里七十年了，我没忘，我恨，不是恨我没拿到糖，是恨日本老师伤了我的自尊。”老人盯着镜头问，“二等国民！伤不伤？”

言者无心，听者有伤

这世上能让人永远记得的，常常是有伤我们自尊的事，而那可能只是一个动作、一个眼神，甚至一句无心的话。

举个例子：

三十多年前，当我刚到美国的时候，有一天做专题演讲，接受听众提问的时候，一位美国人居然问：“中国有没有冰激凌？”

明明是他没知识，我却受了伤。

还有一回，我参加美国人的旅行团到欧洲去，路上有人提到许多美国人去印度都拉肚子。

我说：“真有那么脏啊？”

一位美国人对我笑笑：“真脏！不过你们中国人去，说不定不怕。”

我当时很不是滋味，心想：他这么说，是有心，还是无心？

无心冷落的伤害

每个人都可能在无心的情况下，伤过别人的自尊。我自己也犯过不少这样的错。

譬如我高中时代，自家楼下是“女子英文秘书补习班”，我常跟那儿的女生聊天。有一天，面对三个女生，我说甲的衣服真漂亮，又说乙的衣服美，没赞美丙，因为她实在穿得很土。

岂知那女生转身就走了。后来另两个女生告诉我，那女生直哭说我伤了她的自尊。

揶揄戏弄的伤害

另一次发生在我大学时代，有位女同学说油画年代久了，表面会龟裂。她把龟（音“君”）说成乌龟的龟。

我立刻笑说：“哎！不是龟裂，是龟（音‘君’）裂。”

那女生立刻变了脸，回我一句：“谁像你那么博学？”她从此好长一段时间不理我。

不食嗟来食

还有一回，我参加餐会，东西多，吃不完，打包带回宿舍，进门就交给同舍的朋友：“好东西，你要不要吃一点？”

平常相处好极了的同学非但不领情，还冒了火：“我才不要吃你剩下的。”他一把就将东西扔在地上。

民俗的禁忌

进入社会也一样，刚到美国的时候，我有一天去银行办事，用手指敲玻璃，希望引起职员注意。明明应该顾客至上，那职员居然抬起头很不高兴地说：“你敲什么敲？这里是动物园吗？”

后来才有朋友告诉我，在美国那样敲，就像在餐厅用勾手指的方式叫服务生，会伤害对方的自尊，是严重的禁忌。

走过大半人生，一次次被别人无心地伤害，或在无心中伤害别人，我发觉处世“最难”也“最重要”的，就是怎样避免伤害人家的自尊。

最难！因为每个人的背景不同、心情不同、心灵的弱点不同，对同一件事的反应往往大不相同。

最重要！因为你伤害了一个人的利益，他可能记你一时，伤害了他的自尊，却可能恨你一辈子。

更麻烦的是，我们常常在维护自尊的同时，也伤害了别人的自尊。

我打你一拳，你回我一掌

我在做青少年心理咨询的时候，就碰到过不少这样的情况。譬如：

一个小男生来对我说，他家附近一个杂货铺的老板侮辱了他。

他去店里买一瓶浓缩的酸梅汁，拿回家喝了，发觉根本不是酸梅做的，于是，他回到店里找老板理论。

“我并没有带回去退哟！我只是走进那家杂货店，对老板说：‘你的酸梅汁是假的。’”小男孩说，“那老板居然当着一堆人的面骂我：‘放狗屁！’他不但骂我，还骂我妈妈，我气得想去他店里扔汽油弹。”

我当时安抚他说：“那老板确实伤了你的自尊，但是你也要想想，你当着一群顾客的面，说他的酸梅汁是假的，是不是也伤了他的自尊？就算你说的是事实，也最好挑时间、挑地方，免得因为面子挂不住，造成彼此的伤害。”

最恶毒的话说给最亲爱的人听

还有一对母女吵架，来咨询。

“我有一天带了块同学送的蛋糕回家。”小女生哭着讲，“我妈居然把蛋糕往我身上扔，说吃啊！你吃啊！吃成猪好了。”

那母亲则说：“我女儿太贪嘴了，吃得痴肥，害我在邻居前抬不起头。我是爱她，所以叫她少吃。”

我当时也对那气呼呼的妈妈说:“你觉得抬不起头，是女儿伤了你的面子。问题是你对女儿那样，没有伤到她的自尊吗？”

“言语暴力”常常发生在亲人之间，最难听的话总是说给最心爱的人，而且心里越爱，嘴上越毒。被心爱的人伤害，也伤得最深。

不知你有没有看到最近的一则新闻，一对美国的双胞胎姐妹，原本活泼美丽，只因为十一岁的时候，听到爸爸一句暗示她们变胖的话，就开始节食，结果患上严重的厌食症，二十年下来，她们一百六十五厘米的身高，体重居然不到三十八公斤。

“我想生个孩子，但是有些医生说我已经不可能。”

“我失去了人生、房子、头发和工作，因为得病，我失去了一切。”

听她们说的话，看她们瘦得像骷髅的样子，不知她们的父亲怎么想?

对家人、对朋友，甚至对陌生人，我们怎能不注意自己的每一句话和每个举动?

人生百忌！忌伤人自尊！

别给他硬上的机会

在网上看到一张趣味照片，说是在某公共厕所拍的。只见一个绿色的人形，上面是哭丧落泪的脸，下体位置有个银色的小东西。原来是电开关，那银色的小东西正是个按钮。

最有意思的是下面写了两行字：

"如果有人才把你打开就走了，你会有什么感觉？"（How would you feel if someone just turned you on and left？）

接下来还有一行：

"节约能源！"（Conserve Energy！）

多妙啊！他用了双关语，意思是：如果有人才把你挑逗起来，却接着一走了之，你会感觉多糟？

为什么等我脱了裤子才喊不

那虽然是要大家"开灯别忘关灯"的巧思，却道出成年人都了解的心理——

假设一个男生约女生吃晚餐、看电影。女生打扮得十分靓丽，高高兴兴地赴约，电影散场已经很晚，男生提议跟他回家听他新买的CD，女生也欣然应允。

男生斟了美酒，调暗灯光，两人偎在沙发上欣赏。

下一步，你八成猜到了。男生开始拥抱、亲吻、抚摩，说不定脱衣！这时候如果女生突然说"不行"，接着起身、走人，换作你是那男生，你会怎么感觉？就算你很绅士地送女生回家，可能也会暗骂：

"如果你不愿意，为什么不早说？你明明知道回家的下一步可能是这样，为什么还跟我回来？就算我开始有动作，你不愿意继续，也可以早点表示啊！何必等我把裤子都脱了，才喊不？”

女生喊不，男生硬上

许多人有个弱点，就是不敢或不好意思说“不”，唯恐伤了对方颜面，却没想到结果伤了对方更大的颜面。

“约会性侵”常就是这么造成的。因为到那紧要关头，女生喊不，男生硬上。

是啊！人们不是说，女生喊NO，常是喊YES吗？

那男生心想已经到这时候了，女生的NO，当然是YES。加上自己已经“箭在弦上”，就硬上了。

女生可能阻挡不住，让男生得逞；也可能翻身而起，夺门而去；还可能半推半就发生关系，事后觉得自己吃了亏，于是闹进警局，告上法庭。

女生都能赢吗？

那可不一定！因为调出监视录像，两个人有说有笑地离开电影院、进大楼、上电梯，显然那男生不是“捡尸”①，把醉得不省人事的女生带回家性侵。

更好笑的是，录像带里可能有二人高高兴兴离开男生家的画面。

怎么一转眼，却告男生性侵呢？

今天不行啊！

是的，即使女生在最后一刻表示“不”，男生都不可硬来，否则就是性侵。

但为什么要等到最后一刻？

如果女生感觉情况可能“往那边发展”，应该在男生提出去他家的时候就拒绝，譬如讲“今天太晚了，我得回家了，不然我家人会担心”。

这拒绝多婉转，而且话中有话，没让男生绝望。她说“今天太晚了”，似乎改天“不太晚就可以”。

---

① 指男生把女生灌醉，再带走并发生性关系。

还有些女生更婉转，她只说："今天不行啊！"下面让男生自己去猜，就更有想象的空间了。

如果女生对这男生毫无感觉，根本不打算继续发展，则不能让男生期盼"下一次"，造成未来的困扰。

这时候她可以直接说："谢谢！我得回去了！"

何必等到悬崖才勒马

"悬崖勒马"不错，只是如果万一没勒住，就掉下了悬崖。聪明的骑手应该早早看清前面的路，别骑到悬崖。

所以有些情况可以提早用暗示的方法说不。

譬如老板问你，晚上有个客户的应酬，你能不能作陪？

你知道老板早打你主意，而你完全不想，可以回一句："对不起，我跟我男朋友约好了的！"

老板当然听得懂。如果他装不懂，还继续骚扰，除非你有意，否则最好早早躲开。

丑话说在前面

你也可以把大原则早早"宣示"，譬如不愿意为人作保，对孩子都不例外。你可以从孩子小时候就常讲：爸妈是不为人作保的，你长大了也别找我们作保。我们连自己都保不了，没办法保别人。

这种话你也可以在外面挂在嘴上，当然就不会有人自找无趣了。

外交上也常用这一招——

为什么许多要员在出国访问之前，会先发表一篇行前的"文字"，而且那"文字"里有些邀访国家不爱听的东西？他不是找麻烦吗？

错了！那是丑话先说！好比前面故事中女生应邀吃饭看电影，如果先说看完电影一定得回家，就算与男生预期的有差距，甚至因此招待贫乏些，也比到时候在街头拉拉扯扯要好。

买卖不成情意在

即使你打定主意不同意，而且提早表示，也得注意别伤人自尊。

举个例子，孙权原本想跟关羽结为亲家，为什么反成仇人？因为当孙权派人为自己儿子向关羽提亲的时候，关羽拒绝也就罢了，居然还冷嘲一句:“我家虎女岂能配彼犬子？”

又譬如，你是著名的歌星，每场收费四十万元，今天有人来邀你，说他们准备了三万元，不知行不行?

你可以一句话:“非四十万不行！”也可以不伤对方颜面，说:“真对不起，全排满了，实在排不进去了。”再不然讲:“最近身体有点不舒服，不敢接。”

你既然知道对方的预算差太远，不可能达到你的标准，何不从起初就找个托词婉拒？难道要像关羽拒婚，来一句“你那点钱，想都甭想，差太多了”吗?

人生百忌——忌不懂得说不!

晚拒不如早拒;

硬拒不如软拒;

明说不如暗示。

就算百分之百要拒绝，也不必弄得难堪。

不输阵也不忘本

朋友请了一桌人吃饭，餐馆经理过来打招呼，听出朋友下星期还要再请一桌，而且是同样的菜式。

“为什么不一次请两桌呢？”我好奇地问。

“因为机遇不同。”朋友说，“今天请的都是台面上的，得意的，有钱的。下礼拜请的都是台下的，失意的，比较穷的。”

“何必这么分呢？”我笑说。

“为了避免尴尬，失意人夹在一群得意人之间，感觉很不好。不如让失意的一群人谈失意，得意的一群人说得意，同样人吹同样的调！”

他这话我接着就懂了。因为坐我左手边的人掏笔给人写电话的时候，顺便举起笔说他有同样牌子几十支，好些是限量款。

坐我右手边的太太一伸手就是颗大翡翠，苏富比竞拍来的，听对面一位贵妇惊呼价值上千万，又掏出贴身挂的一块，更透、更绿、更值钱。我虽然是被朋友列为台面上的人，也不知道怎么插嘴。

打肿脸充胖子

小时候常听母亲说她早年在上海，为了让人瞧得起，做人可真难：“那时候的上海人哪，就算出去借钱，都得穿得体面，坐黄包车过去，还得备上一份好礼。你去跟有钱人借钱，先得显得有钱，不是借，是调头寸；不是缺，是正堆金山，只缺那么一小块金砖。要是稍稍露出失意的样子，人家躲你还来不及呢！”

小心把人带衰了

得意人前别谈失意事。谈也没用！

你为什么谈自己的失意？是想争取对方同情，帮帮你，借你点银子吗？

对不起！得意人正得意，他可能忙得没时间听你诉苦，还唯恐他的好运被你带衰了。

他也可能是从失意中过来，他失意的时候你在哪里？你伸过援手吗？他正为自己能混过来得意，不可能同情你的失意，“你自己加油嘛！谁没苦过？”搞不好他还心想你“这可怜之人必有可恶之处”呢！

姿态要放低

同样的道理，失意人前也别谈得意事，如果你懂得做人，甚至得在失意人前装作自己也不如意。

人家跟你叹气，说他孩子多不争气、多叛逆的时候，你能说自己孩子才考了三个满分，就要上重点学校了吗？

抑或，你拣坏的说，有一阵子，自己孩子的成绩也一落千丈，头疼了好久。

当别人说他孩子有天生的毛病时，你能说“还是我走运，我们家娃娃身体特棒”吗？

抑或你可以举一堆例子，比如谁谁的孩子更残疾，某家的娃娃是自闭……其实家家有本难念的经，你自己身上也一堆毛病。

就算你没毛病，也多少可以讲些负面的，把自己的姿态压底，使对方不觉得那么倒霉。

摘下你得意的帽子

再说个故事。有一次我去朋友家，主人站在电梯口迎接，才见面寒暄，他就在唇上比了个手势要我小声，后来才知道他的邻人正居丧。

里有殡，不巷歌！当有人出殡的时候，你能兴高采烈地看热闹吗？就算自己正有兴奋的事，为了礼貌也该收敛，所以在西方遇到出殡，许多戴帽子的人会把帽子摘下。

当鲜花都凋零的时候

我们常说要雪中送炭，别锦上添花。雪中送炭是对失意人，锦上添花是对得意人。即使只对失意人，也同时可以有“锦上添花”和“雪中送炭”两种考虑。

举个例子，你听说朋友得了重症，在第一时间赶去探望，你很急很赶，没带礼物，对方不会怪你，只会感念你的情。而且你愈是“大忙人”“得意人”，你的“立即前往”愈令人感念。

对方刚生病的时候，可能探视的人一堆，送的鲜花从病房排到走廊，你不送礼是不锦上添花。但是两个月过去，多半的人都已经去过，礼貌到了，不再问消息，如果你还能常关怀，并且在别人送的鲜花都凋零之后，送一篮新鲜的花过去，不就是雪中送炭吗？

穿一条裤子的兄弟

得意人前别谈失意事，失意人前别谈得意事。同样的道理，你在得意时得罪的朋友，很难在失意时挽回，就算你失意之后发现自己以前错了，去向那朋友道歉，只怕对方也不会领你的情：“今天你不如意了对不对？又回来认你的穷哥们儿了对不对？”你得意时不认他，失意时你没身价，他很难回头理你。

但是你在失意时交的朋友，有一天你得意了，还去找他，可就不同了。在一群得意人的聚会中，如果你能绕过别人，专去跟那失意的朋友打个招呼，他更会铭感五内，觉得你有情有义。

脱下华丽的外衣

这世上每个人都可能跌倒。好手好脚，只因为摔疼了，就趴在地上哭，是不容易得到同情的。登高必自卑，得意人都可能失意过，所以失意时除了交失意的朋友，更要自己努力，别一心盼得意人的怜悯，乞怜只会让人看不起。

人不可忘本，尤其不能忘掉早年穿一条裤子的兄弟，当你有一天得意，千万别不理以前的穷哥们儿。就算他们不愿高攀，躲着你，你都得放低姿态，脱下华丽的外衣，回到当年平凡的你。

在得意人前可以摆场面，不输阵；在失意人前能够有宽厚，不忘本。达到这两点，做人至少成功了一半。

给个痛快的死法

不知道是不是因为现在的新闻媒体都设有“爆料专线”，加上手机摄影很方便，最近常看到顾客因为吃到虫尸，而与餐馆争执的新闻。

通常两边各执一词，顾客说因为餐馆脏，才会把虫子煮进去，餐馆则说虫子是顾客自己放进碗里，目的在讹诈。

当你碗里有了苍蝇

每次见到这类新闻，我都会想起大学时代，有一次跟同学在外面吃面。

“苍蝇！”才吃一口，我同学就叫起来，“老板！这面里有只苍蝇！”

顿时餐馆的顾客全安静了，大家都放下筷子盯着我们这桌。

只见餐馆老板匆匆忙忙跑过来，朝我同学的碗里瞄了一眼，很快地手指一伸，把苍蝇拿起来往嘴里一扔，还抿抿嘴装作品尝的样子，大声笑道：“嗨！葱花嘛！您看错了！”

苍蝇，没错！我也看见同学碗里原先确实有只苍蝇，连头脚都清清楚楚。问题是，老板把苍蝇吃了，硬说那是葱花，还一个劲儿地叫好吃，你能怎么办？

记得那天，我同学争辩不过老板，又舍不得不吃，硬是把那碗面塞了下去。别的顾客看他吃，也都相信是我同学眼花。

事情过去四十多年，我居然还总在吃面的时候想起那一幕，只是我想，当初如果同学不大声喊“面里有苍蝇”，而是把老板叫到桌边，指指碗，连苍蝇都不指出来，那老板的反应会如何？

客人来忌打孩子

不知道你有没有听过一句俗语“怨人踢狗”，意思是明明对人不高兴，却不敢发作，只好踢无辜的狗来出气。

问题是，当你无缘无故踢狗的时候，是不是也显示了你的不高兴，暗示了那个令你不悦的人？

同样的道理，家里有客人，你能当着客人打孩子吗？就算孩子该打，你也得忍着，因为你打孩子的动作很可能暗示了你的焦躁，是谁使你焦躁？是不是客人？

你打孩子，会让客人难堪。

让他死得有面子

踢狗、打孩子、喊“面里有苍蝇”，私下打、私下喊，和当着众人的面发作，会有完全不同的感觉。

今天你的职员犯了错，除非你想机会教育，有必要在开会的时候，当着众人的面给他难堪吗？如果你发现他的错，当下能不动声色，等会议结束，再把犯错的人叫进去痛骂，他就算被骂，恐怕还感激你“给他留了面子”。

连处死，都可以有恩典。多少历史上的人物在家暴毙，主子带着举国为那臣子哀戚，其实可能是臣子犯错，被赐了死。

死！怎么死？是给个痛快的一刀，还是当众凌迟？抑或叫人自己了断，甚至私下投毒？这里面都有学问！

如果处死尚且能给个面子，属下犯了错，是不是也可以给个面子，让他自行检讨、自己求去，甚至为他办个欢送会呢？

关起门吵架

请不要说这样“太虚假”，要知道，你能够忍、能够做，非但不是假，而且是体谅与修养。

如果政商两边有冲突，由领导出马进行最后的谈判，也大有学问。

譬如你是领导，知道今天跟对方的领导非吵不可，甚至你有一肚子的火要发。

你们双方是各带一票人去，还是人愈少愈好？

假使你要真翻，搞不好真动手，当然得人多势众。但是相对地，如果合作不成情义在，而且大有挽回的可能，恐怕就人愈少愈好了。

君不见多少谈判，双方虽然各带一票随从，真谈的时候却把“众人”排开，剩下几个主角，甚至只有两人密会。

为什么密会？最重要的原因之一，就是谈好谈坏，不让外人知道。大家可以在里面先大吵一架，再各让一步，各给对方留个面子，好让彼此回去跟自己人交代。

很多剑拔弩张的关系，不是都这么“门关上”“门打开”，最后一笑泯恩仇、拨云见青天了吗？

偷偷骂就成了

最近看到一个有意思的消息。

某大导演同时请了三位超级大牌明星演一部戏。

导演以脾气坏、“难搞极了”闻名。但是在导那部戏的过程中，他居然没骂过三大牌中的任何一位。

后来内幕人士透露：其实他也骂，只是不当着众人骂。那导演居然会躲到房间打手机给大牌，在电话里骂。

有学问吧！大家想想，那导演那么做是为什么？

如果生米还没下锅

说个带颜色的故事给你听。

我有位小学同学，穷追某美女，有一天他突然打电话给我，很神秘又很小声地说："你知道吗？我终于追上了，刚刚把她上了。"

电话还没挂，旁边的那美女就跟他翻脸了。

为爱表现而早说

人们常说："不能说！不能说！一说就破功。"一点也没错！

元宵猜灯谜，台上才出题，你能那么煞风景，没等题目出完就喊出谜底吗？

你喊，没人会感激你，因为你太爱表现！

为宣传而早说

你开整形诊所，某大明星要去"修理"，还问清了过哪个路口、走哪条通道？

那明星太大牌了，说出去宣传的效果不得了，问题是，你能说吗？

你如果早早走漏消息，明星八成不去了。如果你事后拿这个做宣传，别的明星就都不会去。

因为你显然是在拿他们做宣传。

为炫耀而早说

如果你女儿跟你说，某豪门富二代跟她交往一阵，还接受她邀请，后天要来家里。

你能接着就四处打电话，告诉三亲五戚你女儿攀上豪门，就要飞上枝头了吗?

如果某名人对你有好感，约你吃饭，你能四处宣扬，搞得狗仔队在餐馆门口等吗?

如果某高层领导，钦仰你的学问，要亲自拜访，你能让四邻知道吗?

当然都不能。你让人知道或许能头上有光，却足以减损你在“那人”心中的分量，八成你们的关系也到此为止。而且当你宣传之后又“无疾而终”，没了下文，就连头上的光也消失了。

当新人上了床

正因此，两国断交，那主动断交却跟你敌国建交的，事先不会吐露半个字。他可能连大使官邸的家具都偷偷搬走，也不露口风。

他不吭声，你就算怀疑又能主动怎么样呢? 你生怕得罪他，搞坏了关系，当然只能战战兢兢地伺候着。

然后有一天，他可能深更半夜通知你:“对不起，明天这边大使馆要降旗了! ”

新人送上床，媒人踢过墙!

他在“那边”已经上床，你还能怎样?

反过来想，如果他早早告诉你过多久要“拜拜”，你能没有动作? 能不发动一群跟你们双方有交情的出来说项? 搞不好，你连他哪位官员来访时做的丑事，都拿出来威胁。

要你做帮凶

同样的道理，今天公司解雇，可能事先完全不告诉你，直到你早上进办公室，看见桌上一个空纸盒和一张通知书，身边站个警卫，等你打包、送你出门。你的门卡打不开了、计算机上不去了，你才知道自己要走路了。

连明天公司要关门大吉，今天老板都会毫不露声色: 招募会员的继续招!

如果你是柜台人员，就照样推销、接单子、收费、发会员证。

明天公司关门了，前一天把钱交到你手上的那些“倒霉鬼”找来，能不骂你是帮凶吗？

你老板太坏了吧？为什么不让你有个心理准备，关门前一天还要你收钱？

因为你如果早知道公司会欠薪倒闭，收到的钱就不会缴回了。搞不好你还通知亲友退费，一下子天下大乱。结果还没宣布关门，连公司的复印机、计算机都被搬走了。

麻雀没能变凤凰

如果你被内定升官，千万别说！一说，你的同事就可能成为敌人：为什么是你升官，不是他？他们会想尽办法托关系、打小报告，甚至威迫利诱你的主管，把你拉下来。

于是明明内定是你，到时候不是你！

那个职位可能从此悬着，也可能安排一个八竿子打不着的外人来。不是你不成，也不是你同事没有一个中用，是因为四周的人情攻势太厉害，你上级得罪不起，干脆“悬空”或找“空降”部队。

这世上有很多可以成就的姻缘，可以变成凤凰的麻雀，可以被重用的能人，可以得大奖的天才，都因为早说了一句、多说了一句，跟机会擦身而过。

对了，还有一点补充：

当你事先得到好消息，只要没百分之百落实，就连你的家人也最好别说，因为你可能不爱表现，他们却爱表现。

他们忍不住，会把事搞砸。

人生百忌——忌早说！忌走漏消息！

职场有忌

你有没有
职业伦理

小心头儿家的母老虎

“喧宾夺主”是人们常犯的毛病，而且愈是有才干、爱表现的人，愈容易出这种错。偏偏因为喧宾夺主造成的伤害也最难察觉，所以很多人混了一辈子，爬不上去，却不知道全因为他太“爱表现”，太容易喧宾夺主。

举几个例子吧。

小王新进一家公司，第一天上班，为壮声色，特别开了他老爸的奔驰去。

如果你是老板，看到这么耀眼的一辆车，只怕比自己的都拉风。你会不会问下面的人，那是谁的车啊。

“小王的！”

“小王是谁？”

“新来的基层员工。”

请问，你对小王的印象如何？

夫人的威力

又譬如公司聚餐，老总夫人戴了她两克拉的钻戒坐首席。小王带着老婆坐在最靠门口的“末席”，老婆手上也戴了一颗钻戒，足有三克拉。

老总夫人如果看到了，会不会问老总，坐在角落的那一对是谁啊？

“夫人”的威力有多大！枕边风的威力是无与伦比的，不信你瞧瞧，有多少美貌的才女应聘工作，没被录取，为什么？

今天你小王要秀，还用老婆秀，秀到了老板夫人前面，你讨得了好吗？

你知道在商场、官场上懂得这种道理的人，甚至在宴会前会先打听老总夫人穿戴什么，再决定自己的穿着吗？

为什么?

为了不撞衫、不抢风头、不喧宾夺主。

小心被“下降头”

演艺界就更不用说了，一个已经以美艳遭忌的女明星，穿件华丽耀眼的晚礼服出席国际影展，偏偏她那次又没有参展的影片，其他女星能不酸吗?

原因很简单，你没影片参展，是宾；我们有作品参展，是主。你这喧宾夺了主。

所幸那夺主的女演员已经够大牌，夺就夺了，没人能拿她怎么样。相对地，如果你是个小演员，只怕来这么一下，你就完了。

我就知道一个演员，被大牌演员下了咒：“有我无他，有他无我。”

那被下咒的演员其实也称得上“二线”，只是当更大牌对制作人和导演这么说的时候，两边称一称，要哪一个?

甚至话传出去，连其他导演、演员都避免找这被“下降头”的演员了。免得“敌人的朋友，就是敌人”，到头来大牌不高兴，自己也遭殃。

你知道那二线演员怎么得罪一线头牌吗?

只因为他爱抢戏。

认清谁是主

抢戏就是喧宾夺主。

如果演舞台剧，轮到谁在演，谁就是当时的主。你在旁边，即使是主角，也不应该做不必要的动作吸引观众，否则就是“夺主”。何况那二线演员在头牌前面抢风头了。

同样的道理，今天你是老师，去看学生的展览，就算你是大师、是宗师，也要搞清楚，开画展的是你学生，你是去捧场的，不是去抢风头的。

你有要指点的、要批评的，甚至要责骂的，都得压着，私下说。因为今天人家请你去，是请你抬轿子，不是砸场子的。

客随主便的道理

我们常说“吃人的嘴短”，也是这道理。今天人家请客，你是不是就得奉承主人三分。否则，你就别去。既然去了，又不知分寸，就算你有一百个对，也是不识相、不识大体。

问题是，多少人懂得这点呢？

只见在餐桌上，大家聊开了。先一桌人对谈，大概因为吵，变成跟身边的人谈。这时候，你年轻嗓门大，高谈阔论，渐渐把主人旁边的人也吸引了。突然间，大家才发现，一桌都以你为中心，唯独主人被晾在一边凉快。

请问，那主人对你能有好感吗？

碰到这情况，你要随时把话题带到主人身上，甚至故意“当球”，请主人表示意见。

还有个更常见的场面：

上菜了，主人介绍这是什么拿手绝活。你能一边吃，一边卖弄聪明、表现见识，说“啊！还有一种什么什么菜，跟这很像，更好吃”吗？

甚至当主人自我批评，说“这菜好像咸了”的时候，你明明已经咸得喝完一杯水，也不能直着说：“可不是嘛，太咸了！”

没错！主人说了，也确实咸了，但你今天是客，就不能附和，反而应该缓和气氛：“还好嘛！我觉得很好！大概您口味淡，所以觉得咸。”

小心人气太高

至于酒会，你更得注意不可喧宾夺主。因为酒会更自由，大家拿着杯子走来走去，而才子佳人往往是最吸引人的。如果你是新人，还是年轻的才子佳人，可得千万小心了。当大家都围着你的时候，你千万要用眼角余光注意“上面”和“上面的另一半”，然后抓住时机脱离四周的人，或者故意把大家往“上面人”那里带。

你想想！当老板或老板夫人，发现正被众星捧月的你，硬是甩开四周的苍蝇，来向他鞠躬请安的时候，是不是会暗自欢喜，觉得挺有面子？相反地，如果你在宴会里光芒四射、人气太高，回办公室就会“指数速降”啦。

把面子做给老板

避免喧宾夺主，有个最难把握的情况，是你跟在老板身边的时候。因为老板不懂的，你要及时解释给他听，说少了，他会觉得你不行；说多了，他又会觉得你把他看扁，搞不好沉沉吼你一句：“这个我早懂，不用你说！”尤其当着外人或公司其他人员，你得“现”，但不能过“线”，你永远要记得谁是主，把面子做给他。

“记住谁是主！”这句话非常重要，而且你愈亮眼，愈要随时叮嘱自己：“现在我要进会场了，今天的聚会，某某是主。”

否则你很可能像花蝴蝶似的四处握手寒暄、高谈阔论半天，觉得大家脸色凝重，接着“哀乐”奏起，才发现你竟然忘了当天的主，是前面照片里的那个人。

小心潜规则

我们常说“有关系就没关系，没关系就有关系”。

这话一点没错，而且何止中国人，西方社会也一样。不信你看看，连好莱坞都有很多演员，是圈里人的孩子。原因很简单：第一，近水楼台先得月；第二，你有孩子，我也有，今天我照顾你的，明天你照顾我的，这关系可以利益交换。

政军商界就更不用说了，除了提拔自家人，将来可以利益交换，而且出自同一个圈子，比较安全无虞，用自己人总比用外面来得安全。

同乡之谊也是一种关系，首先，跑得了和尚，跑不了祖庙，彼此容易信任。其次一群操同样语言的人好沟通，也好保护既得利益，肥水不流外人田。所以各地都会有同乡会，美国的爱尔兰裔会掌握救火队的工作，甚至一代传一代，几百年“占着肥坑”。

关系虽然重要，但必须用得妥当，千万别以为只要有关系，或多托几个关系，就一定没问题。要知道，关系没找对，原本能办成的事，反而可能弄砸。

举个例子，今天某公司顶头老板跟你老爸是拜把子的兄弟，你老爸出面，你的基本条件又过得去，多半没问题。因为那关系单纯，又是由上而下，所以大老板交代一声，你就进去了。

你会不会是探子

问题是，当公司里的人知道你是老大交代下来的，对你有好处吗？

当然有好处！大家可能拍着你，唯恐你“上去”参一本。但是同样的心理，你那部门的主管会高兴吗？你整天在公司，大大小小黑黑白白的事，都可能被你知道，对他有好处吗？

你根本是“第五纵队”，搞不好是上面埋在这部门打探情报的。再不然你就是颗棋子，找机会取代他。

所以，你在那个部门不会多么好受，里面的黑幕愈多，你愈会被暗中排斥，甚至不让你学到东西，免得有一天你爬到他上面。搞不好因为忌你，你的主管还会四处传对你不利的谣言，用迂回的方式传达给大老板。

结果，你在那单位可能混上十几年，薪水不少、级别照升，却一无长进。

忌托太多关系

也别认为你托的关系愈多愈好。

今天你想进个单位，先托甲，去找单位里的A；又怕不够力，再托乙，去找单位里的B。

你想双管齐下，应该够力了。岂知很可能产生反效果。说不定甲已经为你开说，要成了，突然听说乙也在帮你。甲会怎么想？换成你，你又会高兴吗？显然你是不够信任甲，才去找乙嘛！今天如果他给你办成了，只怕你还要猜是因为乙加了一把劲，才成的。

结果，他很可能打电话冷冷地问你：“你是不是也托了乙啊？你怕我不行吗？”

更麻烦的是，如果甲跟乙是对头，就更多猜忌了。他们会猜想，你跟两边关系都好，进来之后会站在谁那边。如果你是脚踩两条船、墙头草，只可能惹麻烦，两边不讨好。

忌总去找“老臣”

好，现在假设你有幸进入了某公司。

千万记住，就算你是“老人儿”介绍进去的，也千万别总往他那儿跑。因为那些老人儿虽然还没退休，也可能还有个挺不错的高级顾问、研究中心主任之类的头衔，但他毕竟已经离开权力中心，等于坐冷板凳了。

你要看清楚，今天是谁当家，八成是老人儿早期的下级，接棒升上来。为了敬老尊贤，甚至为了感念老人儿的提携之恩，他会卖老人儿的面子，用你。

可是“一朝天子一朝臣”，新人有新政，往往新主管和旧主管的理念不同。在心理上，老人儿又难免看不惯新主管改弦更张，而发几句牢骚。

你去那些老人儿的办公室，能不听听牢骚吗？搞不好还听到不少现任主管的糗事。当你从老人儿的办公室出来，见到现任主管打招呼的时候，后者能不猜想你的笑里有内容，甚至有意见、有讽刺吗？

如果你又是个藏不住话的人，为了显示自己有后台，知道内幕，把在老人儿那儿听来的四处散布，那么你很快就会被归为复辟派。而那老人儿已经是泥菩萨，除了倚老卖老根本不可能保护你，你能过得舒服吗？

忌有实力还靠关系

如果你有实力，除非必要，最好别托关系。因为很可能因为那关系，反而造成困扰。

举个例子，你申请进入某单位，已经是第三次面试，眼看就要录用了。这时候，你好死不死地提到“某某大员”是你父亲的老战友。

单位主管立刻眼睛一亮，因为那大员是他早想巴结的。于是他把要任用你的话吞回去了，改口说：“太好了！太好了！你可以请大员写封推荐信，再不然递张名片，交代一声就成了。”

结果，别人都被录取了，只有你“悬着”。

为什么？

因为他等着把面子卖给大员。而且就算你找了大员，进去了，别人却会猜你没有真本事，是靠关系硬塞进来的。

相对地，如果你明明有“够硬”的关系，但完全不说，全靠自己的实力进去了。你最好尽早找个机会，让领导知道你跟“有力人士”的关系。

领导必定先会一惊，接着暗自佩服你这个全靠自己的年轻人。

同时，领导会小心些，尽量避免有什么弊端被你发现。

为什么你要说？又为什么“尽早”说？

因为如果你的领导完全不知道你和“有力人士”的关系，而不小心批评了后者，甚至只是发发小牢骚，当有一天，他知道你的特殊关系之后，会猜忌你打了小报告。

所以我建议你，要么早早说，要么就死也不说。

小心烂人

顺着这条路往下想，当你进入公司，发现有非常不上路的人，居然也在里面任职的时候，可千万别瞧不起他，要知道，如果“烂人能不滚蛋”，那烂人一定够烂。如同你看电视剧，怎么看小青都比白娘子强得多，你可以在心里打抱不平，却最好少吭气。

否则，你得罪了白娘子，得罪了制作人、导演，或拿钱买广告的大厂商，你就准备坐冷板凳吧！

当然你也可以有样学样，走白娘子一样的潜规则，爬上去！

忌倚老卖老

倚老卖老的人不见得老，因为有许多忘年之交，譬如你跟一位老先生很投缘，交上朋友，后来知道老先生的儿子是某公司的总经理。

如果你想进那公司，可以托老先生为你美言几句，却不适合自己跑去说：“我跟令尊是老交情。”

因为儿子常有“俄狄浦斯情结”，他们在心底会希望超越老爸，如果你们年龄又差不多，他老爸赞美你，他已经会嫉妒吃味。当你抬出他老爸，一副长他一辈的样子，更是犯了大忌。

人的心理都差不多，你进那公司，就应该是他的人、领他的情，他未来才会照顾你。

就算你靠他老子的关系进去，也别忘了今天是小子当家。

请你登上断头台

先说个真实故事给你听：

有个年轻人，进入某大公司担任收发员，他的工作间在地下室，常坐电梯送文件上楼，并且遇上由一楼进电梯的领导们。

先进电梯的年轻人总站在按钮的旁边，虽然才进公司一个月，他已经能立刻叫出每位领导的姓氏和头衔，并且非常准确地说出领导办公室的楼层。

但他不立刻按钮，而总是先确定一下，譬如问："王经理好，您要去七楼？"

公司上上下下很快就注意到他的记忆力和礼貌，也在闲聊的时候，提到"这个年轻人"。

有一天，总经理进电梯，年轻人照样说："总经理好，您去八楼？"

"你不是早知道我的办公室在八楼吗？为什么每次还要问？"总经理问他。

年轻人很有礼貌地回答："是的！总经理，但我不能确定您一定要回自己办公室，说不定您要去别的楼层，所以我不能擅自做主。"

没多久，这年轻人成了总经理的特别助理。总经理说得好："记忆力好、礼貌、周到都不难，难得的是他能掌握分寸。聪明人能不自作聪明，才是真正的聪明。"

又没过几年，这年轻人已经挑大梁，成为业务部的经理。

我说这故事，要谈的就是怎样避免自作聪明。

别自以为是

你八成在学校读过《冯谖客孟尝君》吧！

冯谖做孟尝君的食客，他什么本事都没有，却一下子要鱼吃、一下子要车坐、一下子要养家钱。

总算有一天，孟尝君需要个懂会计的人去收债，冯谖自告奋勇。没想到他到达目的地，居然把欠债的人召集在一块，再一把火，将借据全烧了。

虽然在《战国策》里，似乎大大赞赏冯谖，说他烧了借据，为孟尝君买了“义”回来，所以后来当孟尝君失势回乡的时候，民众们扶老携幼地夹道欢迎。又说冯谖利用交际手腕，让孟尝君重新获得齐王的礼遇。

问题是，烧借据这件事，冯谖做得对吗？

今天如果你是帮老板出去收钱的员工，能假借老板的意思，把借据全毁掉吗？就算你是冯谖，认为可以用这方法收揽民心，也得问问孟尝君，不能自作主张吧？如果每个员工都这样，你的单位怎么运转？你的主管怎么领导？如果别的欠债人知道这件事，还会还钱吗？至于那些规规矩矩早已还钱的人，又会觉得公平吗？

可惜两千多年过去了，提到冯谖，好像都是赞美。就算到了今天，好多人（包括主管）还不懂这个道理。

忌自作主张

我曾在报纸上看到一位主管写的短文，说他某天早上非常忙，就请一个职员去帮他买豆浆，同时交代要甜的。

豆浆买回来了，除了加糖，员工还自作主张，在豆浆中撒了不少芝麻。

正因此，主管写了那篇文章，赞美他的员工真体贴，因为平常看他都加芝麻，所以那天他虽然没交代，职员自己就加了。

乍看，那职员确实细心，能揣摩上意，问题是主管没有交代，会不会是那天不需要芝麻呢？

如果他猜主管需要，何不把芝麻放在旁边，由主管自己决定？那样做，不是更妥当吗？同样的道理，如果今天主管只说要一碗豆浆，加上芝麻。难道职员也擅自加糖？

主管会不会因为最近血糖偏高，不能再吃糖。职员把糖加下去了，主管是喝，还是不喝？如果怕浪费硬喝下去，血糖不是要飙升吗？

拍你的马、送你的命

血糖偶尔高一点还没关系，有时候员工揣摩上意讨好的结果，很可能让上级送命。

你听过子反的故事吗？

子反跟着楚王去打仗，疲惫地回营，要喝水，副官知道他爱喝酒，刻意以酒代水，送给他喝。

子反喝一口就说："好像是酒！"

副官说："不是。"

子反就喝了，喝一口又一口，止不住，醉倒在帐中。第二天，楚王找子反，下面人说将军病了，楚王不信，自己进帐看，居然酒气冲天。

楚王班师回朝，就把子反处死了。

请问，如果你是领导，能用那样指酒为水的下属吗？如果你是员工，又能揣摩上意、黑白不分吗？

史书是没记载，我相信害子反丧命的副官恐怕没等班师回朝，已经被处死了，就算楚王不处置，子反也得把这样的佞人正法啊！

别吃曹操的点心

聪明外露的危机

谈到自作聪明，绝不能不谈谈曹操的手下杨修。因为他超级聪明、超级爱表现，结果才三十四岁就被曹操砍头了。

说几个他聪明的例子：

有一次曹操看新造的花园，只在门上写了个“活”字，就离开了。

下面人不懂，杨修说话了：“把门改小一点就好了，门里面加个‘活’字不是‘阔’吗？丞相嫌门太宽了。”

门改好之后，曹操再看，就满意了。心想，这些下面人还真聪明，问他们怎么知道自己嫌门太宽，才知道是杨修讲的。

曹操不得不对杨修刮目相看。

自作主张的危险

又有一回，有人送曹操一盒点心。曹操在盒子上写了三个字“一合酥”。

杨修看到，也没问曹操一声，就把点心分给大家。

曹操责问。杨修说是您写的啊！不是一人一口酥吗？

这件事，让曹操由惊讶杨修的聪明，转为对杨修不满了。

因为杨修擅自做主，自以为是，他虽然看穿了主子的心，却没能尊重主子，偏偏又说得不错，曹操要发脾气都难。

多管闲事的危险

曹操为了测验曹丕、曹植谁聪明，常常出题考这两个儿子。

曹植每次都答得好极了，令曹操十分惊讶，后来才知道原来杨修提供了“考前猜题”。

这下子，曹操更对杨修不满了。因为杨修没做错什么事，他不是“偷题”，只是“猜题”，谁让他那么会猜呢！

只是，杨修的猜题，等于涉足曹操的家务事，更是犯了忌。

僭越做主的危险

最后，杨修的自作聪明终于害了他自己。

曹操打仗，久攻不下，有一天下面人问当晚的“口令”是什么，曹操正吃鸡汤，就随口说“鸡肋”。

担任“行军主簿”的杨修回去就叫属下收拾东西，说要撤军了，而且一传十，十传百，各营都开始收拾。偏偏曹操当天晚上睡不好，出来巡营，发现怎么大家都在收拾东西。

一问才知道，原来杨修说曹操的口令是“食之无味，弃之可惜”的鸡肋，表示久战不下，没意义，要撤军了。

当下，曹操就一斧头砍了杨修的头，挂在营前。

理由是，杨修惑乱军心！

不可表现过度

人都爱表现，聪明的年轻人尤其爱表现，问题是这表现可能会像杨修，先令长官惊讶，接着因为沾沾自喜，擅自为长官做主，甚至涉足长官的私人事务。

再下来，则是伤了长官的尊严，甚至影响公务。

忌自以为聪明

说几个发生在我身边的故事。

有位著名的植物学家对我说，自从某报改了他的一个字，他就不愿意给那家报纸写稿子了。

我问:“是什么奇怪的字啊！”

“一点也不奇怪，他们改得才奇怪呢！”学者火大地说，“我在文章里写秋天的漆树很美，那主编居然都没问我，就把‘漆树’改成了‘槭树’。他大概以为我是白字先生，有边读边，把槭（音‘促’）树读成漆树……如果他怀疑有错，可以！但他何不问我一声呢？结果我写的是Sumac那种‘漆树’，硬被他改成了‘槭树’，害我被同行笑话。”

相较之下，我认识的一位打字员就高明多了。当他发现我的文章里有错字，甚至有很明显的错误时，都不直接改，也不在文章旁边注明，而是另外发电邮问我：某个字是不是笔误？

你说，当我看到这样的信，能不感激万分，立刻向他致谢吗？

忌径自做主

再说两个故事。

有位老板跟客户闹得不高兴，气头上要秘书发信，把对方臭骂一顿，但是才隔天老板就后悔了，说一定得罪了客户，麻烦大了！

秘书却一笑，说:“您别操心，那封信我根本压下来没发。”

按说老板应该感激他的秘书，对不对？

错了！老板先松了口气，但是接着把秘书责骂一番。

为什么？因为她自作主张。

忌说不必要的话

某大学校庆，好多校友从世界各地赶回来庆祝，把校长忙得团团转。

总算活动结束，让校长能喘口气了。突然电话响，秘书接起来，是校长以前的一个学生打来的，说好几位老同学想跟老教授聚聚。

秘书大概体贴校长辛苦，没说校长有没有空，却问:“你们不是才跟他聚过吗？”

对面的老学生没多讲，挂了电话，却私下找到校长，说这件事。跟着，秘书就被调了职。

为什么？因为她自作聪明、乱说话，因为她没有守住职责的分寸，说了不该说的话。她确实可以因为体谅校长辛苦，帮校长挡不必要的约会，但她不能那么说。

何况，她连想见校长的是哪些老学生都没弄清楚，得罪了好几位国际知名的学者。

我写这许多，说给社会年轻人看，告诉大家：不可自作聪明、自以为比上级聪明，而不听令办事；也不可自作聪明，在不确定的情况下擅自做主。

而且，我希望职场达人也能作为参考：你可以让属下分层负责，但不能让他们越俎代庖。因为只有严守分寸、情理分明的组织，能够把错误减到最少，获得最大的成功。

别在无意中耍大牌

我收到一个高中社团的演讲邀请函，明明可以答应，我却毫不犹豫地回信婉拒了。

原因很简单！因为信上署名的是那个社团的“副社长”。

如果你不解，可能觉得我耍大牌，我可要说：好极了！现在正是你学习的机会。

相对地，如果你已经进入社会多年，懂得工作伦理，则不用我多说，你只要看到那个副社长的署名，就懂了。那个高中的社团有多伟大啊，大到邀请一位六十多岁的老教授演讲，都只由副手出面。

年轻人常不懂工作伦理，我也一样，记得我二十多岁时开画展，因为我是记者，有一群新闻界的朋友，只要打几个电话就成了。

我一个个打，其中一通才拨完号，听到外面有人叫我，就把电话交给太太，请她帮我说几句。可是没过两分钟，等我再回来讲电话的时候，对面那位记者却以很不悦的口气问：“你可真大牌啊！要你太太打，你再接。”

当时我有点不解，但是后来渐渐懂了——我失了礼。幸亏那天是新闻圈的朋友，否则我的消息很可能因此发不出来。

工作伦理是非常重要的，小到人际、大到国际，都有伦理。

小国不失礼

再说个故事：我做电视记者的时候，有一天接到个外电，说甲国副总统到乙国做正式访问，乙国总统与甲国副总统是老交情，亲自到机场迎接。当时翻译的人为了精简，把“老交情”那一句删掉了，却被主编说了一顿：“这句话怎么能删呢？人家特别这么写是有道理的，如果不是基于交情，副总统来访，怎能由总统去接？就算美国副总统到个芝麻大的小国，小国也不能由总统去接机啊，除非那不是正式的访问。”

我当时在旁边听了，心一惊，天哪！还真会摆谱！

对口单位的学问

好！再说个机关对机关的，这只怕比“国对国”还复杂。如果两个单位同等级，对方主管来，当然由自己这方相当职位的去接待。问题是如果那来访的是个极小单位的主管，两边不成比，这边则可以派较低一级的去迎接。

这下子学问大了！因为你派出去的主管层级，反映了“他”在你心中的地位。你抓不准，足以伤人自尊，让他不高兴。甚至今天别人的老总来访，由你的副总接待，你的副总是不是一见面先说明：“抱歉！因为我们老总今天在外地开会不能亲自出来迎接。”或说：“有上级来视察，等会儿如果能先离开，老总会立刻赶来。”

这说与不说在感觉上也有很大的差异，说了，表示本来你要亲自接待，因为不得已，才由副手出面。

单位之间打电话也有学问。如果你是老总，对方也是老总，你可以请你的秘书打电话给对方的秘书，再一起把电话转给老板。为了特别表示尊重，你也可以亲自打电话给对方的秘书，问：“你们老总在吗？”

对方的秘书如果干练，应该捂着电话报告他老板：“某总亲自打来的。”

他老总在接听时则当客气一句：“怎么劳驾您老兄自己拨电话啊！”

相反地，如果你明明知道对方的专线电话，却要秘书打，除非秘书跟对方熟极了，你就是有失工作伦理，可能令对方不快。

而当你的秘书拨对方秘书电话，秘书正好不在，居然由“老大”自己接了，你的秘书也应该立即致歉，说没想到对方亲自接的电话。

请别说我太挑剔，要知道，伦理有没有把握好，足以影响你的成败。

面子卖给谁

举个例子，有位老牌音乐家，新签了经纪人，过去他办音乐会发新闻，都亲自打电话给媒体的主管，附带问对方要几张票，这次心想既然有了经纪人，就全由经纪人处理吧！

结果，新闻发是发了，全没出来。

音乐家觉得奇怪，亲自拨电话给媒体的主管，每个主管都笑说没注意到有消息进来（虽然下面记者都说新闻是在编辑台上被主编抽了下来），然后笑道：你老大有消息，直接交代一句不就成了。

隔天，新闻全补发了出来。

请问，为什么原先发不出来？

因为那些主编跟音乐家是老交情，愿意把面子卖给老朋友。“明明大家熟，也都知道电话，为什么你自己不打电话，要你经纪人打？”如果那经纪人又名不见经传，媒体主编很可能会认为音乐家失礼、失格、耍大牌。

一错再错

最后让我再说个有意思的故事：

有位老板跟另一家老板约了谈生意，办公室忙，出门已经嫌晚了，又碰上堵车。想打电话给对方，手机里却没对方的号码，只好打给自己的秘书问。

秘书立刻查电话，这老板没等，急着对秘书说：“你查到就直接帮我拨个电话给他，说我堵车，会迟一点。”

秘书接着就查到号码，打电话过去：

“某老板，对不起！我老板说他堵车，要晚一点到，麻烦您等他一下。”

对方有点不悦：“他为什么不自己打电话？你知道我已经等半个钟头了吗？”

秘书笑道：“他没带您的电话，您要知道，我老板很忙的！”

“他忙，我不忙？我比他更忙！”啪！电话挂了。等到堵车的老板气喘吁吁地赶到，对方已经走了。

请问这当中谁犯了错？

先是老板自己不打电话，失了礼。接着秘书又不会讲话，失了礼。只是，如果对方不讲，这扑了空的老板能知道为什么把事情办砸了吗？

你有没有职业乱伦

说两个有关我女儿的事给你听。（希望她知道了别不高兴。）

美国的教育观念很妙，我女儿在念哥伦比亚大学的时候，学校居然开了门调酒的课。

那时候她才十九岁，按法律规定不能喝酒。

没问题！他们上课的时候教室里站着校警，盯着学生：准调不准喝！

调酒课过关，居然能拿到“调酒师”的执照，还由学校介绍到外面调酒。

问题是谁会请这些连酒味都不知道的学生去调酒？

居然大有人在，许多豪门开派对，不请职业调酒师，专请这些嫩鸟，据说因为有些嘉宾，不希望外面的调酒师看到。

有一天，我女儿调酒回来，我好奇地问她：“有名人宾客吗？”

“当然有！”

“哪些人？”

她居然瞪我一眼：“这怎么能说？”

爸爸也是外人

我女儿去北京工作，中文能力有限的她，居然常常为公司做翻译。

我不放心，问她：“中文够不够用？要不要把翻好的东西先发过来，让我帮忙看看？”

她居然想都没有想就说：“这怎么成？这是我公司的文件，怎么能给外人看？”

隐私不隐私

再说几个“相对”的故事给你听：

有位朋友去做美容手术，医师助理说要先给她拍张照。

“拍照做什么？”

“好对比前后的差异啊！”那助理边说边在电脑上点，“秀”出好多人手术之前和之后的照片。

我朋友当下起身，不做了。

另一位朋友，听说大陆的美容手术既快又好，于是趁到大陆出差，抽空做了个眼袋的手术。

手术完了，他躺在床上休息，听见外面的对话。

“我是美国来的，你们做得有美国好吗？”

“当然！不信你看看，里面正躺着一个，就是你们美国来的。”

两头露

我跟银行的外务人员谈话。他的手机响，他接起来说正在忙，忙着跟××谈话。

急急地挂了电话，他对我一笑：“抱歉啊！是你同事××打来的。”

小姐刚由宾馆来

走出我住的大楼，要打车，正好一辆计程车停在门前，下来一位同楼住的小姐，我就上了那辆计程车。

“刚才那小姐住你们大楼吗？”司机回头神秘地一笑，“从××宾馆上的车。”

昨天才来过

朋友请我去餐馆。

服务生显然跟她认识，见面就说：“你先生昨天才来过，你要不要点他吃的那道三杯鸡？”

公开的私事

经过大楼管理员的柜台，对讲机响，管理员接起来，又往外张望了一下：“你女儿早就进门了，正在中庭给男朋友打手机呢！”

碰到我的保险经纪人。

“上次给你介绍的那位，成了吗？”我问。

“成了！而且保了一千两百万元，受益人是他女儿，不是他太太。我正要谢谢您呢！”

内幕公开

跟印刷厂的业务员谈话。

“其实出版社的账单也不一定准。”业务员说，“像是我刚才去过的那家，就要我只开一半，好像要给作家看，少付一点版税。”

遇到邻居的管家。

“你家老板好吗？好久没看见他了。”我说。

“好极了！昨晚才回国，就被他老婆一拳头把眼睛打黑了。”

再给你一耙

报纸刊出道歉启事：

“本报前日对某某小姐被非礼一事，不慎植入某小姐的住址，造成某小姐的困扰，特此致歉！”

吃里爬外

原厂维修，技师小声说：

“你这东西要坏了，换我们公司原厂的很贵，不过我可以给你介绍外面山寨的，会便宜很多。”

出版社的编辑来找我拿稿子。

临走，他掏出张名片:“这是我的新名片，下个月我要换东家了，请您多多照顾。”

职业道德

中学同学会，提到一位许久未见的老同窗。

“他啊！你们没见，我倒是见过好几次，帮他解决了不少头疼的问题。”一位妇产科医师说。

一对情侣走进餐厅。

“王先生好！还坐老位子吧？哎！张小姐呢？张小姐没来啊？”服务生说。

地铁站，一位妖娆小姐走向一对夫妻:

“啊！这不是陈先生吗？您也搭这一线啊？昨晚上您才来我们酒廊，怎么今天就不认人啦？”

说了一堆笑话，因为笑话比什么都讽刺、都真实，请各位自己想。最后总归一句话:

职场有忌！忌不懂职业伦理！

明星的窘态

以前我当电视记者的时候，有一段时间专跑影视新闻。也因此常能进入后台，看到一般人见不着的“幕后”。当台下观众屏息，等待明星出场的时候，我看到的可能是那明星手忙脚乱、大呼小叫。当天才钢琴家在台上做行云流水的演奏时，我可能才见他在后台用温水泡手、不停踱步。

记得某次，一位歌星开演唱会，大概因为堵车，她迟到了，下面观众等了半个多钟头，已经有人吹口哨，催出场的掌声更是一遍又一遍。

这时才见歌星气急败坏地跑进后台，一头钻入化妆间。外面口哨声听得一清二楚，却不见她快快出来。她终于打开门，还慢慢地走，走到幕边，左扭扭脖子，右扭扭脖子，再扯扯衣服，慢条斯理地迈着优雅的步子出场。

掌声响起、欢呼响起，歌星先向大家致歉，接着深深一鞠躬，台下更是欢声雷动。

突然间，没有人再介意她迟到，只知道歌星正为大家带来无比优美的歌声。歌声里没有匆忙、没有焦躁，唯有感动。

他急我不急

我后来问那歌星，为什么迟到了，还能好整以暇。

她一笑，说:“他们急，主办单位急，所有人都急，只有我不能急。因为观众是来欣赏我从容的演出，不是来看我的急躁。如果我拼命赶，虽然能提早上台几分钟，却可能因为气急，唱不好。请问你，被骂迟到和被批评才艺不佳，你选哪个？”接着她又补一句，“何况我只要深深一鞠躬，或返场多唱两首，观众就把我的迟到全忘了。搞不好，还反过来赞美我不要大牌呢！”

越不耍大牌的越会耍大牌

采访了好几年影视新闻，我发现越是大牌，越不会耍大牌，也越会耍大牌。

他们很可能下飞机，戴着墨镜，六亲不认，连头都不点一个，就钻进车子。

他们可能包下整层旅馆，不准任何外人进入。

他们可能带自己的厨师、进口自己的食材，甚至洗澡都用矿泉水。

他们可能带自己的乐队，用自备的音响，要求舞台上的每个细节，连观众献花都规定某种花不准带。

他们耍大牌耍到极致！

但是当他们去排演的时候就不一样了。虽然只是排演，下面完全没外人，他们却认真得像是面对千万观众。至于正式演出，更没话讲。

他们卖命地使出浑身解数，就算中途撑不住，到后台休息一下，再上场，仍然忘我地演出。这使他们事先所有苛刻的要求都有了道理，因为他们对自己更苛求。

明星的苛求

为什么下飞机不理人？因为长途飞行，一脸倦容，他们不能把不够完美的自己，呈现在人前。

为什么不准外人打扰？因为他们要静下心情、养精蓄锐，预备演出。

为什么对饮食有那么严格的要求？因为他们唯恐吃坏东西生病，影响了演出。

为什么连洗澡水都要用矿泉水？因为他们可能某一次到印度，处处小心，只在盥洗时用了自来水就腹泻，差点不能上场。

为什么连音响都要自备、连花都要限制？

因为他们要最有把握的音效，可能会对某种花敏感。

总结起来，那些苛求，不只是对外人，也是对他们自己。他们严格要求自己的演出，是为所有人，为了保护自己的羽毛，也为了不负大家的期望。

魔术师的帽子

听我说了这么多，你可能要说，你不是歌星，也非大牌演员，这跟你有什么关系?

要知道关系可大了！因为人生就像一场戏，我们时时呈现在别人眼前，怎么呈现、呈现什么，都太重要了。请听我说个故事：

我常去一家裱画店，那大概是台北最高级的一家，除了专业画家，一般人的画作，师傅是不接的。

那店看起来一点也不像裱画店，倒十足是个画廊，四周挂着古董字画，前面一张大桌子，放着最讲究的茶具，偶尔遇到几位访客喝茶聊天，完全是“文人雅集”。

只有后面一张桌子，让顾客把作品放在上面，讨论裱褙的方法。讨论完了，又回到前面以茶待客。

好长一段时间，我都猜他自己不裱画，搞不好外包给别人，只由他收件。

但是有一天我急着取件，突然跑去。师傅说画还贴在板上，得给他一点时间去工作室摘画。

我就顺势说：“正好！去你工作室参观。”

他先犹豫了一下，才有点勉强地带我去隔壁一栋公寓。

没有电梯，我们必须走过窄窄的楼梯，让我怀疑，每次有大画，他是怎么搬下楼的。

进入工作室，可就真是传统裱画店的样子了，一盆又一盆的糨糊，一卷又一卷的纸张绫布，一墙又一墙的字画，一块又一块的裱画板。

只见他先避让一下杂物，接着搬梯子去墙上摘画，小心地退下梯子，腾出桌面，用长尺和刀子修边，等他终于把画卷好交给我，已经看到他额头的汗珠。

我一下子懂了，为什么他从不让访客到他的工作室，为什么他不让人看见他忙碌裱画的样子。

如同魔术师，他不要别人窥视他的黑帽子和魔术箱。

就像那些大牌艺人、明星，他们再忙、再赶、再紧张，也得整理好自己，才从容地出场！

向米其林大厨学习

相信你一定有过这样的经验：

晚宴，才吃完，女士们就告退，去洗手间。

她们八成不是真去洗手，而是补妆。正因此“洗手间”也叫“化妆间”。美国人专供客人用的洗手间，又叫“粉间”（Powder Room），是让女客去扑粉的！

其实她们只要把“吃掉”的唇膏补一补就行了，大可举起小化妆镜搽两下，为什么还躲起来？

因为她们不要你看到修补的动作，她们要以最美的方式“全新呈现”。

大厨新换的白衣服

如果你去过很讲究的西餐厅，也应该碰到过：

酒过三巡，菜都上完了，那掌勺的“名厨”，穿着整齐地出来跟客人寒暄。他们虽然穿着厨师的白衣服，但是身上没有半点油渍和油烟味。

他们真有那么大本事，一点都不被溅到？还是光说不做，只在厨房指挥？就算指挥，也该染上油烟味吧？

如果你早早就躲在厨房看，很可能见到的是个跑前跑后，一下切，一下炒，忙碌无比的大师傅。他应付一堆客人，能不手忙脚乱吗？一个手忙脚乱的人，能看起来从容不迫吗？

于是你可以猜：他走到前面跟顾客寒暄之前，八成先去梳洗一番，甚至换了一身衣服。因为他要展现他的“大气”“名气”和“从容”。

大师的可怜相

同样的道理，我上一篇文章提到的裱画店师傅，为什么不愿顾客去他的工作间?

因为他不是工人，是文人，是传承技艺、保存国粹的名师。

他不能让你看到他忙碌的窘态。

就算画家也一样！唐代有位大官李思训，有一天陪皇上游江。看到美好的风景，皇帝说:“李思训，你不是会画吗?来画几笔给大家欣赏欣赏。”

李思训就趴在船头铺绢、研墨、调色、挥毫。当他忙得满头大汗的时候，其他臣子却跟皇上坐在一边饮酒谈笑。

你知道李思训回家做了什么事吗?

他把儿子叫到面前，说:“千万别做画家！”

为什么?

因为他觉得自己受了辱!

问题是，平时他只在家作画，再把画拿出来展示，非但不曾受辱，而且总赢得赞叹，甚至成为中国山水画第一人。

谈到李思训，我也有相似的经验:

我年轻的时候，某日有个外国人来，说要买我墙上挂的一幅画。

那是一幅装在两米多的镜框里的大画，价钱不低，他一口答应了。问题是，他急着离台，当场就要。我只好把画摘下来，翻到镜框背面，再用老虎钳，把钉子一根根拔出来。

画交给他，钱拿到手，我也满身大汗。

如今，我早已忘了卖多少钱，只记得那时候他坐在沙发上，我趴在地上……

工厂的豪华间

“从容”太重要了!

自信会表现从容，从容能显示自信。

在厨房满身油烟的女主人，炒完菜，应该像米其林大厨一样，躲回房间，换身漂亮的衣服，甚至补个妆，再从容地出来招呼。

艺术家画得满身油彩，在把作品装框、悬挂、打上最恰当的灯光之后，应该回去好好梳理一番，再出席风光的酒会。

同样的道理，尽管工厂后面的机器震耳欲聋、烟尘飞扬，为了从容，应该在前面设置接待室和展示间。没有必要，绝不让人到后面参观。

别露出你的惨状

了解了这一点，如果你是老板，只要环境许可，你是不是也该把“办公”和“待客”的地方分开，有访客来，由秘书通报，等你整理衣装、擦干汗水，甚至调整情绪之后，再从从容容地出现？

就算你的条件不足，只有一间办公室，你适合在案牍劳形、手忙脚乱的情况下，请客人进去吗？

你的乱、你的忙、你的汗、你的狼狈，能增加你谈判的筹码吗？抑或因为你的不从容，使你的自信和自尊都受损？甚至让对方看到你的窘态，而把你贬抑三分？

临危不乱的诸葛亮

最后，让我们想想三国孔明。当司马懿率领十五万精兵杀到，孔明城里只有两千五百人，居然把城门大开，只派二十个兵扮作百姓洒扫街道。

然后，孔明披鹤氅，戴纶巾，在城楼上凭栏而坐，笑容可掬、焚香操琴……

司马懿居然不敢进城，而且匆匆退兵。

请问孔明赢在哪里？

赢在从容！

如果你去求职

你喜欢自拍吧？让咱们做个实验：

你先去忙，就算没忙得满头大汗，也忙得脸上冒油。这时候，你自拍一张。

接着，你把脸擦干净，不要一点油亮，再用同样角度和灯光拍一张。

你比比！前后两张，哪张的感觉好？除非你要当运动选手，必定后一张比较好，对不对？

好，再想想如果你是公司主管，要征新人，一堆应试者的照片摆在眼前，你对脸孔油亮和不发亮的，哪一种印象好。

今天你进行面试，两个人条件相当，他们同时坐在你的面前，一个脸上冒油，甚至冒汗，一个没有一点“油污”，你可能挑哪个？

八成你挑后者，对不对？

连鼻头亮都不行

别以为脸上一点油，没什么关系。那关系可大了！因为一泛油，就不从容，甚至显得狼狈仓皇。

所以电视节目录像时，常录一半，导播叫停，说嘉宾的脸上反光了，要补妆、重录。

我甚至看过，导播没叫停，明星经纪人叫停，只为明星的鼻头好像有反光。

抖腿绞手摸脖子

人很妙，他可以说不出来，但是感觉出来，感觉对方“说不出来的感觉”。

今天你跟人谈事，他不断抖腿、绞手指，不断把手掌往裤子上擦。

你感觉到什么?

感觉到他的不安。他用抖腿绞手减少紧张，又因为手掌冒汗，不断在裤子上擦干。

今天朋友坐在你对面，他不抖腿也不绞手，却猛摸脖子后面，或两手摸着椅子把手，将手肘抬高。

你感觉到什么?

感觉到他的不耐。因为他想走又不能走，急躁导致脖子僵硬，而且一次又一次地把手往下推，想让自己站起来。

今天你跟两人讨论事情，一个人手放在膝上，向前倾身，看着你聆听，另一个人双手抱胸地往后靠。

你感觉谁比较有敌意?

后者，对不对? 因为他下意识想离你远一点，并且用双手保护胸前的重要位置。

谁比较精致

今天两个人并排坐，当其中一人说话的时候，一位把身子转过来听，另一位只转头，不转身，哪位感觉比较有诚意? 哪位表现有敌意?

如果你坐在他们对面，你对谁的感觉比较好?

当然是前者!

因为后者只转头，不转身，是下意识地把重要器官闪开。

进一步想!

两个人坐在你前面，穿着几乎完全一样，相貌也差不多。但是一个人的领带不在脖子中间位置，极可能原先系得不错，因为动来动去，偏开了。另个的领带则仍然紧紧地系在正中的位置。

你对谁的感觉比较好?

今天两个人同时向你走来，手上各拿着一个公事包，一个人的包鼓鼓囊囊的，塞了不少东西，另一位的扁扁薄薄。

你觉得谁比较精致?

用你的身体说话

看完了上面这些例子，如果你应聘工作，我建议你：

比约定的时间早一点到，先在车子里，或附近找个地方，检查自己的服装，把领带打正，把肩上的头皮屑和鞋子上的灰尘掸掉，把头发梳好，把脸上的油渍擦干。如果要带资料，包的棱角最好清楚，东西很少的时候宁可用资料夹，千万别用背包，因为你不是带着铺盖上工。

然后，你要准时到达面试地点。当面试的主管进来，如果你原本坐着，要立刻站起身。如果有几个人一起面试，主考官一个个轮着问，你可以完全面向主考官，有一句答一句。如果是几个人讨论，当别人说话的时候，你的身体要随你的头转动。

千万别搓手，别摸脖子后面，别双手抱胸，别交叉抖腿，别做出不耐烦的动作。

对了！还有一点，除非那公司很大，最好别一进门就借洗手间。因为那虽然是应该被谅解的小事，却会显示窘迫，不够从容。

打动常春藤

美国大学常请企业到校园办求才会，所以许多学生还没毕业，已经在会中被聘。就算没有合适的工作，也能在求才会里认识不同企业，计划自己的未来。

此外，许多美国大学还会教毕业生写履历表，连行数、字数都规定。我女儿就遵守学校教她的方法，硬把原先三页的履历删成一页。

我当时看到她“删减”的结果，大吃一惊。因为好多我和她妈妈引以为傲的履历都被她删了。我问她：“你不是在那儿实习了三个多月，有薪水拿，主管还写了推荐函，这么棒的经验怎能不写呢？你以第一名由高中毕业，还代表致辞，为什么也没提？”

女儿的答案很简单：“提了，别人反而不看。”

一大本，不如一两张

这使我想起一位美国大学入学部负责人说的，好多学生在申请的时候，连幼儿园的奖状都附上了，而且装成厚厚几大本。

问题是，入学部的人有多少时间哪？看到那重重一大箱，已经吓坏了。等到翻阅其中的资料，好几大本，该由哪一本开始？反不如把最精彩的装在一个夹子里，让人一眼就能看清楚。

结果可能就为了资料交得太多，反而被扔在一边，到最后，被扔掉了！

只怪你写太多

我也有类似的感触：

常常收到读者的信，有的很简短，有的很冗长，有的极精美，甚至一字不苟地写上十几页。

你猜，我最先回谁？

我确实对那下笔万言的读者刮目相看，心想他花了多少时间“经营”这封信给我啊！他一定是我的忠实粉丝。

问题是我没时间看哪！如果我每天把这样的信都读完，只怕没时间写作，以后也没粉丝了。

结果，我不得不把那些万言长信放进盒子，希望有一天有空能读，也可能终于留下遗憾。

从“尖子”到“异类”

没错！今天你的履历丰富，你过去的成就高，确实会引人注意。但每个人的时间一样，凭什么别人只能做十样事，你能做五十样事？当你把时间分成五十份，能比分成十份的“浓度”高吗？

不信你去打听常春藤盟校，他们是怎么收学生的。

几乎每个敢申请的都是“尖子”，小小年纪都有一番成就，他们选哪个？又怎么选？

入学审查是给点数的，譬如你得了英特尔奖给几点，你是某著名音乐学院先修班毕业的给几点，你全国会考得多少分给几点，你参加全国体育比赛名列前茅给几点，你曾担任校刊主编或学生会主席给几点，你长期从事社区服务给几点。

虽然有这些标准，但是当申请的人太多，大家个个想尽办法“照方抓药”，这个参加擎剑社，那个照顾艾滋病人，每份简历都密密麻麻，令人目不暇接的时候，小的都不算数了！

你是第一名毕业，又如何？十个有八个是第一名。

你被认为是天才，又如何？每个都自认是才子才女。

你参加多少科学夏令营，又如何？只要你功课好、交得起学费，不是都能参加吗？

你是出国交换学生，又如何？你们这一招，我们见多了！

结果那些列一大堆经历、成就的，因为密密麻麻，没时间看，再不然在一堆沙里找金子，明明有金子，却因为沙子太多，被忽略。

最后反而是只列几项杰出成就的被录取了。

还有一种，是异类，譬如：老爸是情报员，带着全家冒险；父母欠太多钱，从小跟着躲债；曾经迷失多年，终于浪子回头。

那些异类，用他们的自传，打动了入学部的人，得以中选。

自传会很长吗？不！自传通常限定字数，如果真写成长篇小说，只怕也会被扔到一边了。

长篇大论不如言简意赅

知识爆发、资讯无穷，每个人得以有限的时间消化无限的东西，所以长篇大论反不如言简意赅受欢迎。

最后说几个有意思的故事。

有位医学院毕业的女生，申请进入某著名医院做住院医师。

“你为什么选耳鼻喉科？你认为你会比别人强吗？”

“我有兔唇。”女生指指自己，“动过七次手术，我只要给兔唇的父母看看我自己，他们就能获得鼓舞。”

她从几百位杰出的申请人中被录取了。

九个字，第一名

台湾地区办手机短信征文，有上万人参加。

“爸爸，祝您母亲节快乐！”

不过九个字，得到第一名。

两个字，被录取

美国某名校入学问卷：“说说你这辈子做过的最冒险的事。”

“这个！”有位学生只填了两个字。

他被录取了！

人生百忌，忌啰唆！

话不在多，要一言中的，直指人心。

别让拖的骨牌倒下

我小时候经常看到债主登门的场面，而且一天能见到好几次。

所幸那不是我家，是我常去的一家裱画店。只见顾客来取画，才进门，老板就说：“对不起，还没好！”再不然讲：“多在板子上贴几天，以后比较不会翘，下个礼拜就成了。”

好对付的客人，可能点点头就走了。碰上急着取件的，一听没裱好就火冒三丈，老板只好不断鞠躬赔不是。

问题是，通常那顾客才走，老板就会翻柜子，找出那人要裱的画，接着动手裱。

天哪！顾客听说贴在板子上久一点比较好，心想画已经裱好“上壁”，只等着干透，岂知还没裱呢！也可以说当老板叫人三个礼拜之后取件，他都是三个礼拜之后才动手，等顾客隔周来，画虽然赶出来了，却顶多在板子上贴了七天。

我因为喜欢看画，总在放学之后先去那里报到，但就算停留半小时，也能看见好几个登门讨债骂人的顾客，尤其过旧历新年之前，大家都急着取件，老板不得不整夜赶工，甚至拿着吹风机硬把画吹干。看他手忙脚乱的样子，真有点不忍。

只是不忍归不忍，我后来发现，那老板并不值得同情。因为我算过，几乎每个顾客都得多等一个礼拜才拿到东西，老板只要在接件的时候，把交件日期多说七天就成了，何必等人上门之后再道歉？

还有，过完除夕，老板在年前要赶的东西都交出去了，年后要取件的东西也不多，如果老板愿意牺牲假期，把年后要的画趁这几天裱好，从一开始就不拖，不是下面都能准时交件了吗?

可是只见他店门半卷，人在里面左晃晃、右晃晃，既没出去拜年，也没客人来访，明明有空，就是不动手。而且，过完年，才开市，他又鞠躬作揖、赔不是:“对不起！过年耽误了，下个礼拜一定好。”

当第一张骨牌倒下

我说这个故事，是要谈“拖”的问题。

几乎人人都会拖。事有轻重缓急，当事情不是太要紧，时间又有限的情况下，当然可能把“次要的”拖下来。

只是，“拖”常常跟“拖欠”“拖延”做朋友。当你“拖延”了，也八成“拖欠”了。既然“欠”，就得“还”，还也要工夫啊，于是因为上一个“欠”，造成下一个“欠”。“一拖百拖”，像骨牌，前面小小一张倒下去，后面几百几千张全倒了。

拖是因为乱

拖的人还有个毛病，是没有好的管理。像那裱画店的老板，他会给人写收据，自己却没一本账，总要到顾客登门骂人，才去柜子里翻。许多人不是忘了这样，就是误了那样，把生活搞得一团乱，其实不是没空，而是没有秩序。

少做春秋大梦

爱拖的人还有个可能，是太理想主义。像裱画店老板，他八成在跟客户说三个礼拜之后取件的时候，真认为自己三个礼拜能完工。否则，他何不说四个礼拜?

大概那些说话不算话，讲的时候拍胸脯，做的时候办不到的人，都有这毛病。总为“拖”而迟到的人也是，明明需要一个小时的车程，他一个小时前还不出发，说:“今天不堵车，五十分钟就够了。”到了五十分钟前，他仍然不动，你催他，他说:“这个时间，不是上下班的高峰，四十分钟足够了。”

到了四十分钟，他又讲他开车的技术好、车子的马力强，踩踩油门，半个小时也成了。

从头到尾，他说的都对，也都有可能，问题是：办得到吗？真办到了吗？

拖的人胆子小

还有一种“拖”正相反，是因为没信心。举个例子，为了以后求职，你该参加某个鉴定考试，大三就能考，你却害怕，一拖再拖。到头来别的同学全过了，你硬是没考，也硬比别人少一分竞争力。

又譬如有个“点子”可以拍电影。你拿到了，觉得不错，但是搁在旁边，一搁再搁，没把握，始终没拍。改天“点子”到了别的导演手里，你才惊觉自己失去了机会。

更严重的是不面对问题，有人拖着不做体检，甚至有了不舒服，也不去看医生，原因是：“看出是那毛病，怎么办？”我有位医生朋友，自己是三家诊所的负责人，居然也拖，拖进了医院，拖成了半身不遂。

不拖有什么难

中国有句俗语：“早起三光，晚起三慌。”没错！早点起，日月星可能都在天上，晚点起，时间不够，手忙脚乱，慌成一团。

但是就算“早起三光”的人，如果有拖的毛病，也照样三慌。因为“起个大早，赶个晚集”。他东摸摸、西摸摸，到头来还是可能迟到。

回头想想那裱画店老板吧！

如果他不那么乐天派，而把时间说松一点；

如果他把每张画的交件时间搞清楚，依照交件先后动手；

如果他有空当的时候，能够将拖欠的补上；

如果他既没本子登记，也从没空当，却能在收到每件东西的当天就动手……

他会拖吗？会因为拖而挨骂吗？会因为赶工而影响品质吗？会因为失去信用而丢掉生意吗？

别人已经回来了

人生百忌，忌拖！

今天你拖一小时，可能误掉明日的一整天，今天你拖一小步，明天可能误一大段。今天你一拖再拖，当你出发的时候，别人可能已经回来了！

今天你拖拖拉拉，可能拖惨一堆你四周的人，可能拖掉你宝贵的一生！

小心“五鬼搬运”

美国移民局大概是全世界最会拖的了。

我有个朋友委托律师把申请书送进移民局，半年下来，石沉大海，连最基本的“档案号码”都没拿到。请律师去问，答案是东西不见了。

幸亏有办过的朋友说：“你自己去查嘛！一大早，别等移民局开门，就在外面等‘抢头香’，把你的相关资料递进去，请他们查。”

朋友照做了，从移民局开门等到关门，就在关门前一分钟居然被叫到名字，而且拿到了“档案号码”，表示进行审核了。

他高高兴兴地回家，准备静静等结果，那个有经验的朋友却说：“不行！你还得每个月都去移民局。你不是有档案号码了吗？就每次都把号码递进去，问他们进行到哪里了。”

“他们会不会嫌我烦？”

“不会！他们反而会快一些。因为每次你查，他们都得去找，很可能原先把你的东西压在底下，这一找再找，就到上面来了。”

我这朋友照办。果然，跟他同时送件的人，都一点没消息，他不过一年半就拿到了“绿卡”。

帮他捉刀吧

我自己也有这方面的经验。公家办事，可能因为事杂，也可能因为人差，常常慢上加慢。尤其麻烦的是东西被压久了，办事人员不耐烦，或者当年接案的时候了解的事情，时间久，记不清，到头来乱签一通，明明该办成的事，反而办砸了。

有了这经验，我干脆在递档案的时候，也帮办事人员写一份签呈报告，为了不伤他自尊，我不说那是我帮他写的签呈，只说是个简介，说不定他不必看厚厚一摞资料，只要看这“简报”就挺清楚了。

果然，我申请的事往往特快。而且因为我的事，我自己最清楚，能把最有利的资料写进去，当他参考（其实常是照抄）之后，特别容易通过。

三天一大改，两天一小揍

每个人都会拖，要想成功，除了自己不拖，还得防着别人拖，尤其要防止人家一拖再拖，不但把事情拖延，而且拖烂、拖不见。

譬如你公司有个每月报表，把过去一个月，大大小小的事情和入出账的情况列出来，使你可以一目了然。

如果你哪一回，才过两个礼拜，因为临时有事要看报告，八成会搞得承办人员手忙脚乱。为什么？因为他拖！他想着一个月之后才要，没有每天记。

但是如果你随时要查看，或每个礼拜都要看一眼，他就不手忙脚乱了，非但不乱，而且会做得更详细、更从容。

对的！更从容！

当过学生的人都有经验。有些科目的老师，三天两头考试，月考时反而轻松，因为大家不敢拖，常常当天教，当天就念了。

丢了钱又丢了朋友

同样的道理，如果你有应收的款子，无论大小，只要到该付款的日子，对方没付，就算数字不大，你也得追。因为你的拖会造成他的拖，当他发现你没那么严格要求的时候，会越来越不守时，更严重的是一次拖、两次拖，可能把货款越拖越多，到最后人跑了。

对朋友也一样。

你借钱给朋友，说好哪天还，就得哪天还。到时候就算你不需要，也得提醒；就算你不好意思明说，也得暗示。

因为这样才能良性循环，“有借有还，再借不难”，永远维持“通财之道”。

相反，他一次借、两次借、三次借，你都不吭气，到最后他可能躲着你。结果你既丢了钱，又丢了朋友。

小心安然事件重演

要人不拖，最好的办法就是像老师，常常随堂小考、抽考，让对方不敢放松。

如果你在银行有理财专员，就算没时间看他的报表，最好也冷不防地找出一两样，向理财专员请教。

这表示什么？

表示你不是不关心、不是不看！

否则他可能把你的东西摆在一边，八百年不审视，有状况也不通知。更可怕的是如果他心术不正，可能做许多小动作，“五鬼搬运”了一大堆，你都不知道，甚至永远不知道。

拿的不如抢的

人多吃饭香！

因为人多，有竞争，你不夹菜，别人夹了，你每次夹一箸，都有抢到的快感。

要人不拖，得把握同样的心理。你去问问，那些住在故宫旁边的人，他多久之前去过故宫，搞不好十年前，还是因为有朋友来，陪朋友去的。

为什么他不去？因为故宫就在他家旁边，等着他，随时去。

所以，他拖，一拖拖上十年，搞不好一辈子没去两回。

走了！走远了！走不见了！

同样的道理，你办个展览、搞个销售会，你以为时间越长生意会越好吗？

错了！如果你一办就是半年，可能刚开始的时候人多，接着人就少了，少到门可罗雀。直到将要结束，人又一下子变多，多到人挤人打架。最后，你还挨骂，因为有一群人没能看到展览。

一开始人多，那些人都是不拖的；最后人多，都是拖的；没赶上的那群人则是拖，拖，拖，拖没了。英语有一句话说得妙极了！Go！Went！Gone！走了！走远了！走不见了！

正因如此，以前百货公司大减价，可能登报说半个月。后来改成一个礼拜。再后来只给三天。近几年变成几个小时。

多棒啊！天不亮就有人排队，甚至抱着睡袋去排队，中午电视新闻一播，更多人赶来了，大家抢成一团。

没一下，东西全光了！

他收了银子、得了里子、赚了面子，还赢得你的尊重。

你还不点鼠标吗

为什么减价的时间愈定愈短？因为人越来越忙、越来越拖。只有一拖就没了的，大家才会抢。

还有，因为媒体越来越直接。从报纸到广播，由电视到网络，一天比一天快。

你没碰到过吗？现在网上特价已经有以“分”计算的了。

你要不要？你的鼠标点不点？再不点，就没了！

他们抓住你的弱点，逼你！

逼你不能拖。

毕业即失业，出门就落伍

你家有古董照相机吧?

那古董可能一点也不古，搞不好连十年都不到，里面的电池还能充电，闪光灯也亮，镜头还有好几个，问题是它硬变成了古董，就算今天不是，过两年也非成收藏品不可。

这有什么办法呢？连百年老店柯达都关门重整了，许多底片几年前就不再生产，就算还生产的，照相器材行也不一定卖。即使卖，冲洗的地方也不多。如同你有枪，却没子弹，那枪还管什么用?

再会了！过去的光荣

留声机也一样，一百多年前就发明了，转了一百年，被卡式取代、被 CD 数字取代，今天除了专业 DJ，谁还会用黑胶唱片?

电话也是，一百多年前就发明了，管它是手摇的，还是拨号的，座机一百年都没什么变化，可是为什么没多久，几乎全被手机取代了?

印刷排版更不用说，从毕昇发明活字版，多神哪！中国四大发明之一，改变了全人类的文明。那些活字，从油泥到木刻、铜雕、铅铸，二十年前还有人用，怎么一下子全被电脑打字取代了?

混口饭愈来愈难了

都是百年或几百年啊！都是值得骄傲的发明啊！怎么过去百年都不变，这二十年全变了？而且不断变，三天两头变，管它手机、电脑，还是相机、音响，没多久就过时了。

那么，过去几百年，甚至上千年不变的理论技术和观念，是不是也会变呢？

“家有万贯，不如一技在身”，过去几千年，如果你拜师学艺，三五年出师，就能用那点本事，混吃混喝一辈子。

现在还行吗？所有的东西都在变，连刻印章和做招牌都变，你能不变吗？当所有的人都向前飞奔，你能不跟进吗？

不进则退，慢进也退

再想想“十年寒窗无人问，一举成名天下知”，这句从小到大，不知听过几百几千遍的名言，它说得还对吗？

过去六岁启蒙，一头钻进书堆里（说实话，书堆加起来，还不够一个光碟的容量），十年苦读，参加科举考试，中了举、当了官，衣锦还乡，敲锣打鼓地上任。

管你是“三年清知府，十万雪花银”的贪官，还是“一介书生去，两袖清风回”的清官，请问你能在任多久？如果以上世纪初的平均寿命计算，即使你二十岁就上任，又殉职死在了办公桌前，也不过二十多年。

可是现在呢？你二十二岁大学毕业，六十多岁退休，以后还可能延到七十几，那是四五十年哪！

当年项羽自刎不过三十一岁，现在有人七十多还在选总统，面对比上一代加倍的寿命和千倍的变化，你十年寒窗学的东西还够用吗？

古人可能够用，套一套“之乎者也”，掉一掉圣贤书袋，再练得一笔王字柳字颜字，二十多年，一下子就过了。

可是今天成吗？你换一台相机、手机，就得看一次使用手册；你换个电脑，就得学新的操作。工具在变、观念在变、思想在变、世界在变，所有人都在进步，你“不进则退”，慢进也退，如果学校再跟社会脱节，很可能你才毕业，已经落伍了！

大学生不如高职生？

让我说个亲身体验吧！

因为房子装修，我最近常跟一位设计师打交道，那设计师很有名，也设计得很好，但我后来才知道，他不过是某高职的学历。

问题是，他设计出来的东西，一点也不比名牌艺术系出来的人差。艺术系要经过严格的考试，再受四年科班训练。高职不过高中学历，从进去到出来都是未成年的孩子，为什么他们能比大学生还棒？

我后来终于想通了。因为那高职是私立，没钱聘专职老师，所以都从外面找人兼课。兼课的老师可能前一刻还在广告公司、设计公司、建筑公司、摄影公司忙得团团转，后一刻就冲到高职，教那一票毛孩子。

按说他们绝不如名牌大学的专职教授教得好。

可是错了！他们教出来的可能更棒！

因为他们前一刻才在公司操作最新的机器、设计最新的建筑，或者跟挑剔的顾客大吵一架，后一刻就把经验分享给学生。有时候他们忙不过来，还要学生去公司帮忙。

比脸还黄的讲义

相对地，学院派的教授，每学期可能教同样的科目、用同样的教材，甚至发同样的考卷。他们是会研究、会写论文、会出国考察，而且可能在学术界位居要津。

但是，他们也可能不食人间烟火，跟社会脱节！

退回五十年，他们半辈子在黑板上抄比脸还黄的讲义，可能都不会过时，如同相机、留声机、电话机和印刷术，可以百年不变。

但是放在今天，如果教授不努力求新求变，没多久就过时了。他们过时，教出来的学生也可能过时，如果那学生再被留校，一路助教、讲师、副教授、教授升上去，就过时加过时了。

别被自己打败

说了这么多，我希望大家想想：你是不是从金榜题名的那天，就以为黄金屋跟颜如玉已经近在眼前？从走出校门，就认为你学到的“一技之长”已经够用一生？搞不好你还因为学历高，睥睨四方，认为自己是人上人。

你真是人上人吗？你就算知道天高，只怕也难知道地厚，因为你的脚还没落在地面。

回到文章一开始提到的柯达。

过去十年，柯达的股价掉了百分之九十九，他们是被谁打败的？

是被数码相机打败的！也是被他们的自以为是打败的。既经济又方便的数码相机，取代了要装底片、冲底片、晒照片，而且无法洗掉重来的旧式相机。

数码相机是谁发明的？

居然是一九七五年的柯达！

今天你再伟大、再聪明，只要一刻不警醒、一天不进步，就可能落在人后。即使是你自己的创意，只要你不掌握、不开发，就可能落在别人手里，而且用它把你打得很惨。

今天也没什么铁饭碗金饭碗，同一个饭碗倒是可以装金，也能装铁。你跟得上时代，可以装金；跟不上时代，就只能装铁。

今天也没什么真正的退休，你跟不上，被辞退，或你的单位跟不上，关了门，就是你退休的时候。不是让你退而休息，是让你退而进修。至于那些不能时时进修的人，则可能被永远淘汰。

别怪这个世界太残酷，别怪你沉在社会的底层，要想想你有没有在这疾流里奋力往上游。

今天的时代没有毕业。

人生百忌，忌不时时进修！

小心被马踢

常听人嘲讽“马屁拍在了马腿上”，真是传神极了！随着涉世渐深，我愈来愈发觉马屁不能随便拍，人不能随便赞美，否则非但讨不到好，还可能吃暗亏，被马踹一脚。

举几个例子——

有一回我跟一位资深的媒体记者吃饭，提到不久前看到他们报上刊登了某记者的特稿，写得简直太棒了。

我话还没说完，就见那记者脸色一沉：“是吗？有那么好吗？”

后来才知道他们在报社里是死对头。我赞美他的对手，当然得罪了他。

不随便赞美别人的属下

别说不能赞美“死对头”了，有时连别人的属下都不能随便赞美。

有一年我出本新书，还没开印，就接到印刷工人的电话，问我某页某行是不是错了字。

我找原稿看，天哪！果然百密一疏，有了错，而且错大了。赶紧请印刷厂更正。

我的书经过四次校对，居然由印刷工人看到错。后来才知道，那天晒完版，还没开印，那印刷工人先成为读者，忙不迭地阅读版子上的文章，就这样发现了错字。

我立刻亲笔写了两封信，一封给厂长，赞美他的工人杰出；一封信给那工人，谢谢他帮了大忙。

岂知隔天厂长就打电话拜托我别随便写信，尤其别赞美那工人，因为那工人特不认真，正要被记过呢！而且那工人拿着我的谢函去找厂长说："你瞧！大客户都称赞我。"让厂长下不来台。

临挂电话，厂长说："没错！他是看出了错字，但他是印刷工，拿到版子就该开印，他却拖着不动，趴在版子上读文章，不是误了工时吗？所以拜托拜托！以后您要赞美，先私下跟我说，别直接赞美工人。"

你们有什么私情？

他这话说得一点都没错。我们一般认为当着人赞美感觉特别好，其实不尽然，有时候主管偏偏就对那部属印象坏，你还当着他面赞美，反而是给主管难堪。

更麻烦的是，如果你赞美的人跟你私下有业务往来，譬如那些专跑你公司的业务员，估价收账都由他负责，很可能你愈赞美、愈表现跟他的交情好，他愈可能被调离跟你有关的工作。

为什么？因为你们走得太近，你猛赞美他，表示你们交情匪浅，容易有弊端。

猪八戒照镜子

当你跟你的对头赞美人，你就更得小心了。

举个例子，今天你跟某主管暗中不合，就算你特别欣赏他部门的某个职员，除非你想用"离间计"，希望那人"走路"，否则最好别赞美。

敌人的敌人是朋友，敌人的朋友是敌人！当你是他敌人，却赞赏他的属下，那个属下能不被猜忌吗？而且要赞美，轮得到你吗？他的人他知道，你管什么闲事？

进一步，只怕那被你赞美的人也要恨你，想你在打什么坏主意，甚至为此特别避着你，跟你敌对，好显示他对自己主管的忠心。

你这赞美，不是两面不讨好吗？

前后任都要小心赞美

这世上最要小心赞美的大概就是前后任了。

新人都希望表现超越前一任，卸任的都希望看到下一任手忙脚乱。道理很简单，为了显示自己很棒。

前任交棒，无论他是高升还是退休，你能说接他工作的人很棒吗？意思是他该让贤了？还是乐见他滚蛋，对接手的寄予厚望？

当然不能！

新人接下工作，就算他客气，说什么萧规曹随，十分惶恐，除非你是更高层的领导，可以在交接仪式上肯定一下前任，否则千万别说上一任有多好。如果那样说了，你是什么意思？表示接手的很难超过前任？还是你舍不得前面那个人离开？

讨好一位，得罪一堆

赞美还有个要特别小心的，是你赞美了这个，可能就忽略了那个。

我有一回开记者会，采访完，跟一群女记者聊天，看其中一位特别美，就赞美了一句："你真漂亮！"当下就感觉旁边好几位女记者不太高兴。

我甚至发现连女生的衣服都不能随便赞美，如果一群女士在一块儿，你特别说其中一位衣服真漂亮，另外几位八成会想：就她漂亮？你的意思是我们都穿得不怎么样？结果你很可能因为这么一句"多余的赞美"，讨好了一位，得罪了一堆。

难道她原来不漂亮？

即使赞美女生漂亮，都得小心用词。举个例子，如果你想拍个女生的马屁，说："你愈来愈漂亮了！"只怕她表面挺高兴，心里却想：难道我原来不漂亮？你是不是暗示我长得不好看？

碰到这情况，你得讲："你一次比一次美！"再不然说得更明些："你已经够美了，现在更美了！"

从小张大千到小林志玲

从“够美”到“更美”，这是“比较”的说法，在比较的时候也得小心。

譬如某人从事某样研究，或兼学某门技术，自认为很棒。你要赞美他，只能说:“棒！超专业！”可绝不能讲:“您愈来愈专业了。”

否则他很可能回你一句:“我本来就很专业，难道原先不专业？”

还有，人比人的时候得特别小心。

如果对方是自视甚高的画家，你说他是“小张大千”，只怕他感觉你不是捧他，是损他，因为你先把他摆在了“第二位”。

对女生更得小心，尤其对那些自认为美貌出众的女生，千万别以为你赞美她是“小林志玲”“小范冰冰”她会高兴，她们很可能冷冷回你一句:“我是我，不是别人！”

说赞美的话要小心，我最近特别有感触。因为三年内连续添了孙女和孙子，每次我进儿子家门，连笑都得注意，当我畅怀大笑地抱起孙子，说孙子可爱时，很可能旁边有一双冷冷的眼——两岁多的小孙女正在生气。

连赞美两三岁的娃娃，都不能不小心啊！

白天摸鱼，晚上加班

有位很重视私生活的朋友，一直希望找个能烧饭打扫，又能不住在家里，每天上下班的管家。不久前终于找到了，有一天我遇见他，就问他管家如何。

“挺认真，一刻也不停地擦擦这儿、扫扫那儿，问题是她不准时下班。”朋友露出很无奈的表情，“说好六点下班，她却拖，拖到六点半甚至七点才走。问题是我们一家人要吃晚饭了，请她一块儿吃，她又不干，让我很不自在。而且怀疑：她是做不完，还是做不了？”

“这有不同吗？”

“当然不同！‘做不完’，是她一个劲儿地做，实在事情太多，做不完；‘做不了’，是她效率差、没计划，所以不能准时把工作完成。”

听了这故事，你或许会想，管家自愿加班，多认真！这年头打着灯笼还找不到呢！

没错，从中国传统的角度看，那管家确实认真。可惜的是，我那朋友是美国长大的，文化不同，造成价值观的差异。

如果管家是想表现认真，岂非弄巧成拙？

耗比等还麻烦

一个人不能抓准时间，确实可能因为能力不够。举个例子：公司开会各人做报告，规定每人二十分钟，大家都在二十分钟之内结束。只有一个，拖了又拖，足足讲了四十分钟。请问，你会认为他特别认真，做的事特别多，还是嘴上不怨，心里也怨——怨他不说到重点，耽误了大家的时间？

不准时开始，会让大家等；不准时结束，会让大家耗。“耗”跟“等”一样，甚至更麻烦，因为该结束不结束，不在大家预料之中，如果有人下面还有约，有人得去接孩子，他们能不急吗？

吃力很可能不讨好

我自己也犯过这样的错——

刚到美国，在大学任教的时候，我常常打了下课铃还继续讲。非讲到告一段落，才下课。

我这老师多好哇！多认真哪！别的美国教授一听打铃，连一句话讲一半，都不说完，就挥手，下课。我这教授自愿多讲，学生不是应该欣赏吗？

问题是，有一天学生居然抗议：“教授，你常常晚下课，造成我们不方便，是不尊重我们。”

我一怔：“不尊重你们？”

“是啊！”学生说，“我们有的要赶车回家、去打工，再不然要赶去另一栋大楼上课。你晚下课，害我们迟到。”

好像轰的一声被雷打到，突然间我醒了，发现自己出了那么大的问题，却还自鸣得意。

白天闲聊，晚上加班

该下班不下班也一样，有位美国 IT 公司的朋友对我说得好：“以加班表示认真是不对的！我们公司采取责任制，有人下午三点就下班了，有人搞到深夜还做不完。你说谁棒？所以那些总加班的人要先检讨，是不是白天摸鱼，晚上加班？做老板的也要观察，做成忙死的样子的员工，是真忙还是无能？总加班的公司费人又费电，开不了几枪就发烫的枪管难当大任！”

所以，下次当别人都下班，你却开着大灯，让警卫等在外面，一个人加班的时候，不要认为那会显示你认真。除非你是老板，或者临时有交下来的事，否则你必须想想，是不是白天上班的时候不认真，使你不得不挑灯夜战？搞不好，碰上精明的老板，偷偷观察确定之后，还可能炒你鱿鱼。

客去主人安

当你去餐馆应酬，用完餐，也别摆龙门阵耗着不走，要知道外面可能有排队的客人，或者只剩你一桌，一群伙计饥肠辘辘，全等你离开，他们好吃饭。还有些餐厅，前一顿结束就要打扫，为下一餐摆好餐具。你不走，他们不好用吸尘器，也不好开始铺桌布、摆餐具。当别人尊重你的时候，你岂能不尊重他?

还有个让人嫌的情况是，去别人家做客，屁股太黏。

我就认识一对夫妇，不知是太闲，还是太喜欢聊天，每次来访，非耗到半夜不走。结果只要他说想来，我就讲正好我最近会路过他家，我去看他好了。因为只有那样，我才能掌控时间。既然他们爱晚退，不如由我来早退。

客去主人安!

人生百忌——忌晚退!

庙小妖风大，池浅王八多

说几个故事给你听。

狗拿耗子

有位非常富有的单亲妈妈，除了请阿姨（女佣）、司机，还请了一位帮她处理文书的助理。

这位助理是名校毕业的高才生，果然不同！原先女主人搞半天也处理不完的事，她两三下就能办好，剩下来的时间可以陪女主人聊天、购物；有时候一时找不到司机，她还能自告奋勇，坐上前座当司机，认路比司机还强。

更棒的是她特会带孩子，除了能当家教，把小孩功课教得突飞猛进，而且懂得儿童心理。小孩连吃水果都非要她削不可，因为她能削整个苹果，让皮不断，拉成长长一条，又会把柚子做成头盔、把西瓜削成面具，比阿姨有意思多了。

还有惊人的呢！有一天阿姨临时请假，原本女主人要出去吃，这助理说由她来下厨，居然做出一桌好菜，还拼花，点蜡烛，比高级餐厅都强。连阿姨第二天回来，看到前一天的剩菜，都忍不住叫："这不是比我还强嘛！"

问题是，阿姨嘴上虽这么说，私下可不高兴，常在那助理抢着削水果的时候，冷冷地一笑："干脆，把我这份工作也让给你好了。"

司机有一回也附和："可不是嘛！我看哪，我也可以回家喝稀饭了。"

奇怪不奇怪？这么难得的全才，居然没能做多久。不是她请辞，是女主人请她走路了。

"唉！没办法啊！"女主人说，"她再做下去，孩子连我这个妈都不要了！"

一人得道，鸡犬完蛋

小张考进了邮局工作，并被安排到某支局。

新进的人有三个月试用期，小张当然尽力表现。

可能是欺负新人的缘故，局里把最辛苦的一区都交给他去送。那是个盖在山头的小区，很多人家高高在上，得爬好长一段阶梯才送得到。送完又得走下来，跟着再爬另一户人家的阶梯。

小张第一天上班，就累得腰酸背痛，还差点被一只大狗咬伤，匆忙逃避的时候跌了一跤，把裤子都磨破了。

尽管如此，小张居然是第一个开车回邮局的人。当别人过了两三小时才回来的时候，小张已经帮着分信，把待发的邮件都处理一大半了。

每个人见到都先是一惊，接着竖起大拇指，赞美新来的小张。

三个月过去了，小张愈做愈熟，也愈做愈快，有时候中午就回到邮局，除了分发邮件，还能带着清洁工收垃圾。

小张当然被录用为正式人员，只是他没留任在那个邮政支局，而是被派到了更远的地方。

局长说得好：“你去那里最能发挥能力，因为你快，路上多花点时间不会影响工作。至于这里，还是让我们这些慢吞吞的老家伙做吧！”

水至清则无鱼

这是发生在我身上的事。

我在二十四岁刚做电视记者的时候，就跟前面邮局的小张一样。

我每天早早就到采访组，看着黑板上写着一条条要跑的新闻“计算”：这几个时间一个连接一个，干脆，都交给我好了！

别的记者听说有我自告奋勇，都叫好。还有人笑说有人代劳好极了，甚至抬起屁股就早早下班了。

他离开，更显得我棒！我不但有条不紊地带着摄影记者，把新闻都采访完，而且回去写稿剪接，还自己上去播报。真如一位同事说的：“有小刘在，我们都可以休假了！”

问题是，我的摄影和司机开始抱怨，以前他们跟别的“文字记者”一天跑一条，忙一趟，还有空到楼下福利社喝咖啡，附带洗头按摩。现在我这个工作狂，让别组的人闲死，却把“自己人”累死了。

还有一回去采访影剧新闻，电影公司的人塞红包，我拒收，他硬追出来，把红包扔进车窗。我叫司机停车，司机居然不停，还加速开走。

我喊:“为什么不停？我要把红包退回去啊！”

司机对着摄影记者一笑:“你不要，可以分给我们哪！”

三个故事说完了，或许您也看懂了。

不要以为最能干、最拼命的人，最吃得开。

要知道当你表现太杰出的时候，你是风光了，别人却可能无光了。

原先没有比较，不知道，当一群同事间，突然来了你这么个“能人”，可能一下子把别人都比成了笨蛋。更麻烦的是，显示过去别人都在混。

进一步可以说，如果单位里早早有你这样的人，根本不需要聘那么多人。

当大家的饭碗都因为你而不保，请问，你会受欢迎吗？

还有，过去那些人也是你现在的上级在领导，为什么他没早早找到你这样的人才，却带了多少年的蠢材？是不是因为他也无能？还是他也浑水摸鱼？

留口饭给别人吃

如果十个人分十块大饼，一个人能分一块。

如果十个人分五块大饼，一个人只能拿半块。你胃口大，也只能吃半块，否则就得有人饿肚子。

很大一片田地，给十个人耕，大家可以各自发挥，反正耕不完。

但是，如果只有小小一块地，却有十个人去耕，学问可就大了。

明明五个人就能耕的地，何必非塞上十个人？

问题是，如果不塞进来，那五个人去哪里？解雇吗？还是去耕新的田？可是别的田地也不够大，耕的人也嫌多啊！

这时候除非让多出来的五个人转业失业，否则就只能妥协，建立大家都有饭吃的游戏规则。有时候人人都得慢慢做、慢慢耗，目的是留下一些工作给别人。

你如果硬是不遵守那游戏规则，只好出局。在贪腐的环境，只怕你难保小命，而且当你丢了性命，还会有一堆人出来做证，是你自己不小心送了命！

小心被“鬼”追

所以如果你是新人，尤其是涉世未深的新鲜人，在极力表现之前，一定要先探探水温，摸清楚那里的潜规则。

如果你不愿同流合污，最好用多余的时间“骑驴找马”，再不然，立即求去。

而且即使离开，也最好少说！

何必呢？证明你聪明？你干净？你明智？你能早早脱身？至于别人，还在那浑水里混，正所谓“庙小妖风大，池浅王八多”。

王八多、池浅，更得抢水喝；妖风大、庙小，正好有时间飞出去造祸。

你犯得着惹那“小庙里的大妖风”吗？

小心腐化

最后，告诉你个秘密，前面故事里在邮局工作的小张，特爱看报，连分类广告都不漏过。

为什么？因为他后来跟别的同事学，信送完，不回邮局，找个隐蔽的地方，坐在车上睡觉、看报、打电动，一定要耗到很晚才回办公室。

因为，可以报加班费！

大家都报，他能不报吗？

人生百忌——忌抢人饭碗！

社交有忌

调整心态，

尊人重己

当女主人还在洗澡的时候

如果我跟你说:“人生百忌，忌约会时早到。”你八成要纠正我是“迟到”。岂知到了现代社会，有时候早到比迟到造成的困扰更大。

举个例子，今天你在家请客，约好下午六点。你从一大早就忙，准备食物，摆放杯盘，打扫布置，下午五点总算忙得差不多了，满身大汗地打算洗澡化妆，好迎接客人。

你洗澡全身刚擦满肥皂，突然好像听到门铃响，你围条毛巾湿答答地跑出去，从大门的猫眼往外看，天哪，小王！小王提早到了！

这门，你开还是不开？就算你叫小王等，进去把肥皂冲掉，湿着头，素着颜，你开门之后是不是撂下一句“请坐！请坐！”就得急着往里冲？

那小王还一个劲儿地说:不急，不急，您先忙！

问题是，你这澡还洗不洗？妆还化不化？是不是小王提早出现，把你整个计划搅乱了？

还有个麻烦是，你真收拾完了吗？小王在客厅，你没做最后检查，客厅里真没问题了吗？我就听说过一位朋友约会提早到，除了前面那尴尬场面，还有更尴尬的——女主人收拾客厅时，满身大汗之下把内衣脱了，顺手扔在沙发上。这不识趣的朋友居然拿着内衣冲着屋里喊:“喂，您的内衣忘在外面了！”

马屁别拍马腿上

或许你要说，在外约会就不成问题了。

没错！如果你是受邀的女生，到达的时候，对方已经等在那儿，知道他提早到，你是会有些开心。但如果那男生说他一个钟头前就来等了，你会怎么想?

只怕你会怨他：干吗那么早？不是约好 × 点吗?

他太早到，你听说后并不感激，因为会造成你的心理压力，进一步想：他未免表现过度了吧？犯得着这样吗?

还有个状况，是朋友约好开车接你，你也算着他到的时间，有条不紊地处理自己的事。突然手机响，那位老兄（或老姐老妹）已经提早半小时等在门口，就算他说不急，可以在车上看书上网，你心里是不是还会有压力?

没错！有些娇娇女生看见这么早到、这么懂得献殷勤的男生，会暗自高兴；但也有些人，尤其那种独立女性，却可能冒火。

为什么？因为除了对方太爱表现，她不吃这一套。而且男生早早守在门前，会给她“被监视”的感觉。

小心早到的耳朵

至于在餐馆请客，主人必须早早到，免得客人等主人，这是大家都知道的。但是相对地，为了避免主人不安，客人也不能太早到。

譬如主人约好六点，他五点三刻就到了，应该是很“合礼”的时间。偏偏他才踏进餐馆，发现你已经在那儿，他即使没错，是不是也可能一个劲儿地向你道歉?

主人没错却被迫向你道歉，就是你失礼。

更麻烦的是，主人早到可以从容地点菜选酒水，好些事情是不愿让客人知道的。譬如餐馆的“套菜”有五种，他打算点最便宜的。原先想，到时候上菜就是了，客人也不知是最廉价的。

偏偏你老大早坐在那儿，眼睛亮亮地盯着他看，是不是让主人不方便?

还有更严重的呢!

我有位朋友宴请他的老丈人，特别订了个包间。两口子也早早到达，跟餐馆经理边走边说：“老头子很不容易对付，总是这不行那不行的！”说着进了包间，吓一跳，老头子早坐在那儿，拉长脸，刚才抱怨他的话全被他听到了。

早到别让主人知道

早到，在封建社会可能还显得客人热诚，唯恐主人等待。到了现代社会却是不速之客，造成主人意外，比迟到还显得失礼。

请别认为我说得夸张。

你想想，如果今天你在家做主人，客人在约好时间的前十五分钟到和后十五分钟到，你喜欢哪个？哪个让你更从容？

或许你要问，路上常堵车，他提早到了怎么办？

很简单！他可以在外面绕绕，或把车子停在门口等，到时候再进来。但是千万别直接按铃，或通知你他已经到了。

这时候你就算在屋里看见他的车在门口，也可以装作不知道，而且暗暗赞美他“知礼”，对不对？

早到少了新鲜感

最后说个故事。

有个台北近郊的大学邀我晚上七点演讲，那里的交通很不方便，尤其下班的时候堵车严重。学生显然也知道这一点，再三叮嘱我早一点出发。

我是早去了，而且去得相当早，趁堵车之前就到学校附近，找了家离学校不远的餐厅，在那儿上网、吃晚餐，六点半不到，从餐馆的窗子就看见学生在校门口等我。

六点四十五了，学生开始东张西望，十分不安的样子，八成认为我会迟到。

又过五分钟，我轻轻松松地走出餐馆，过马路，跟学生打招呼，一群学生露出惊喜的表情，不断问我怎么来的，还说：“老师时间抓得好准哪！”

我也常提早到达，坐在车里等。甚至在学生开车接我，又提早到达的情况下，让车子开进校园绕行参观，或躲在路边等，接近演讲时间，再出现。

我何必早早进去，让主办单位一边忙于照顾“场子”，一边还得招呼我？

我又何必早早露面，等真出现在大家面前的时候，已经没了新鲜感?

你几时见过明星出场提早的?

总之，与人有约，最好准时，不能太迟，也千万别太早。别人约你六点，六点以前是他自己的时间，你早到是侵犯他的隐私，非常失礼。至于六点以后，是属于你的时间，只要不太迟，造成别人的不便，反而比早到好些。

歹戏不拖，丑话先说

我认识一位老太太，她丈夫死了之后，就跟四个儿子轮流过，每家住四个月。

我说，为什么不一家三个月呢？正好一年一圈。

老太太笑说，儿子们讲那样会不公平，变成她每个季节固定跟一家过，那家在那个季节就都没了自由。现在一家四个月，顺着来，没几年就春夏秋冬都住过了。

最近我办个聚会，邀老太太参加。

“对不起，我不能参加。”老太太说，“因为过了一天，我已经跟这个儿子四个月了，你约我的这天，比四个月多了一天。”

“那就晚两天走啊，”我问，“不行吗？”

“不行！不行！半天也不行！到那天，刮大风，下大雪，就算下刀子，我都得去西岸儿子家。”

我问，为什么？

老太太沉吟了一下：“不然不公平。”又小声说，“你知道吗？有一回我在一家多待了几天，儿子儿媳妇面子上都说太好了，希望我多留，可孙女过来怨我：‘奶奶，你为什么还不走？你不走，害我不能去迪斯尼，我们都急死了！’”

不平则鸣是人性

常听说老人在几个孩子家轮着住，因为住长了或住短了，惹得一肚子气。还有老人因为早两天到，孩子家居然大门紧锁，老人没处去，不得不睡在门口，差点冻死的新闻。

孩子如果知道老人要回来，不接待，确实不孝！问题是家家有自己的计划，很可能如前面那老太太说的，原本儿子一家约好要去迪斯尼，只因老奶奶要多留几天，不得不改。

请别怨这年头人情淡薄，要知道，类似的事情太多了，如果落在你家，也可能出问题：

“为什么要在我这儿多待，不在他那儿多待？”这怨，是因为不公平。

“为什么不早说？既然大家早讲好了，就应该照约定的来，否则我怎么订计划？”这怨，是因为影响了自己生活的规划。

一缸米得罪朋友

亲子之间尚且如此，更别说朋友之间了。

有句俗话说得好：“一碗米交个朋友，一缸米得罪个朋友。”听来很矛盾，却有很深的处世道理。

举个例子，你如果跟老朋友联络，说要去他那座城市，不知能不能在他家叨扰几天。

除非他太忙或者没地方，否则，老朋友许久不见，他八成会欣然答应，而且盛情接待。

是啊！人生不相见，动如参与商。今夕复何夕，共此灯烛光。多年不见的老朋友，有说不完的话，你可以想见，那重聚有多热络。

他一家老小热情欢迎你，为你腾出了房间，还在房间花瓶里插上鲜花。他或他的另一半亲自下厨，烧好菜，斟好酒，促膝夜谈，互道这些年的点点滴滴。

接下来，他陪你出去游览，吃大餐。丈夫不陪太太陪；太太没空，也由儿女开车。后来甚至他好朋友都出面请吃饭，招待你这位远来的贵客了。

问题是，再下来呢？

瓶里的鲜花谢了，他再为你插上新的？原先收拾得整整齐齐的客厅，依旧那么整齐？抑或，逐渐回归了他们家本来的样子？

“对不起啊！昨儿还有没吃完的，能不能将就将就？”

“不好意思啊！今儿我们有应酬，怕不能陪你了。”

主人表面上还客气，但是热情渐渐消退。

本来嘛，他能有多大精神、多少时间、多大财力和多持久的热劲？

再热，也会冷的！

这时候如果你还不知趣告辞，就可能有摩擦了。

所以说“一缸米得罪个朋友”。

别让歹戏拖棚

为了不这样，就得像前面那老太太，跟孩子们事先约好，而且到时候就来这家，到时候就去那家，一天也不多留。

如果你要去朋友家住，必定要先约好，而且先把台阶搭好，譬如你可以对朋友说：“你留我住，我当然高兴极了，但是咱们得事先约定，我只能住七天，到时候非走不可，因为我下头的日子早约好了，你可千万不能留我，让我为难哟！”

你斩钉截铁地把日子先说定，甚至硬话先说，好像他如果留你，会令你为难、影响你的计划，千万不能留！

其实你这话是说给他安心的，反过来等于讲：“我知道你这主人也有自己的生活规划，我不能一直打扰，影响到你，所以我只待七天，到时候不用你为难，我一定知趣，一定走！”

这样做可以让主人先放心，也让他能就你停留的七天来规划。计划他自己的生活，也计划怎么安排这七天。

于是七天都能过得很丰富，到你走的前一天，会有送别盛宴；你走的那一刻，还有感人的拥抱。

这不是比你事先不约好，让他从起初就疑虑，不知你要待多久，该怎么分配预算（和怎么分配他的热情）好得多吗？

在这儿我必须再强调一次，到走的那天，无论对方多么盛情留你多住几天，你都得像前面那老奶奶一样——下刀子也得走！

这叫“客去主人安”，也叫“有来有走，再来不难”，还可以说“见好就收，别让歹戏拖棚”。

何必撞见尴尬的画面

有一天我去台北近郊山上，打算画一张俯瞰的写生。

找了半天，山下的景色都被树遮着，没有好的写生位置，抬头看见不远处有家新开的酒店，从那里的高楼远眺应该不错。就去酒店问，能不能让我上去看看，如果不错，我可以租一间写生。

酒店经理带我上到顶楼，显然没客人，整层楼连冷气都没开，热得要命，我问:“全是空房吧？”

酒店经理说没错，可是连看了三个房间，虽然他手上攥着钥匙，却一定先敲门，确定里面没人，再打开。

“不是空房吗？”我笑问他，“还敲门？”

“当然，这是规矩。”酒店经理笑得有点诡异，“而且愈是认为没人的地方，愈可能有见不得的人。”

可不是嘛，他虽然没说，却可以想见，搞不好有人心想上面没人会去，于是在里面偷情。如果一下子把门打开，见到的是他上司，怎么办?

蓝色电影

请别说我太会想，因为这类事我听过不少。

三十多年前，我在纽约读研究生的时候，有位同学跟他在国内已经论及婚嫁的女朋友吹了。

他没要吹，是那女生突然不理他了。为这事，我还特别去为他调解。

女生先吞吞吐吐不说，后来终于讲了——

有一天，女生去他家，因为已经亲如一家人，她有钥匙，就没按铃，直接开门进去。

天哪！她未来的公公居然光着全身，坐在客厅沙发上看成人片呢！

“你说以后怎么相处？”那女生问我。

他们最终还是吹了！

换个角度，如果那女生像酒店客房经理，总做退一步想，先按了铃，敲了门，再进去，会有这尴尬的场面吗？

敲门的各种技巧

谈到敲门，有“实敲”和“虚敲”。我的助理更妙，他用嘴敲，就算我书房的门大敞着，他要进来之前，也会模仿出敲门声，直到听到我说“请进”，他才进来。

他这种敲，虽然是象征，但因为“非请不入”，所以也属于实敲。

至于“虚敲”，好比我老娘在世的时候，每次进孙子房间，都不敲门。直到我说孩子大了，最好先敲门再进，她才敲，但是虚敲，也就是一边敲一边已经把门推开:“孙子，你在干吗？”

最后，为了让儿子有私生活，不会随时受惊，我特别为儿子在门内装了把锁。

我提到“实敲”与“虚敲”，是因为这非常重要。好比开车的人碰到“停”的标志，最好能完全停一下，确定左右没车，再往前。如果只是做个减速的样子，很可能出问题。

为了有敲门的效果，避免不能预料的尴尬场面，也为了显示礼貌，每个人都应该“实敲”。

敲门是种教养

想想！两个画面——

一个是虚敲，还敲着门呢，人已经冲进去。

一个是实敲，明明看到对方敞着门，还是站在门边，敲了之后“等”回音。

是不是前者显得轻率，后者表现庄重？

这就是教养！对再亲近的人，都不能失去教养。因为那除了能表现你对对方的尊重，也反映了你对自己的尊重。所以我常在青少年心理咨询的时候，对做父母的说，一个是你一边炒菜一边训孩子，一个是你跟孩子说“我八点钟到你房间跟你谈谈”，比起来，哪个让他觉得“是事情”？

然后，一个是一脚就冲进他房间，一个是先敲门，等他说请进，你才进，再郑重地坐下来，跟他谈。

哪个有力量?

更大的好处是，如果你这样对孩子，他在外面也自然会这样对别人，显得有教养。

没到门，也可以敲门

敲门，也可以用“出声”的方式。所谓“未入室，先扬声”，古人早已有讲究，可以先咳嗽两声，让对方有准备。

当你发现对方正专心做事，自己突然出现会惊到他；或事先没约，你是不速之客；又或发现对方正与人商议事情，可能不愿别人听到的时候，你最好连门都别靠近，也就是别等敲门，就先做出声响。

有时候，你甚至非但要停下来，还得往后退几步，再“扬声”。

为什么?

为了避免对方尴尬、自己也尴尬的场面出现。

举个例子，你跟某人有些意见相左，想私下去他办公室商量商量。才靠近某人办公室，就发现里面聚了几个跟他一个鼻孔出气的人，八成正批评你。

搞不好，你已经听到他们骂你了。这时候如果“他们”还没发现你过去，你是继续前进，还是最好先退出来，出点声音，甚至在外面喊：“某老，您在吗？”

给太太穿衣打扮的时间

最后，让我说个更耐人寻味的故事。

有一次我跟同事出差，提早一班飞机回家。

下机之后，我同事突然说要打电话，那时还没有手机，只好跑去电话亭。原来是要打电话给家里的另一半，说他提早到了，马上回家。

“何不给太太一个惊喜呢？居然还先打电话通知。”我笑他。

“还是先打个电话好！打个电话好！”他不断点着头，喃喃地说，“就像敲门，避免在不恰当的时候出现。”

您说，有意思吧？

人生百忌——忌不敲门！

因为尔虞所以我诈

有一天我跟个收藏界的大佬去逛北京的古玩市场，大概因为他是常客，市场里的摊贩纷纷向他问安。只见老人好像打开雷达，左瞄瞄、右瞄瞄，碰到有兴趣的，就弯腰拿起来瞧瞧。

“全是假的！”老先生说，“骗外行人跟半吊子的内行。”正说呢，他好像看到个有意思的玩意儿，蹲下去拿起一个青瓷小瓶，上下看看，又掂了掂，放回原处。他再拿起旁边几样小东西，也都看看掂掂。

“这个多少钱？”老先生居然开口了。

“您要，五百！”

老先生好像吓一跳似的，抖了一下，把东西放回去：“太欺侮人了吧？”

“哪敢欺侮您啊！您是专家，看着给吧！”

“一百！”

“不行！不行！太少了。”

老先生想都没想，一摇手：“不行就拉倒。”接着又拿起先前那个青瓷小瓶，“这个呢？”

“三百。”摊贩说。

“一百。”老先生又把东西放了回去。

“成成成！连刚才那个，算您两百五，行不行？”摊贩好像有点央求，“您是大行家，何必跟我们这种小人物计较呢？”

老先生一笑：“我也是图好玩，这么两个破东西。”沉吟了一下，“好吧！”掏了三百递过去。

声东只为击西

才走出古玩市场，老先生就笑开了："哈哈！捡了个漏儿。"指指那青瓷小瓶，"少说也值三万！"

"您占了那么大便宜，刚才为什么还价呢？人家要三百，已经是百分之一了，您才出一百。"我说。

"我不这么说，会对不起他啊！"老先生居然说，"你信不信，他叫三百，如果我立刻买了，他八成马上后悔，说他还得想想。就算他卖了，回去也会七上八下，认为被我捡了漏儿。这是啊……心理战！"

"另一个呢？也值三万？"我指指另一个小瓷碗。

"三十都不值！"

"那您为什么还买？"

"这是声东击西，也是心理战，如果我一眼就看上那个小瓷瓶，就太明显了。"

为了退一，所以进二

别觉得这个买古董的故事跟你无关，要知道，关系可大了！

那确实是心理战，而且是你一辈子都用得上，非懂不可的心理。

举个商场上的例子：

有人找你公司订货，你先说出单价，再请他提出数量，够多，才愿意接单。

他想了又想，说要二十万箱。

正合你意。"好吧！"你一口答应了。

除非你们立刻签约，只怕隔天他就提出一堆问题。不是要你降单价，就是降数量，说他怕卖不掉那么多。

为什么？二十万箱不是他说的吗？

因为心理！因为你答应得太快，让他七上八下，心想八成说多了，你才会那么爽快地同意。

相对地，如果你懂得那位古董大佬的技术，先说："不行！不行！二十万箱怎么行？最少二十五万箱，否则单价要提高。"

这下子，胜券八成在你手中。因为他很可能照二十五万箱下单，还觉得拿到了好买卖。岂知已经比你的底线足足多卖了五万箱。反过来，就算你们讨价还价到最后，你退回“已经够偷笑”的二十万箱，非但你没吃亏，他还会得意万分，觉得争赢了。

搞不好，他的上级知道整个经过，还会夸他一番。这种“双赢”，你何乐不为？

见猎不心喜

同样的道理，今天如果你说不得少于二十万箱。

他就算一口气答应下来，也可能改天后悔。即使立刻签约，不能改，事后也会左思右想，不是滋味。

他会自责，当你开出二十万箱的条件时，他应该减到十五万箱，再不然要你降价。只怪他自己见猎心喜，一口气答应下来。

对的！见猎心喜！

如同那位古董大佬，如果不先装作东看看、西看看，随便问问价钱的样子，而是眼睛一亮，一把抓起小瓷瓶就问，情况绝对不会那么简单。

因为他的方法和见猎心喜的样子，透露了小瓷瓶的价值。摊贩会生疑，即使不立刻收回说还要考虑考虑，也很可能三百涨成三千，甚至上万。

供需与价值

价值是怎么产生的？一个是喜欢度，譬如黄金，大多数人喜欢，所以有价值。

另一个是经由比较产生的。譬如书画，某人去年的价钱是十万，今年有一幅卖了一百万，接着又有几张，全卖到这个高价。

就算他的画不怎么样，只要继续有人想收、想买，就有了一百万的市场价值。

谈判就像跳探戈

国际知名的经济学家张五常写过一本《卖橘者言》，书名就取自他卖橘子的故事。

为了实证经济学的理论，张五常利用除夕日，在香港的街头卖小橘子树。中午卖个价，下午卖个价，傍晚卖个价，下雨卖个价，接近午夜十二点卖个价，过了除夕，进入新年卖个价。

除了那些价钱上上下下的斟酌耐人玩味，还有一件令我印象深刻的，是张五常特别另外安排了一个人，在离他不远处卖同样的小橘子树。

他不是存心找自己麻烦吗?

错了！他是为了造势，也可以说为了抓住群众心理，安排一个对手，让大家有比较。

因为比较，所以放心

前面一篇文章提到，价值常常因为比较而产生。

譬如一个人站在白墙前面拍照，你很难知道他的高矮，但是如果站在一辆车前，或跟一群人站在一起，你就比较看得出来。

同样的道理，今天你在街头看见卖小橘子树的，如果只有他一个摊子，你怎能确定价钱公道？而当你不确定的时候，是不是会犹豫，最后造成“没买”？

但是当旁边还有另一摊卖同样东西，甚至这摊喊四十，那摊喊五十的时候，你两边问问，就心里有谱了。

躁进造成势弱

再回头想想前边提到的古董大佬，为什么明明看到可以捡便宜的东西，还要还价？而且故意由旁边的烂东西开始问，一样样问，问到他真正的目标？

因为他不能露出想要得到“那一件”的情绪！

任何时候，你只要显示“见猎心喜”，或求之不得的样子，都容易把自己谈判的力量降低。

举个例子，你有急事，一个电话接一个电话地找某甲，偏偏某甲出国了。等某甲回国，你再找到他，他笑问：“我的手机关了，没显示来电，但我猜你这几天八成打了很多电话给我吧？”

你虽然不必撒谎说没有，最好也别说：“是啊！我最少打了十几通呢！”

因为你一说，自己就“势弱”了。

同样的道理，你打电话给某人，急着有事求他，他正忙，秘书说会尽快回电给你，于是你像热锅上的蚂蚁，等在电话旁边。

这时候就算电话响了，你也不能在那百分之一秒接听，而应该等响两声之后，再装成从容的声音说“喂”。因为你接听得急切，会显“势弱”。除非你存心表现诚惶诚恐、敬待指示的样子。

说大人，则藐之

最近我看了一部电影，主角饰演一位美国的野心政客，为了竞选，他甚至出数千美元的代价，请形象包装公司为他准备皮鞋。

因为那皮鞋不能太新，也不能太旧，包装公司会特别为他“磨”得恰到好处。

不能太旧，或许还容易明白。至于不能太新，就需要深一层的思想了。

理由是，太新会显得他嫩，好比应征工作，如果你穿鞋底都没划痕的新皮鞋，对方可能认为你是“菜鸟”。再不然，你就是太想得到这份工作。

如我前面所说，你太想、太急、太见猎心喜，都会是你谈判的“势弱”。这也是古人讲“说大人，则藐之”的道理。愈是跟自以为了不起的人说话，你愈要表现得自信。

你的那股“气”，会让他不敢小觑。

侵前是为了退让

在谈判当中，尤其是商业和政治的谈判，每个人都想“侵前一步，获得利益”。但是大家心里有数，如果势均力敌，最后的结果八成是“各让一步，回到中间”。

所以你会发现两国为边界谈判，起初都会各进一步，到头来，不是把边界选在折中的位置，就是谈来谈去干脆说：这一块地方，我们两国都不驻兵、不屯垦，算是“未定界”，如果有矿藏就共同开发。

相反地，如果你从一开始没“往前多站几步”、多说几百公里，最后很可能吃亏。

谈判心理学

现在你可以了解，为什么那位古董大佬，明明捡了个漏儿，占了大便宜，还要还价了吧！

你也知道他为什么明明可以眼睛发亮，一把抓起那个值钱的小瓷瓶，却顾左右而言他了吧！

你更知道，在谈判的时候，应该隐藏情绪，而且由“进一步”开始，再各让一步了吧！

这是抓住人性！

因为一开始把对方逼退一点，把对方要的价钱杀低一些，就算到头来双方都退守底线，谁也没占便宜，心理上也会比较舒服。

还有一点，他回去对人民、对老板、对老婆都好说话、好交代啊！

时机不同大不同

天时，地利，人和！

“天时”往往比“地利”与“人和”更重要，因为好的时机常常就是抓住了最有利的“地利”与“人和”，同样的表现，天时不同，常能造成不同的效果。

时机不同，功劳不同

譬如你参加篮球比赛，只剩十五秒了，你这队还落后一分，你是“长射手”，前面已经投进四个三分球，队友实时把球传到你手上，你出手、长射！球在篮筐上弹了一下，幸亏弹得远，正被你的队友小孙抢到，他往外运了两下，转身，虚晃一招，再跳起投篮，就在终场铃声响的那一刻，球进了！

请问，大家觉得当天赢球的功臣是谁，大家紧紧拥抱，甚至抬起来的是谁？

是你，还是小孙？

当然是小孙，因为在紧要关头，是他那球让你们赢了。

问题是，大家怎不想想，少了全队前面的任何一球，都赢不了。那功劳是属于每个人的，更何况你的四个三分球了。

时机不同，印象不同

再举个例子，你参加演讲比赛，在二十个参赛者之中，你是实力最强的，而你抽到第一号。

你上去了，口若悬河、技惊四座。裁判们各个欣赏你的表现，连你下台之后，还要交头接耳地讨论，边说边点头，表示对你的赞赏。

他们会给你几分？

九十八分？

不！虽然按说你该拿九十八分，但因为你是第一个，他们会心想，当天的选手大概每个都棒，所以才上来一个，已经令人惊讶。

于是平均给了你九十五分。

为什么不是九十八？你十足有资格拿九十八啊！

因为他们不确定下面十九个人，会不会各个都棒。你最先上台，他们还没机会比较，总得给后面留点空间哪！

好！你这第一个上台的“鹤”，下去了。

二号、三号、四号、五号……下面上来的都是“鸡”，再不然是“半鸡半鹤”，也比不上你。直到十三号，终于出现了一只“鹤”，几乎跟你一样亮眼。

裁判们开始打分数，他们不断在脑海里跟前面的十二个人比较，当然最重要的就是跟你比。十三号跟一号，哪个棒？

想来想去，差不多耶！

于是十三号跟你一样，也拿到九十五分。

下面又上来一只鸡，但是跟着出现一只鹤，哗！真行！比十三号好像……好像还略胜那么一点点。

这样吧！给个九十五点五分。稍稍比十三号多加那么零点五分。

比赛结果出来，十五号拿了第一，你和十三号并列第二。

问题是，如果当天十五号抽到的是一号，而你抽到的是十五号，结果又会如何？

恐怕得第一的是你。你确实是鹤，只可惜你第一个出场，没得到“鹤立鸡群”的机会。

忌星期一上午

虽然投篮或抽签，都有“天时”的条件，而难以掌控，但是“时机”却能由你把握。最起码你得知道不能“哪壶不开提哪壶”，避开最坏的时机。

如果一个人有“起床气”，每天早上的脾气都不好，那么他星期一早上的脾气必定最坏。

因为周末过了，虽然玩得腰酸背痛，还是得撑着去上班。更因为又要投入工作的战场，上个礼拜搁下来的事，都得重新面对。

星期一办公室的气氛多半比较凝重，而且还要开会，老大老二老三全到了。

请问，如果你想托人办事、向人请教，或约人出来，你能周一早晨去他公司，或一大早打电话给他吗？如果你打电话，他正开会，又忘了关手机……

非但你麻烦，只怕你还给他找了麻烦！

甚至连星期一下午，你都得斟酌，猜想对方的情况，因为如果时间抓不对，人家没办法跟你多说，搞不好因为早上开会才挨了训，想答应的事也没好气地对你说：“NO！”

忌打扰人家办事

除非你跟对方约好午餐，或知道对方是非两点不睡的“夜猫子”，否则在中午十一点半和晚上十点以后，都最好别打电话。

否则，他不是在办公室急着办事，就是在床上急着办事。

你能这么煞风景吗？

几乎每个人肚子一饿，脾气就坏！这是动物的天性，饿了！就得找吃的，就得猎杀。

猎杀的人（或动物）当然带“杀气”。

还有的公司附设餐厅，大家抢饭吃，为了不碰上“盘底朝天”的窘况，好多人早早就往餐厅去了。即使碍于规定，人不去，心也去了。

这时候你找他，效果能好吗？

最近才有心理学的统计出来：

法官中午吃饱饭之后，判决比较有利于被告。说句笑话：搞不好，吃饱之后判的无期徒刑，换成饭前就变成枪毙了！

你能不多忍两个钟头，非在他饥肠辘辘的时候找“枪毙”吗？

大人好惹，小鬼难缠

忌下班前托人办事

明明可以顺产，却成了剖腹产。

如果你有很熟的妇产科朋友，可以私下问问他们，是否曾经因为自己有事，不愿耗在产妇旁边等，而干脆说难产，接着三下两下开刀，把孩子生下来。

只要他们肯说实话，答案八成是肯定的。

换作你也一样啊！

今天你好朋友结婚请客，眼看已经下午五点了，这产妇还耗着要生不生，又非指定你接生不可，你怎么办？

今天你跟恋爱的女朋友（或男朋友）约好了，吃饭看电影，连夜里一点钟以后的节目都早想好了。偏偏产妇的子宫口开到三指，硬是不动了，看看钟，再看看钟，心里浮现她或他的脸，笑脸还是怒脸，全在你的一念之间。

请问，你怎么办？

同样的道理，如果某人下午五点半下班，你能在五点一刻打电话到他办公室吗？他会不会正为了赶下班而忙得满头大汗，为了赶应酬已经开始补妆、换衣服？为了赶回家、接孩子而心浮气躁？

如果这一天又正好是星期五或假日的前一天，就更严重了。除非你有了不得的急事，或跟对方有了不得的关系，最好别找对方办事。

别让他忘记

除了要避免下班或放假之前，对方心情浮动的时候，还有一件事是你必须考虑的，就是即使你找到他，把要托的事跟他讲了，经过两天假日（甚至更长），他也很可能把你的事忘得一干二净。就算你的事很重要，他趁下班前立刻办，你急、他急，别人却不急，大家都要下班放假了，也往往办不成。

结果，他确实努力了，你也看见他确实趁下班前四处找人，到头来，他双手一摊，你还有什么话说？只怕他明明可以继续帮你的，只因为让你看见他已经尽力了，而让他有个借口，把事情搁下来。

在托人办事之前，你甚至可以先想想，跟你事情相关的那些办事人员是不是都在，于是你立刻托、他立刻办，其余的人能立刻配合，水到渠成。

忌得罪人家的秘书

前面说到除非你跟“要托的人”有很好的关系，最好别在快下班的时候去找他。

现在设想，因为你确有急事，跟对方的关系又好，于是你在下班前硬是杀到他办公室，他也热情接待你，愿意为你加班。

这时候千万别忘了一件事：

如果他是大老板，当他为你加班的时候，他的秘书或相关的属下，会不会得因此留晚一些。

他秘书会不会要约会、要接小孩，或者有其他早计划好的事，被你这下子搅得团团转，又不敢跟老板开口？

甚至如果你是顶头上司，临下班找属下，也得为属下和他的属下考虑。

没错！他们都得乖乖听你的，加班！

但即使你是大老板，都别得罪属下的属下，尤其是他的秘书。

因为大人好斗、小鬼难缠，同一件事、同一件公文，那秘书可以快也可以拖，还能做手脚说闲话。别看你官大权大，很可能在个小秘书手上吃暗亏，而且永远不会知道。

所以，当你临时有急事，让别人的属下为你延迟下班的时候，一定要表示歉意。有时候你甚至要为对方的秘书准备小礼物。当你把“那炷香”烧好的时候，就算朋友后来把事情忘了，他的秘书都可能提醒他。

相反地，如果你总在下班前找人办事，次数多了，就算受托的人交情好、不介意，你也可能得罪他的秘书或相关的属下。

结果，“他们”暗中作梗，你的事情容易搁浅。

忌在吃饭的时候打电话

台湾地区有句俗语:“吃饭皇帝大！”

你一定有经验，饭吃到一半，有电话，对方说个没完，你又不好意思挂电话，心里真是烦死了。

可不是！如果你是一家之主，你离桌了，别人会觉得怪怪的。如果你是请客的主人，又位高权重，只怕全桌都得乖乖地等。

如果你是一家之“煮”，别说上菜不上菜了，锅能不冒烟就不错了。

“己所不欲，勿施于人。”所以千万记住，别在做饭或吃饭的时间打电话给朋友。就算已经过了吃饭时间，譬如晚上八点半、九点，当你打电话过去，觉得对方好像口里含着东西说话，或只要听到一点点碗盘的声音，也得立刻表示歉意，说晚一点再去电，把电话挂上。

你的体贴，对方能感觉，所以当你再打电话过去，他接起来的语气都不一样。他甚至会觉得有点对不起你，而先说抱歉。

于是，原本你办不成的事，他也可能“破例”，愿意为你试试。

你为什么偷看

我们常赞美人有一双黑白分明的大眼睛。要知道黑白分明的眼睛，也可能惹麻烦。

总看到这样的新闻——两个陌生人无冤无仇，只因为其中一人看了对方一眼，那眼神不对，就起了冲突。

“你看什么看？”

“我没看！”

“你就看了！”

下面只差两句话：“是不是看我不顺眼？我还看你不顺眼呢！”

偷看的天赋

我敢说，如果换作其他动物，这种事情不容易发生。为什么？因为多半的动物都没有人一样的黑白分明的大眼睛。

我们不是常说小猫小狗好可爱，看到它们无辜的眼神，就令人想抱吗？

请问，小猫小狗有黑白分明的眼睛吗？

它们有，但是白眼珠多半被眼眶盖着，露在外面的通常只有黑眼珠。也就因为它们的“眼白”不明显，它们往哪里看，外人不容易看出来。

这可是上帝特别设计的。因为动物要不猎杀，要不被猎杀，它们不能把心事露出来。它们很可能在偷偷看，然后攻击，也可能偷偷在找逃避的地方，然后往那里逃窜。它们怎能让别人（别的动物）早早知道自己的意图呢？

人不同，人太进化了！希望用眼睛说更多的话，所以露出许多白眼珠，也就因为眼睛的黑白分明，造成许多问题。

譬如，你晚上路过，街边有一群不良少年，心想“要小心，别惹他们”，所以连头都不敢转，直直往前走，只偷偷看了一眼。

居然这一眼，就被那些小痞子发现了，而且认为你有敌意，是瞧他们不顺眼，于是你挨了揍。

想想，如果你眼睛长得奇小，小到根本看不见白眼珠，你斜斜偷看，会被人发现吗？

眼光流动的淫相

黑白分明的眼睛，好处大，坏处也大。

好处大，是你可以用眼睛说话，演京剧有所谓“眼先引”，你可以才出场，半句没唱，先让人心动。为什么？因为你的“眼波才动被人猜”。

坏处大，是你那眼波可以被人猜好，也可以被人猜坏。你的眼睛“太流动”，可能被人说不正派、有淫相。你斜斜才看一眼，就被人说“有心机”。

谁最贼？

斜视的学问大了！

举个例子，一排人接受面试，大家的脸都朝着对面的主考官，你旁边人正在答话，你头没转，偷偷看旁边那人一眼。

好死不死，咔嚓！这时候有人从前面给你们拍了张照片。

那照片里，谁最贼？如果面试之后，开会用这张照片讨论录取谁，你吃不吃亏？

目不斜视的正派

我们常用“目不斜视”赞美人，就是因为“斜视”容易给人不好的印象。

如果你光明正大、堂堂正正，看就看吧！何必偷看？

问题是，有些人可能天生习惯或紧张，明明可以“正视”，他偏要“斜视”。

不信你看电视，尤其谈话节目，是不是有些人，把脸对着镜头，一双眼睛却斜斜看着主持人说话。

结果从镜头里看，这个人很贼。从主持人的角度看，他斜视着说话，又不够诚恳。

如果只是平平地斜视，还不严重，换作你站在高处，对方在低处，你再斜斜往下看对方，这味道可就像“鄙视”了。

假使今天你在竞选场合，从台上用这样的眼神看台下，给人的感觉能好吗?

小心“三白眼”

斜视还有个特坏的，是露出“三白眼”。也就是黑眼珠在眼眶比较上面或下面的位置，露出左边右边和上面或下面的眼白。

不信你去读“相书”，百分之百说露三白眼是恶相，女人有三白眼会阴私克夫，男人有三白眼是狡诈无情。

这道理很简单。露出三白眼的人，不是从高处往下鄙视，就是低着头，往前敌视。当一个人不把脸孔正对着人，一定是在防备。不是自大，就是心虚！

看眼睛就知道有没有鬼

不敢眼睛直着看人，绝对是心虚的表现。好多父母发现小孩说谎，就面对面，盯着小孩眼睛看。有些做太太的也懂。我就听过一个悍妇得意地说，只要她老公撒谎，她过去狠狠盯着老公眼睛，没几秒钟，就能抓出真相。

问题是，也许因为个性，有些人就算不撒谎，也不太敢看着人说话。这样既显示懦弱，又没有诚意。

还有个严重的情况，是握手寒暄的时候，有些人大概因为急，手还握住这个人，眼睛已经转向别人。这样既让被握手的人感觉不被尊重，也让下一个人感觉不到诚意。

斜视、雄视、正视

眼睛绝对是灵魂之窗，这扇窗可以朗日晴空，也可以乌云密布，可以清明澄澈，也能深不可测。

用眼睛其实不难。最重要的是当你跟谁说话的时候，一定要看着那个人。用你的眼睛看着对方的眼睛。

当你旁边人说话的时候，如果你要看，就把身子转过去，头也转过去看。

记住！你头身都不转地看他，是斜视。

你头转，身不转地看他，是雄视。

你头转，身也转地看他，是正视！

人生百忌，忌斜视，请千万正视！

小心“艳照门”

二十多年前，我有一次陪国画大师黄君璧先生逛画廊，正欣赏墙上挂的作品，突然听见画廊老板叫我们回头，举着相机：“大师拍张照留念吧！”

黄老师居然手一挥，很不高兴地说“不行”，接着匆匆看了几眼就离开了。

大师成共犯

看黄老师表情有点奇怪，我小声问：“您有什么不舒服吗？”

“他拍照，我不舒服。”黄老师说。大概看我不太懂，接着没好气地说：“你没看见吗？我们正站在一张假画前面，如果让他拍了，只怕他拿着照片四处宣传说黄某某也鉴赏了，还在画前面拍了照。如果收藏家因此高价买下，我不是成了共犯？”

学生的阴谋?

黄老师还说了一件更令他火大的事：有一回他应邀看学生的画展，那学生虽然才气不怎么样，可画得跟黄老师很像，有些根本是临摹老师的作品，也拿出来展览。

在自己学生的画展上，黄老师少不得留影。没想到后来发现，市场上好些假画都是那次画展的展品，而且都有黄老师站在画前的照片证明是真迹。

问学生，学生说画早卖掉了，一定是有心人把原先题的字切掉，又伪做了黄老师的题字盖章，加上画很大，拍照时只拍到没题字的部分，收藏家拿照片比一比，每笔都对，又有黄老师站在前面的“背书”，就高价买了。

用照片背书

相，不能随便照，因为照片有真实的影像，却不会说话，有时候被人“曲解”，照片上的人百口莫辩。

君不见很多招摇撞骗的，拿着一堆他跟名人的合照做宣传吗？每一张都有他，没错！都跟些有头有脸的人物，也没错！甚至可以看见是在某厅某院的门口，或某大会的会场，更增加了可信度。

看照片的人岂知那些有心人总是等在名人会出现的地方，甚至花大钱托关系买票，进入重要的场合，再想尽办法靠近大人物，要求合影。

只见他跟大人物热络地握手，紧紧靠着大人物拍照，你能想象当天现场他那钻营的小丑样子吗？大人物看到自己的粉丝、崇拜者，或花大钱的赞助者要求自己握手拍照的时候，又能想到有一天，自己的照片会被对方拿去征信行骗吗？

司法黄牛的技巧

早年我在做电视记者的时候，就发现法官不爱拍照，甚至连跟熟识的记者朋友都不拍。

为什么？因为有些不肖的记者，兼做司法黄牛，别人官司缠身，他说他跟法官熟，还拿出跟承审法官的合照为证，表示能摆平——死刑最少可以改无期，二十年可以改成十五年。

走投无路的嫌疑人家属很可能信以为真，花大把银子请他向法官疏通。

这黄牛借着采访之便，是去了法院，却跟法官半句话也没讲，就出来说“打点过了”。改天判下来，无期！他说幸亏他下了功夫，否则非死不可。就算判了死刑，他双手一摊说尽了力，托他的人又能怎样？

所以法官为了避嫌，也为了不做“托儿”，绝不随便跟人拍照。

先约狗仔等在门外

这又让我想到有位著名的法官，有一回带个女子出门谈事，中途女子说内急，正好附近有家汽车旅馆，要去上厕所，那法官居然开车带她去了。

哪知隔天就出了大新闻，称某法官带女子开房间，而且有进出汽车旅馆的照片为证。

且不论这件事的真假和法官是不是一时糊涂，最耐人寻味的是怎么这么凑巧，当天就有狗仔队等在附近，而且一路跟到汽车旅馆。

难不成，是那女子先通知了狗仔？

炒作出的绯闻

在今天这个媒体万花筒的时代，很多新闻都是造出来的。

最近我在报上看到一个熟识的男学生跟一位女明星紧靠在一起的照片，标题是他们俩热恋了。我打电话问那男生为什么瞒着我。

男生在电话那头大笑："不是啦！老师您上当了，是有一天我和那女明星，还有一帮记者朋友吃饭，大家说最近没新闻，太无聊了！炒作个新闻吧！就叫我们紧靠着拍了张照，隔天就发了那热恋的消息。"又说，"老师您不知道吗？现在很多绯闻啦，穿帮啦，吵架啦，都是瞎编的，不编怎么炒？不炒怎么红？"

咔嚓！毁一生

他讲得没错，新闻靠炒作，问题是有不少人就因为这炒作背上黑锅，毁了名节，断送了大好前程。

你是官员，跟朋友吃饭，跑来个陪酒小姐，突然往你身边一挤，身上一靠，咔嚓！改天她有案子关说[①]，你不买账，照片就流了出来……

女学生约你晚上单独餐叙，出门时她张开双臂跟你抱抱，咔嚓！改天她的论文实在太差，你不给她过，她拿着照片说你一直缠着她不放，只因为她没能答应你的要求。

一群朋友到海边玩，有人带头裸泳，你也脱了泳衣，咔嚓！改天你上了

① 指官员利用职权干扰正常执法或行政活动。

头版。

你拍沙龙照，摄影师说你身材这么好，何不为年轻留个纪念，拍点私房照自己欣赏？咔嚓！事隔多年，你成名了，突然艳照流出，甚至上了拍卖场。

更常见的，是你跟你的男女朋友在一起，两人爱得死去活来，兴头上（也是性头上），伸手拿过手机拍一个吧！多刺激！

你答应不答应？

问题是，你怎能确定那照片不会流出去，他的手机不会遗失？又怎能确定你们就会厮守一辈子，没有拆伙的一天？就算拆了，也不会不愉快，不会有怨恨，不会挟怨报复？

而且，会不会他当初拍照的时候，已经有了某种企图？那是伏笔，是证据，是保险，甚至是用来跟他哥们儿炫耀的工具。

总之，在这个信息传递飞快，人际关系复杂的时代，你不能不小心。

人生百忌——忌没有戒心，忌随意拍照。

做个好球给别人

最近一个著名的京剧团到台湾地区演出，吸引了满场热情的观众。

结束时，演员一起到台上谢幕，观众们一边离场，一边鼓掌，我也跟着同行的两位朋友起身，但是走到一半，我停住了，朋友问我为什么不走，我说："因为他们还在谢幕。"当演出的人还在台上，观众最好留在座位上，就算起身，也不适合完全离开场子。这是礼貌！

问题是，我们总见到演出还没完，观众已经急着跑，甚至在演讲会上，台上的讲者没讲完，观众已经纷纷离席。

没错，人太多，等会儿散场一起往外走挤死了；如果去开车或叫车，更是难上加难。早走一步的人，多聪明！

但离场的人有没有想过，台上的人正表演到结束前的高潮，你离场，看在演讲人或演奏者的眼里有多伤心？对场上静静欣赏演出的观众，又会造成多大的干扰？那是不是双重的失礼？

忽略总造成伤害

或许你要说，你很少看表演，也不演讲不演奏，这事与你无关。

但我请问你，有没有遇到过：一群朋友聚会，你想到个新学的笑话，讲给大家听，才说几句，在座就有人讲他早听过了，接着把下头的情节先说了出来。

你想表现，而且正说到兴头上，他却迎头浇你一盆冷水，你懊恼不懊恼？我有个朋友最近差点把她的司机开除，就因为她跟朋友在车上，朋友提到一个新闻，正要娓娓道来，司机却在旁边插嘴，两三下把新闻原委说完，还自鸣得意。

既然挑起，何必压下

又譬如你请客，某客人说："哎，你们家大宝不是学钢琴吗？弹得很好了吧？来！演奏一首给大家听听！"大家接着热烈鼓掌。

你对孩子正得意，事先也叫孩子做了准备，于是一边假装客气说弹得不好，一边把孩子拉出来。

可是孩子才弹几个音，四周的宾客就开始聊天，搞不好那提议听你孩子弹琴的人，还是最先拉嗓子说话的。

他（或他们）是真想听吗？如果真想，为什么不好好听？如果不想，他为什么提议？抑或是因为孩子弹得太差了，所以只弹几个音，他就不耐烦，不愿意继续听了？

无论哪一个，对你、对孩子是不是都造成了伤害？有些孩子甚至因为总是不受尊重，不愿演奏，甚至拒绝学琴。

为别人做球就是让自己得分

换个角度想，如果当你开始说笑话，或孩子开始弹琴，却有人打岔的时候，突然有人比个"嘘"的手势："安静！听音乐！"甚至对自以为聪明，说他听过那笑话的人讲："你不要讲，我们要听他说！"

请问，你会不会心存感激？

连狗叼回主人扔出去的球，都会兴奋不已。

每个人都爱表现，但要记住：就算你比对方强一百倍，当别人正得意、正表现的时候，你也要忍着，而且静下来，做成非常专注的样子，让对方表现。

这是做人的礼貌，不但能让对方高兴，也能为下面要表现的人（说不定是你自己）创造良好的气氛。道理很简单，当大家都吵的时候，谁的话能被听清楚？没有人！所以别人讲话时，你要大家安静，等于为接下来自己讲话制造了好的条件。

他赞美你是希望你赞美他

懂得做人的，甚至要为别人"做球"，也就是当你发现某人想要表现什么的时候，主动制造机会，让他“显露”出来。

譬如宴会时，你看到朋友穿了一身漂亮的衣服，你能不主动赞美吗？

你太太当天做了特别的发型，回家来朝你直笑，还在你前面左转转右转转，你如果视若无睹，她能不伤心吗？

聚餐时，某女士不断撩头发，耳朵上的大钻石猛闪，你能装看不见吗？

某太太戴了个冰种老坑祖母绿的大翡翠戒指，却赞美你的玛瑙项链的时候，你能那么“不通气”，不想到她赞美你，是希望你回头赞美她吗？

在前面这几个例子中，如果你非但赞美惊叹，还叫别人一起来看、一起来赞美的时候，“对方”是不是更要感谢你为他“做球”？

每个人都希望被注意

“为人做球”，是礼貌，也是修养。

林书豪就是擅做球的，他聪明反应快，能看清整个场上的情况，实时做球，让队友得分建功。

没错，当他把球丢向篮筐上方，让队友正好跃起、拿到球，再塞进篮筐的时候，大家注意的都是那个“灌篮”得分的人。

多漂亮啊！多爽啊！

可是真正的行家注意的却是那个能传球、做球，不抢功抢风头的。

话说回来，为什么每个“妙传”，无论是从人缝、胯下还是从身后冷不防传出的球，高明的队友都能接到？

难道他们总等在那儿，注意拿球的人是不是正要传给自己？

是的！不仅是球员，其实每个人，都会随时有意或无意地注意，别人会不会“做球”过来。他等着你注意他，也希望被注意。

下次跟人聚会，就这样做心理准备吧——

“设想每个人都有可以‘秀’的东西，等着被大家发现，那么，让我成为那个最先发现的人！”

人生百善，其中一善是“与人为善”。

人生百忌，其中一忌是“不给人表现的机会”。

你有道歉的能力吗?

在《读者文摘》上看到一篇题为《迟到三十九年的道歉》的文章。

一个优秀的十二岁男孩以色列森，由于写作的表现杰出，深受老师艾柏瑞的宠爱，但有人说是因为艾柏瑞是同性恋所以喜欢他。有一天，以色列森去见校长，说他不想上艾柏瑞的课了，接着他就回到班上，打断艾柏瑞的课，把校长的同意书交给老师，当着全班的面，收拾书本，转身离开。

以色列森后来因自己的鲁莽很后悔，因为他没向艾柏瑞解释转班的原因，又当着大家的面给老师难堪。多年后想回学校向老师道歉，老师却早已离开了。

他四处打听艾柏瑞的去向，还到网上搜寻，经过了三十九年，终于找到正担任义工的艾柏瑞，当面说出自己深藏的歉疚，也让艾柏瑞解开了三十九年的疑团。

谁能在生命中没歉疚

以色列森向老师道歉，也是被启发的结果：他娶了一位墨西哥女子为妻，生了两个子女，有一天大舅子找他，很慎重地向他道歉，说早年因为不希望家族里有个白人，曾经想尽办法把以色列森和妹妹拆散。多年来这件事一直困扰着他，现在他终于决定说出来，向以色列森慎重道歉。

为什么把歉疚藏在心里，成为自己以及受自己伤害者的终身负担？为什么不大胆地说出来？

以色列森向三十九年前的老师道歉的消息传开，许多人被感动，觉得应该把深藏的歉疚说出来。报道这则新闻的报纸，甚至特别开了个道歉专栏，刊登那些有歉疚却无处诉的当事人的心声。

生命中不能承受之重

道歉，可以很简单，也可以很沉重。太多人因为好面子，因为犹豫，因为不知道被道歉的人的反应，而把歉疚留在心中一辈子。

问题是，歉疚如同枷锁，锁在自己身上。道歉之后，就算挨一顿骂，甚至一番侮辱，又如何？心灵的伤害远大于表面的惩罚啊！何况从道歉的那一刻起，就能卸下沉重的枷锁。

当然，道歉常常伴随补偿，当是非不明，甚至受害人都搞不清楚状况的时候，那做错事的人可以躲过刑罚，也不必赔偿。许多人就因此，即使犯了天大的错，也不敢承认。

不可死不认错

许多杀人犯不就是如此吗？在审判过程中，他们坚决否认自己犯了罪，直到死刑定案，上法场前才终于悔悟，对受害者的家属表示最深的歉意。

没错！死者不能复生，杀人凶手伏法，也无法再给什么赔偿，但是他能说出真相，让疑团得以被解开，使无辜的人能够洗脱嫌疑，再以自己的一条命偿还，毕竟还有正面的意义。

相对地，如果他至死不悔，反而是他最大的错误，也是对社会最坏的示范和对死难者家属的又一次伤害。

迟来的道歉与正义

道歉，最好想做就做，早点解开彼此的心结。如果实在有难处，暂时埋藏在心底，等到有一天，有勇气也有能力的时候再道歉，还是会获得尊重。

一个对朋友有歉疚，害对方损失惨重的人，事隔多年，在事业有成之后，突然主动找到当年被伤害的人，坦承自己的错误，然后好好补偿，不是很好的事吗？

当年你偷偷犯了错，没人知道，但你自己知道，藏在心底，默默努力，目的就是有一天能好好赔偿对方。当年你可以道歉，但是没条件，就算道歉了也难补偿。可能反不如你将功折罪，隐藏着，直到有能力补偿的那一天。

国家也要知错认错

国家不是也一样吗？

一个侵略别国的国家终于罪有应得地战败了，断壁残垣、满目疮痍，它拿什么赔？它还等着战胜国救济呢！

问题是，当宽容的战胜国把它重新扶起，站稳了、强壮了，它是不是就可以把过去的错误遗忘？抑或，终于等到这一天，它有了能力，可以好好对当年受到自己伤害的人表达歉意，并给以赔偿？

壮丽的华沙之跪

一九七〇年十二月七日是个寒冬的雨天。联邦德国总理勃兰特来到波兰华沙“二战”死难犹太人纪念碑前献花。他肃立碑前，低下头，向死者致敬哀悼，突然，双膝一屈，硬生生跪倒在湿冷的墓碑前。

勃兰特虽是德国人，但他也是曾被希特勒迫害的反纳粹者，为了反抗，他四处躲藏，流亡到丹麦、瑞典，成为报道纳粹罪行的记者。战后他才回到联邦德国，先当选西柏林市市长，再上层楼，成为联邦德国总理。

他为什么下跪？为他的国家、为他祖国犯的错表示最深的忏悔。他的“华沙之跪”没有贬抑联邦德国，反而被誉为“欧洲千年来最有力的谢罪”，使他获得诺贝尔和平奖。

伤你的心，就是我的错

愈是有实力、有勇气、有自尊，敢于面对自己的过去与未来的人，愈能道歉。

愈是有爱心、不忍人之心[1]，肯牺牲奉献的人，愈能为不是自己的错而向对方道歉：

对不起！我不该让你不高兴。且不论谁对谁错，令我所爱的人伤心，就是我的错！

人生百忌——忌不道歉！忌字典里没有对不起，忌死不认错。

① 语出《孟子》的《公孙丑章句上》，指同情心、怜悯心。——编者注

当老师有了奇怪的动作

不知道你有没有看过奥斯卡影帝威廉·霍尔登（William Holden）演的《伪叛国者》（*The Counterfeit Traitor*）？

影片里的女主角，原本配合威廉·霍尔登在德国做地下工作，掩饰得很好，也很成功。但是当她有一次去教堂做“告解”的时候，伤痛地说自己害很多人失去性命，接着就被抓去枪毙。

因为那天坐在告解室窗子另一边的不是神父，是德国的情报人员。就因为她不小心泄露了“几个字”，暴露了身份。

她去告解，因为内心不安，觉得自己有罪，要求神的宽恕。

问题是，听她说话的是神吗？就算是神父，代表神，又是真的神吗？这世上多少自命为神、为神的使者或被奉为神的人，都是人！

当你把人当作无所不知、无所不能的神的时候，问题就来了。

他既然无所不知，你的事他当然会知道，要瞒也瞒不住，所以面对他，你不会隐瞒。

结果，你说出内心深处的秘密，甚至对你至亲的人都不愿吐半个字的事，你却说了出来。

你为什么和盘托出

或许你会讲你不信什么教，不做告解。

那么我要问，你会不会去算命？碰到自吹“神算”的朋友，你会不会因为好奇，把生辰八字告诉他？要不然伸出你的玉手，让他翻过来转过去地摸摸看看。

而且，他可能还会问你私事，譬如：“你堕过胎吧？”

这世上只怕连你妈都不知道的，深藏多少年的秘密，你却可能透露给他。

就算你没明着答“我是堕过胎”，也可能沉吟不语，于是“那人”连连点头：“可不是嘛，看得出！”

你不是默认了吗？

那算命的是什么人？可能是个朋友刚介绍你认识的业余算命者，也可能是路边摆摊的术士，还可能是大家排队请求指点迷津的神算。

无论如何，请问，你了解他多少？

而你居然把最深藏的秘密说给他听。

搞不好你立刻就不安了，临走还小声拜托他千万别讲出去，尤其别让你男朋友或老公知道。

除非他是个有职业道德、绝不泄露客户秘密的人，你能确定他不会把话传出去？

朋友介绍你去，他是你朋友的朋友，你才走，你朋友就问他你说了什么，他会不说？

他愈希望证明他自己神，愈会说。

可不是嘛，你把那么大的秘密都告诉他了，可见他有多准，使你对老朋友都不讲的事，对他也不得不和盘托出。

很可能你朋友、你朋友的朋友、朋友的朋友的朋友，就一下子全知道了。

就算他们好像没传，从你泄露秘密的那一刻起，你是不是就会不安？

结果你算命的原意是求心安，得到的结果是更不安。你何必呢？何必交浅而言深呢？

防自己人却不防外人

“交浅而言深，既为君子所忌，亦为小人所薄。”这是大家都知道的名训，问题是我们经常“交浅而言深”，甚至愈碰到交浅的人，愈可能言深。

举个例子，你跟外国人聚会，大家杯觥交错，酒酣耳热，他可能大大咧咧地批评他国家的政策，你也坦诚相向，狠狠地批评你这边的做法。这些话你们平常在自己国家绝不敢谈，现在明明碰上的是个交浅的人，却可能大鸣大放。

为什么?

因为人性!

当彼此来自不同地方，双方可能想:我对自己人批评或许有问题，跟“他”讲，他马上就回去了，天高皇帝远，说也没关系。

还有一点，就是“套近乎”:“瞧，我多坦率！能不交换您的坦率吗？”

许多“大事”，就这么泄露了出去。

天高皇帝远

还有个情况是你旅游到异乡，不但对外国人比较没顾忌，也会因为“心防解禁”，对自己旅行团里的人少防备。

大家反正萍水相逢，旅行结束就各奔东西，不太会联络。

在这个心理下，多少人会说出不该说的，甚至做出不该做的?

要是那个萍水相逢的人，回国之后找上门，你怎么办? 他抓住你的小辫子呀！他看过你的不规矩呀！搞不好，他跟你有一腿呀!

听八卦、道八卦、成为八卦

更普遍的是当你理发、美容、按摩的时候。

人在这种场合最放松，也最少戒心。你是不是可能对美容师说:“我下礼拜出国三个礼拜，你看不到我，别觉得奇怪。”

多有人情味的话啊!

他要是问你去哪儿，你是不是会告诉他? 搞不好连你要去跑跑银行都说了。

岂知接下来的客人也不是哑巴，就算师傅不主动说，如果这客人问:“哎！好久不见张太太了，她身体没什么不舒服吧？”

美容理发师能不答“没有！她出国了”?

“去哪儿啦？”

“× 国。”

“去那鸟不生蛋的地方干什么？”

“好像理财方面的事。”

美容师看那人应该是你的朋友，关心你，这么答，有错吗？

从另一个角度想，我亲耳听人说，他们爱去美容按摩，就是因为可以听到不少八卦。

如果讲八卦是吸引顾客的条件之一，那些“从业者”能不主动套消息，又能不得意地提供消息吗？

许多是非就因此而起了。

严守自己的底线

“交浅而言深”，这个“交浅”是很难定义的。许多人明明交浅，在某些情况下就觉得不浅。

对相士伸出玉手，对内科医生掀起衣服，对妇产科医生脱下内裤，对神父倾吐私情……

那些都是合理的，只是在此处合理的人、合理的事，放到别的地方还合情合理吗？如果老师把手伸进你的裙子，如果神父把手伸进你的内裤，合理吗？

在今天这个网络交错的社会，每个人都要心里有个底线，防备超过底线的人，也严守自己的底线。

有可说、有不可说，有可做、有不可做。不知对方的底，就不可泄露自己的底。

人生百忌——忌交浅而言深。

臭鳜鱼应该是香的

二十年前，我刚搬到纽约长岛的时候，在报纸上看分类广告，找到一家新开张的地毯公司铺地毯。

老板亲自出马，拿一大本地毯样子给我挑，却挑哪样没哪样，终于决定一个，又等了十多天才来施工。

只见老板带个徒弟，累得满头大汗，却不知是工具不对还是技术不好，地毯铺不平，而且经过一段时间变得更严重。最后不得不找老外来看，老外才看一眼就笑："外行嘛，没拉紧。"

后来常在报上看到那家地毯公司的广告，每次我都暗骂："不知又有多少人上当！"

最近到朋友家，看他新铺的地毯好极了，据说还服务周到，价钱比老外便宜得多。我就谈到当年的遭遇，说幸亏他没找那一家。

问题是，当我说出地毯公司的名字，居然正是他那家。

火眼金睛

多年前，有朋友拿了一幅名家画作请我鉴定，我说是假画，但是造得不错，不是行家还真看不出来。朋友就坦白说，他先拿给某家画廊，老板也才看两眼就说是赝品，拒收！

我暗自佩服那画廊老板的眼力和原则，就找一天特地去画廊参观。

果然，挂出来的作品虽不多，但张张是精品。

后来我出国，在艺术杂志上常看到那家画廊的广告，显然愈做愈大，很为他高兴。问题是有一天我跟一位收藏家赞美那家画廊，对方却嗤之以鼻地说：“你怎么这么糊涂，还说他好？要知道他专卖假画，不然也不能这么发！”

我亲自去看，果然，天价的作品全是假的，而且假得离谱。

臭鱼不臭

带太太去黄山写生，旅馆经理请客，好酒好菜，还有一盘据说是安徽名菜的“臭鳜鱼”。

鱼端上来，闻那味道我太太就不敢下箸，勉强尝一口，立刻吐了出来。我尝尝，也不敢恭维，可是看在座众人一个劲儿地说好，就试着又吃几口，居然觉得有点意思，而且那味道让我难忘，直到今天还想找机会再尝尝。

从死狗到猛虎

二十年前，台北新开一家专放冷门电影的影院，就跟两位朋友一起去看个难得的俄罗斯片。

确实冷门！小小的影院里没几个观众。剧情又超级冷，平平淡淡，好像在拖死狗。观众一个个受不了，起身走了，连我的两个朋友都借题离开。我也想走，只是当我耐下性子继续看，渐渐像是飞机起飞，经过长程的滑行，突然一飞冲天。整个前面积压的力量，一下子迸发出来，真是剧力万钧，居然是我看过的最震撼的电影之一。

不久，消息传来，那部《烈日灼人》(*Burnt by the Sun*)，得到奥斯卡最佳外语片大奖。

士别三日

朋友在离我家很近的一家餐馆请客。说实话，我一百个不愿意，因为曾经去过，难吃死了！就说千万别为了配合我。朋友说不是不是，全因为那家的味道好，连他孩子在国外，都说只想回国吃那里的菜。

我去了，很惊讶地发现果然好吃极了。心想：为什么上次自己来，那么难吃？是去的时间不对，大厨不在，还是没点到他们的拿手菜？

好汉当年勇

一个高中老同学跑来问我，当年在班上坐我旁边的某人有没有跟我联系，我说从毕业就没见过，还真是怀念他，当年那么够哥们儿，有好吃的东西、好看的小本，一定跟大家分享的好兄弟。

“千万别找他！别理他！”老同学说，“我也记得他很够义气，前些时候偶然机会碰到，邀他回家吃饭，他说正搞个投资，问我要不要加入。我当时就加了！虽然没多少，可是从此就没了他消息。石沉大海，人间消失了！”

别太死心眼

从前面六个故事，我们看到什么？

是人们的不可尽信，不可信他们的好，也不可信他们的坏。

好比那家地毯公司，刚开张的时候经验不足，货源也不足，表现烂透了。但是当他们一步步走上轨道，从错误里检讨修正，后来却可能成为最杰出的。

也好比那家画廊或我的中学同学，曾经很好，好得令人怀念，却没想到人是会变的，而且朝完全相反的方向变。

也好比我家附近那家餐馆，可能很凑巧，只有我去的那次表现不好，就被我拒绝往来，差点从此无缘。

安徽臭鳜鱼和电影《烈日灼人》也一样，只尝一口、看几眼就否定的人和多试几次、多待些时的人，可能得到完全不同的结果。

我们有太多时候，以最初的印象当作终身的判断，没能给对方再一次的机会，也让自己失去机会。

人会变，事会变，环境会变，价值观会变，我们的层次品位也不断在变。所以不能以既有的死板印象，看待会改变的对象，而应该不断评估，想想：自己是不是早年的自己？对方是不是以前的对方？彼此还合不合，配不配？配合之下有多少想不到的好处或风险？

人生百忌——忌主观地以偏概全，以一时的成败论英雄，以早年的印象论永远！

别使贵人变仇人

仇人可能成为贵人，贵人也能变作仇人。

前一句听起来矛盾，却不难懂。意思就是仇人往往能激发你的潜能，使你非但没被他打败，还反败为胜，变得更成功。

后一句可就有学问了。很多已经很成功的人就因为不懂这一点，最后摔下来，或者搞得两败俱伤。

只怪翅膀硬了

举几个例子。

教授提拔学生，带着学生一起做研究，改天成果用教授的名字发表，学生不平，四处说根本都是他帮忙的，最后师生不再往来，成为仇人。

师父收徒弟，倾囊相授，徒弟改天出师了，在师父对面开分店抢生意，成为仇人。

影视经纪发掘新人，一点点训练，培养成大明星，改天明星不听话，不接自己人的戏，去接别人的，结果闹成新闻，闹上公堂，反目成仇。

大到国际，小到人际，甚至兄弟亲子之间，都可以看到这种反目成仇的现象。我们很难说谁对谁错，道理却相似：受惠的那一方翅膀硬了，要飞了！施惠的那边不放，或给的待遇不好，于是翻脸。

自立门户要小心

长江后浪推前浪，本来后继的人就应该强过前面的，问题是：何必反目呢？反目一定有好处吗？

譬如，老板看上你忠厚老实又肯吃苦耐劳，提拔你，你跟在他身边一点点学，老板也毫不藏私。你愈来愈上手了，老板看不出的问题你看得出，老板落伍的东西你能改进，老板常常得听你的。

外面客户也看出来了，个个对你竖起大拇指，甚至偷偷怂恿你自立门户。

你想想也是，老板赚那么多，才给你一点点，根本是苛待员工，于是偷偷收集客户资料，有一天找个碴儿，果然出去开疆辟土了。

你一定能成功吗？

别让外人看笑话

没错，你年轻，老板会的你都会，连老板不行的你也行。平常又是你出去接触客户，攀了不少交情，今天你自立门户，必定一呼百应，客户纷纷投靠。对不对？

可能对，也可能不对！这是你必须审慎评估的。

第一，那些客户或许也是老板，他要带下面的员工，会乐意见到叛徒吗？搞不好他挑明了："这种人我瞧不起！拒绝往来。"

第二，他跟你老板可能几十年老交情了，当初你老板打拼的时候，他也在打拼，他们有战友的交情。今天都老了，可能也都富有了，当"钱"在心里变轻，"情"就变重了。于是他拍拍老哥们儿的肩膀："我绝对站在你这边！"

第三，如前面说的，老板混了几十年，底子厚了。而今你由学徒爬上来，平常拿不了多少钱，除非另有门路，你的财力能厚过老板吗？只怕差得远。

何况那些"老战友"表示支持你老板的时候，你老板可能"投桃报李"来个大降价，甚至赔钱出货。这样对着干，你受得了吗？

放眼社会，多少年轻人跟"东家"翻脸，出去开山立寨，都发现完全不是自己预想的结果，连那些怂恿他"出走"的，都翻脸不认人了。

他们何必跟？跟也得先观察吧！而且当你师徒相争、同行互忌的时候，能够隔岸观虎斗，获利的是他们啊！

官官相护，老老相惜

古人说："施人慎勿念，受施慎勿忘。"施人之后不挂在嘴上的人很多，但有几个对人有恩的，会不记在心上？就算不要你报答，也要你知他的情。

还有更深一层的情绪是，当他以前帮你的时候，他八成在高处，你在低处，他是俯视你，他提拔你可以让他有优越感。今天你愈站愈高了，搞不好他还愈来愈低了，你的锐气渐渐压到他头上，如果你再不感恩，不把他捧着，他能痛快吗？

所以在文坛艺坛上，处处可见被"大佬"提携的后生晚辈，有一天文名和画价都压过大佬，就再也不会被那些早年提拔他的贵人青睐。

非但不再青睐，还可能偷偷捅几刀。

是啊！今天你这"后生"申请什么大奖，评审会议你能在场吗？当然不能！

在场的是哪些人？

是当年提拔你的大佬以及其他大佬。如果这大佬不说你的好话，其他人会怎么说？

"这个浑蛋年轻人！以前不是抱着你大腿上来的吗？现在太嚣张了，该教训，该教训！"

大佬们平时明争暗斗，这时可就"老老相护"、敌忾同仇了！

于是你出局了！不是你不棒，是你太棒。你不棒的时候不是棵葱，没人忌你；而今你太棒，又不懂得感恩戴德，当然遭忌！

"流血革命"不如"和平过渡"

明白了这一点，除非理念不同，或者被欺压得过分，使你必须绝裾而去。就算你翅膀硬了，也应该跟那些早年提拔你的人维持良好的关系。

甚至在他们只能跟在你后面的时候，你都得回头等，把他们捧得高高的，强调你有今天，全是因为他们；你今天的创意，都是受他们的启发。

你愈成功、愈有光，愈要把成功的光芒先照在他们头上。

“流血革命”不如“和平过渡”；跟东家翻脸出去自立门户，不如接管老板的事业，在原先的基础上发扬光大。

就算你非走不可，也要走得漂亮，让每个在你前面和后面的人不射暗箭，还为你铺路，为你鼓掌。

人生百忌——忌不知恩。

忌迷信

信科学更要

信自己

如果屈原在八月投江

就拿中国人的三节来说吧！

春节、端午、中秋，合家团圆，连远在外地的都得赶回家。

多巧妙啊！春节过四个月是端午，端午过三个多月是中秋，中秋过四个多月又是春节，一年正好分成三段，每隔三四个月，大家团聚一次。

再想想，端午、中秋和春节，是不是田里不太忙？农历五月初五，春耕已过；八月十五，秋收未到；至于春节，更是最冷的时候。田事已过，仓廪丰实，有钱有闲，正好过节，连结婚都常常赶在这些天，所谓“娶儿媳妇好过年”！

为什么娶亲也要挑这时候，因为大家比较宽裕，红包送得多，有闲来参加婚礼，天冷正好穿得厚实华丽点。而且漂亮喜气的衣服，今天穿着结婚，明年后年还能继续穿着拜年。至于喜宴吃不完的菜，天冷，搁几天都不会坏，要是换作夏天，只怕隔夜就馊了。

谁在冬天龙舟竞渡

人造的节日，全根据人的需要。那些龙舟竞渡救屈原和中秋月饼里夹情报的故事，虽然确有其事，如果不是时间配合得巧，只怕也用不上。

不信你想想，如果屈原延后三个月投江，还有端午节吗？就算有，八月初赶回家过端午，隔几天又赶一趟过中秋吗？

再想想，如果屈原在春节的时候跳汨罗江，天寒水冷，还会有龙舟竞渡吗？

回门酒吃中午

春节，我在台北儿子家过年。年初二，媳妇要回门。我说好哇，一起去看看亲家，于是把晚上的时间空出来。

没想到当天早上儿子叫我出发，我说：不是吃晚饭吗？

儿子说：不！照他们的习俗，女儿回门，是吃午饭，不是吃晚饭。

我问：为什么？

儿子摇头，媳妇也摇头，只说是传下来的习俗。

隔天，我跟个研究民俗的朋友碰面，问他这事。

朋友一笑："简单嘛！以前交通不方便，女儿回门，还要赶回家，晚上天黑路远，怕不安全。做爹娘的为女儿着想，所以请中午不请晚上。传久了，为了给个道理，就变成迷信中午回门比较好了。"他还说，"'走春'也一样啊！走春又叫踏春，又因为春的发音很像'有余'，于是迷信走春能年年有余。我妈就迷信走春，说过年要出去走春，而且家里一定要有人来走春，来走春的人越多，家越发。"他又笑笑，"根本是倒果为因嘛！不是拜年的人越多，家里越会发，是家里越发，来拜年的人越多。换句话，'送礼的人越多，越会官运亨通'，还是'官运越好，送礼的人越多'？"

新人来，红包来

"走春"虽然受欢迎，另外一种走春可就不一定了。

一对新婚夫妇到人家做客，按说可以来喜气，在好多地方却不见得受欢迎。尤其是家里有未嫁未娶的，会怕那对新人把家里的"喜气"带走。

如果不得不住，怎么办？

送红包！那对借住的新人一定得包个大红包给主人，算是把喜气留在那家。

年年坐上座，渐渐入祠堂

"算命"更是如此。

如果你今年初学，为人排个紫微斗数[①]，算个姓名笔画，或看看"手相"，

① 紫微斗数起源于汉唐间的道经、北斗经、南斗经，与八字四柱并称中国传统命理学的两大派别。——编者注

八成不要钱。

但是当你越算越准，找你的人也越来越多，就算你还不收钱，只怕也会有人劝："还是收吧！不然你莫名其妙地泄露天机，老天不高兴，会折你的阳寿。"

于是你开始收钱，业余成了专业。

多好！你是借着那迷信，顺理成章地收钱。不是你爱钱，实在是因为不能无故泄露天机啊！

开张不能打折

做生意开张也一样。

他开张，你去捧场，吃大餐、买东西，心想他一定会给你不错的折扣。

可是除非他有"新张特价"，可以照特价来，如果你另外要求打折，他八成说："对不起！迷信耶！开张朋友捧场，不能减价，减价会不吉利的。"

你一听，还好意思多说吗？

送画不能送裱

我是画家，连画界都有迷信，就是送画不送裱。

今天你有喜事，请我赠墨宝一张。我只管画，可不能为你装裱好了给你。再好的交情也不行，据说这样对我不吉利。

多好哇！就因为有这迷信，让我省了不少裱褙装框的钱。

请问，是哪儿来的这么好的迷信？

打包票，一定是我的同行，而且是几十年前、几百年前的同行"发明"这迷信。为什么？为了给自己省钱！

回到文章一开头的那句话，所有的风俗信仰、民间节庆都是"人造的"，人根据什么造的？根据需要造的。

你信吗？对你有利，就信吧！否则，大可不在乎！

风水没啥稀奇

我认识一位非常有名的大师，不但擅长“观气改运”，而且会看风水，好多人想尽办法请大师到家里指点，只要大师一句话，就能把新装潢全部拆掉重来，甚至将大门都封上，硬把侧门当正门。据说照大师的指示做了之后，果然个个都“很发”。

大师虽神，但是有一天我跟他聊天，听他一段话，却对他的印象大打折扣。

大师说他才去过一个美国超级有钱的地区，发现那里的豪宅，个个风水好。

我心想，天哪！您也太谀了吧！美国人懂什么风水？只为了那地区有钱，房子盖得漂亮，你就说人家的风水好？

可是过了不久，我就改变观念了。因为我也应邀去一户豪宅，发现房子的设计格局果然处处合中国的风水。就好奇地问屋主，是不是中国设计师的杰作。

屋主居然摇头，然后分析给我听：

“这门原先直通客厅，因为客厅后面有卧室，设计师认为太通，没有隐秘性，所以在一进门的地方加个屏风。”他又说，“瞧！后面那几棵树，原先是没有的，只有一根电线杆，设计师说单单一根立着，看了不舒服，所以在旁边种了几棵杉树。”他再指指书房说，“本来书桌在这儿，设计师说每次有人进来，我都得回头，不方便，所以移到那边。正好外面的天光从左边来，写字不遮。旁边原本有扇小门，设计师也认为没必要，因为两扇门距离不远，人进进出出会让我分心。”

屋主带着我整个房子走一圈，我发现他的设计师说的居然都是中国风水的道理。那道理深吗？其实不深，只是被许多风水先生说得玄而又玄。简单一句话：

好的风水就是让人舒服的环境，那些一流设计师，管他是洋人还是中国人，懂风水还是不知风水是何物，只要能设计出让人住在里面舒服的房子，就是合于风水。

一箭能把人射死的好风水

举个例子，中国人最常说“左青龙、右白虎、前朱雀、后玄武”。乍听，玄极了！说白了却很简单，也就是“左边有水、右边有路、前面有场、后面有山”。

谁不希望住这样的地方啊！尤其古代，左边有水可以饮用，右边有路可以进出，前面有一眼就能看清的广场。敌人若杀来，我乱箭就能将之射死。实在对付不了，我还可以往后面的山里躲。

道理深吗？一点也不深！

一箭穿心的“凶宅”

问题是，很多人一知半解，听过那么一两句“风水之说”，就“栽”在上面了。

我有个朋友最近说他不顺，全是因为房子没买对。原因是他住的那栋大楼，正门对着一条路。

“箭屋啊！一箭穿心哪！我当初怎么没想到呢？”朋友直自责。

我问他：“你住在十五楼，前面有条路，干你什么事？如果回到农业时代，你住在个夯土的平房里，外面正对着一条又长又直的路，半夜有人驾车一路快速冲来，没看清楚，可能一头撞进你家，把你轧死，所以那时候说这样的房子凶。又因为警惕夜里驾车的人，在正对着马路的那面墙上挂面镜子，可以反射马灯。果然驾车的人看见反射的灯光，即时减速拉缰，免掉一场大祸。这样的事多了，就迷信挂镜子可以驱邪避凶。”我再问他，“你去看看故宫、看看领导人的府第！哪个前面不对着一条大路？帝王多讲究风水啊！他们怎么不怕呢？道理很简单，他们的前面有场子，就算驱车疾驶而至，也能刹得住。而且凡是皇宫，都高，前面一堆台阶，车子能开得上去吗？所以无论怎么对着一条路，对着多宽的路，只要前面够宽，房子又高，根本不必在乎。”最后我强调，“倒是你一天到晚把‘一箭穿心’放在心上，左看不顺眼，右看不顺心，那坏心情成了坏风水。”

果然他听了之后，不再挂心，越来越顺。

“福人福宅”，古人早说了，心中的喜乐，只怕比外表的风水还重要。正因如此，同样一栋房子，前一位屋主住得顺极了，下一位屋主却可能衰极了。而且风水再好的房子，如果不好好维护，里面一片脏乱，也会使人生病。再棒的风水，房子太老，还是会垮掉，如果压死人，还能叫好风水吗？

漏水就漏财啊

说到维护，请注意！如果风水师到你家，看见水龙头在滴水，很可能讲：“不成，这样漏财！”他可真会说啊！水要钱，一直滴个不停，当然漏财！

而且进一步想，你家的水龙头不好，早该修该换了，你为什么不换？不是你这个人拖延散漫，就是提不起精神处理，搞不好你正衰。

结果，风水师这么一说，你心想：真说对了！我最近就是漏财！不顺！

请问，那风水师是真准吗？

越没秩序越不顺

同样的道理，你院子里的花草该修不修、一片荒芜，你台阶的砖头早已松动，你进门吊灯上几十个小灯，有一半都灭了，这时候，你要怪风水不好吗？说不定是你把风水搞坏了，再不然是恶性循环，你越衰越不理家、越没秩序、越不顺。

如果来了个风水师，让你把树修了、草剪了、台阶补了、灯泡换了，你每天进门出门，都看着舒服，精神好了，运也顺了，你是不是要四处宣扬，全是风水师指点得好？

万人冢的风水好吗

谈完“阳宅”，再谈谈“阴宅”。

一到选举，候选人爹娘乃至祖爷爷祖奶奶坟头的风水，就被搬上台面。有人为了当选，特别修坟铺路，好像只要死人埋对地方，后人就能躺着发。还有风水师在设计阴宅的时候会问：“要利还是要禄？”意思是你想要发财还是升官。

只是，我要问：那些“三春白雪归青冢，万里黄河绕黑山”和“可怜无定河边骨，犹是深闺梦里人”的后人都衰透了吗？那些被德国纳粹在集中营毒死焚尸或抛入万人冢的都没后代，后代都倒霉到底了吗？如果他们的后人好，是因为万人冢的风水棒吗？

说来说去也是因为人们倒果为因，只因为发了的人，一个个修坟谢祖，大家看了那些豪华的阴宅，再看看墓碑上刻的名字，就说：“瞧！这里立的是名人耶！他多走运、多发，全因为祖坟好哇！”

真是祖坟风水荫庇他吗？有见识的古人早说了：

“买山原不为亲谋，只为功名利禄求；须知人间好风水，不在山头在心头。”

请问那些修坟的人，如果墓里头埋的是他爷爷，那么他奶奶还在世吗？

如果在，他伺候死人的同时，有没有好好孝顺活人？搞不好他奶奶住得远，他看死爷爷的次数，比看活奶奶还多呢！

人生百忌！忌迷信！忌不信自己信风水，不孝活人孝死人，不修心宅修阴宅。

命越算越薄

我反对算命，但是不否定算命，因为我知道有些人算得还“真准”。说几个准的故事给你听吧。

说完就完

有个人开车上高速公路前买包烟，烟摊旁有位算命先生，硬拉着这人叫他算命，说他一脸黑气，当天有灾，不算一定完蛋。

这人听了很不高兴，骂了一句“无聊”，转身开车走了，才上高速公路，就被一辆大卡车撞上，死了！

小心有九

某人去算命，算命先生说：“你这个月千万要避开‘九’，九对你是大凶，你逢九必惨。”

因为算命先生很准，某人不敢不听，从那天开始就避开九。碰上九、十九、二十九日都不出门，九点钟也不敢动，问题是还有九秒、九分……所以，他搞得无时无刻不紧张。

这一天，他开车，避开了“九如路”“九巷”一切有九的地方，正高兴快到家了，突然看见一条狗穿过马路。“狗！”闽南语发音不是九吗？某人大惊，猛转方向盘，撞上电线杆，杆上挂着烟酒公卖局的广告和马英九的照片。幸亏有人即刻拨了 119，某人才从鬼门关前“九死一生”地捡回一命。

你老婆偷人

某人去算命。

“你命中没孩子。”算命先生说。

“胡说！”某人立刻火了，“我有个儿子。”

“你一定没有，那儿子一定不是你的！”

某人一拍桌子，钱没付，气呼呼地回去了。但是，他越想越不对劲，看儿子跑过来跑过去，也心疑，终于把儿子带去做亲子鉴定。

报告出来，某人倒抽一口凉气，那儿子居然真不是他的种，回家就跟老婆大吵一架，离婚了！

某人又回去找算命先生，说：“您算得太准了！这是上次欠您的钱，请您再指点一下吧！”

“你命中还是没孩子。”算命先生说，“而且你会离婚！”

鬼门关前一分钟

有位货车司机的老婆去算命。

“你老公七天之内一定出事，你得做寡妇。”算命先生铁口。

妇人回去不敢跟老公说，只好装不舒服，逼老公向单位请假。她又怕老公无聊，天天找朋友轮着跟老公打麻将。

七天眼看过了，妇人暗自高兴，跑出去买酒，打算庆祝一下。

她才出门，她老公就接到货运公司电话，说有批东西很急，一个礼拜来大家分担他的工作，都累坏了，能不能帮个忙。

“可以啊！我老婆的病已经好了。”货车司机立刻出门，载了急件上路，才出去没多远，就出了严重的车祸，断气的时候，距离夜里十二点只差一分钟。

心里不能有鬼

好！四个故事说完了。那些算命先生都很准吧？岂止准！简直神准嘛！

问题是神准有好处吗?

第一个故事里的人，被算命先生拦下，是不是耽搁了些时间？还有，他听了算命先生说的话，是不是会一肚子不高兴地上路?

如果没耽搁，会碰上那辆要命的大卡车吗?

如果没有因为不痛快而分心，是不是反应好些，有状况也能应付?

第二个故事也一样。如果他没去算命，没信算命先生说的话，他会对“九”那么敏感吗？如果他不是整天疑神疑鬼，对时间、街名、人名，甚至对狗都要多心和分心，他会反应过度，撞上电线杆吗?

知道真相又如何

再看第三个故事。

算命先生确实批得准，某人命中没孩子。

问题是，某人原先不知道，一家人温馨幸福。

算命先生说了，有好处吗?

家拆了！心碎了！命中没孩子的事实无法改变，原先有的，也没了！

自己造的祸

至于第四个故事，算命先生也神准，只可惜那人的老婆没能盯到最后一秒钟。

但是反过来想想，如果那司机没连着请假，要别人代班，公司有急件可能不会找他。如果他老婆没安排他天天打麻将，可能他的精神会好得多，遇到状况也能即时做出反应。

算命也是命

现在你知道我为什么信算命，承认有些人确实算得准，却又反对算命了吧?

因为算命本身也是命，今天你遇到个算命先生，给你算了，他越有名，你越信他，他的话越会进你的心。

他算你好，你本来就好，不算也是好，没什么帮助。

他算你坏，你知道了又如何？只怕你“趋吉避凶”反而成为凶，你心里不安反而成为鬼。他说你未来怎么样，你原先应该不会，只为听他说，反而被带往他说的方向。

不是改运是借运

或许有人要说，算命先生常常可以“改命”，叫你拴个红绳、挂个箫剑、摆个盆栽、挖个水池，就化“否”为“吉”。

让我透露给你一个消息，有位会“改命”的“大师”私下对我说：“今天你参加影展评奖，要我给你作法，我是有本事让你得奖。问题是，你得了，别人就没得，如果没得的人因此消沉，下面的星运不如你，不都是因为你作了法吗？但天底下没有不公平的事，这个不公平，你迟早得还，迟早得重新摆平。不在你这辈子摆平，也得在你子孙身上摆平！所以，那不是改运，是借运！”

要死要活是你的事

最后让我再说三件真事给你听。

我有个朋友，大学毕业之后一心想出国，找了位著名的命理学家为他算。

“你年底前一定能出国！”大师说。

我这朋友高兴极了，一直等，等过夏天过秋天，等过秋天过冬天。新年过了、旧年过了，他还没能出国，于是很不高兴地去找大师理论。

大师一笑：“你命中能出国，你不出，我有什么办法？就好比我算你能活到一百岁，你出去就跳楼死了，是不是也能说我不准？命是你的，不是算的啊！”

成功是你自己的事

我有个朋友，会排紫微斗数。

“要我为你排一排吗？”有一天她问我，可是没等我答话，她就自己说了，“不成！不能给你算，因为你太用功了，如果我排出来说你不成功，没有文曲星、文昌星，不是砸我自己的招牌吗？”

积善之家必有余庆

纽约某著名的相士，据说奇准。

我有位医生朋友，夫妻两人都去算，虽然跟相士不认识，相士居然能把那医生太太的过去，说得一清二楚，连少有人知的秘密都没漏掉。

可是轮到那医生，相士居然一摇手，说："我没法给你算。"

隔了一阵，医生又去。相士还是一挥手，没法算！

后来有"在行的人"说："因为那医生的爸爸也是医生，当年在台湾乡下，为穷苦人免费看病，做了太多善事，出殡的时候，连一般乡民都自动去巷祭。祖上积那么多德，他自己又正，这种人是不能算，也不必算的！"

算命可能很准，但我还是要说：

人生百忌！忌算命！

因为命是天机，不堪算。好命算多了会受损，坏命已经单薄了，只怕越算越亏。

而且天地是平的，怎么算、怎么改，到头来还是得扯平。真正的命在自己手上，自己努力和积善，比什么都重要。

提防假教徒

常听人们说:“某某应该可以信赖，因为他是虔诚的教徒。”这时候我多半会问:“虔诚的教徒不也是普通人吗？”

我这么问，是因为从小总思考，信教的人是否跟不信教的人不同?

忌论断人

小时候，我常跟着母亲去做礼拜，记得教会里每本《圣经》里都盖了同一位教友捐献的印章，牧师也好像对那位教友特别好，我后来才知道她家非常富有。只是听教友们说她因为不满儿子的婚事，不跟儿子媳妇往来。我心想，《圣经》主祷文里不是有“赦免我们的债，如同我们免人的债”吗? 她为什么连儿子的债都不能免?

还有一天，教堂门外躺了个腿上缠着纱布的男人，看到教友就呻吟乞讨。我说给他些钱吧！教友们（包括我母亲）却说谁知道他是真是假，只怕拿了钱去胡作非为。我说:“他腿上的纱布都有血耶！”他们则说:“血也能作假！”

问题是《圣经》上不是说，“不要论断人，免得被论断”吗?

良心也能不安

还有件令我不解的事:母亲有一天在吃面包的时候说，有位教友讲，他很不心安，因为他开面包店，在面包里加了一种东西，对人身体不好。

“他可以不加啊！”我说。母亲却讲:“他也想不加，可是不加做出来的面包不漂亮，争不过别人，所以他不得不加，就因为这样，不心安。”

魔鬼在哪里

母亲还说她跟一群教友去探另一位教友的病，进入病人家，看见桌上摆了祖宗牌位，其中一位教友立刻火冒三丈地说有拜偶像的魔鬼，拉着大家转身就走。

这样的事，我多年之后也遇上：一位传教士到我家，进门不久就说他头痛，疼得不得了。我问他常头痛吗？他说没有，只因为他看到我墙上挂了一幅龙图。

我说那是我老师林玉山先生的作品，画得好极了，但有什么不对吗？

“龙是魔鬼啊！你怎能把魔鬼挂在家里？”

要安心！要安心！

还有，我少年时因为盲肠炎住院，每天天不亮就被隔壁大楼传来的哭喊吵醒。出院时回头看，才知道那是一所教堂。

我当时很迷惑，想那哭的人是不是特别虔诚，所以晨祷时忏悔哭喊，不断喊着自己是罪人。这么说来，我的灵性不如他，就更该忏悔哭喊了。

只是我也想：那虔诚哭喊的人，他的心是更安，还是更不安？或者必须在祈祷哭喊之后，才能安？看到画就头痛的传教士也一样，只怕真正的魔鬼在他自己心中。

后来，我跟哈佛大学心理系的儿子提到这件事，他笑笑说：“一个没有任何信仰，却能快快乐乐、心安理得过一生的人，应该是更健康的人。”

可不是！我有位事业非常有成的朋友，第一次去打禅七，回来对我强力推荐，说经过那几天，他的整个人生态度都改变了。

问题是，隔一阵，他又去了。我问他为什么又去，他说心又不安了，要再去安安心。

“世界末日”的来到

最近两个新闻也让我触动：

一位美国老牧师四处宣扬，“五二一”是世界末日，那天到来的前几日，只见美国街头好多虔诚的教友，举着牌子劝告世人，把人间的事快点放下，迎接“世界末日”和“升天”时刻的来临。有人甚至把房产都卖了，为了宣扬这“最后审判”的消息，印制海报广告四处张贴。

它让我想起十几年前，有个韩国教会的“先知”，也宣扬同样的事。有两位信徒，还特别跑到我家，把他们的存折、钥匙、信用卡等交给我岳父，说到了“那天”，他们会带着子女在教会等待，然后一起“升天”，身上的手表、戒指，一切东西都会掉在地上，叮嘱我们去把这些“留在世间”的东西拿回来。因为“先知”说，还会有些剩下的辛苦日子，给“没升上去”的人。

真正讽刺的是，当时韩国“先知”讲，那些特别有“灵性”的人，在“升天”前一个礼拜，会听到来自天上的号角声。

据说许多教徒都表示他们听到了。天哪！他们真听到了吗？如果没听到却说听到，他们好比看到“皇帝的新衣”。如果他们果然听到了，那必是幻听和妄想。这种硬把自己幻想认定是上帝旨意的人，能不危险吗？怪不得过去有那么多教派集体自杀甚至自焚的悲剧发生。

神甫的诱惑

让我触动的另一件事，是最近《读者文摘》对欧盟十六国三万多人做“最信任职业”的民调，结果神甫在人们心中的地位还不如出租车司机。还有美国加利福尼亚州圣地亚哥教会，甚至为了四十八个神甫集体性侵一百四十四名教友，付出破纪录的一亿九千八百一十万美元和解金。

当我抱怨时，一位朋友说得好：“不能怪神甫啊，他们听太多告解了，当一个又一个端庄的淑女说出放荡的秘密，神甫要受多大冲击啊！人们越对教士说出心底的东西，越多教士会出问题。这跟医院一样，医院是治病的地方，又是病人最多的地方。也跟警察一样，他们是抓坏人的人，也是最容易被黑道污染的人。”最后，他强调一句，“神甫、牧师、教主、医生、警察、教授、法官，管他什么职业，都是人哪！”

脑袋换得了吗?

可不是！每个人都是人，台湾地区俗语说“换了位子，就换了脑袋”。一个人确实可能因为幡然醒悟，而放下屠刀，立地成佛，也可能因为对宗教的坚持而慷慨殉道。只是我发现绝大多数的人“换了位子”，并不能“换掉脑袋”。教堂的颂赞祈祷哭喊忏悔，不见得能改变人的本性。何况其中又有许多别有所图的假教徒。

《菜根谭》说得好:“淫奔之妇，矫而为尼，热中之人[①]，激而入道。清净之门，常为淫邪之渊薮也如此。”你能只因为某人常打禅七，常去礼拜，看似虔诚，就认为他好人一等，放松心防吗?

我们不是神

我出生在基督教家庭，曾经在天主教大学任教，我很尊重宗教，也长期支持宗教慈善团体，但是考虑再三，我还是不得不写下这篇文章，告诉大家:

每个人都是人，无论他多么虔诚礼拜，甚至无论他是多么伟大的布道家，他都还只是人，不是神!

你完全不防备，很可能吃亏，而且亏得很惨!

不是他的神害了你，是他这个人害了你，也是不懂人性的你，害了你自己。

---

① 指沉迷于权势名位而终日钻营的人。——编者注

谢谢您把我医死

猪八戒怎么死的?

猪八戒是笨死的。

人怎么死的?

人是老死的。

错了！人常常也是笨死的，笨得找错了医生，吃错了药，甚至吃错了补药。

哈佛大学医学院教授顾鲁曼（Jerome Groopman，M.D.）在他的著作《医生是怎么想的》(*How Doctors Think*）里说，据他统计美国有五分之一的病人被误诊，每年因此冤死的达到九万人。

天哪！美国人不是超惜命，动不动就告医生吗?怎么还有那么多人冤死?那我们身边呢?少些?还是多些?又或是，笨死冤死的更多，而且死了还不知道怎么回事，还在感谢医生尽了力?

小心跨进鬼门关

找医生太要紧了，进错门有时候等于半条腿伸进鬼门关，因为一开始就走错了方向。

举个例子，你今天胸口疼，摸一摸，中间，应该是胃的位置，于是你直接去找肠胃专科的医生。他开制酸剂、防逆流的质子泵抑制剂，都不管用，又要你做肠胃镜。

再不然他根本不开药，直接要你做胃镜，如果在里面发现有点不平，又叫你去做胃超声波，两根管子伸进去照，把你折腾死。还不够，再要你做CT断层扫描。

检查都没问题，又说你是精神紧张、胃痉挛，开了松弛剂和镇静剂。

可你才出医院，突然又胃疼，眼前一黑，倒在马路上，接着一群人把你送医急救，无效，于是“钱在银行，人在天堂”了。

再不然，你走运被救回来。医生劈面就说：“心脏病这么严重，心血管堵塞百分之九十多了，为什么还不知道？没有胸痛吗？”

有！看了肠胃科！

怎么死的都不知道

请问，如果你“报销”了，是不是连怎么死的都不一定知道？

你是找了肠胃科医生，他也认真为你做了各种检查，还化验了胃溃疡幽门螺旋杆菌；他尽了力，只是除了肠胃本科，没为你多想，你能怪他吗？

又譬如，你心跳快，常上不来气，跑去看心脏科医生，他给你量血压、数脉搏、做心电图，搞不好连断层扫描都做了，全没问题。一次又一次，跑来又跑去，还是不对劲。直到眼球都突了出来，才知道原来是甲状腺功能亢进。

可眼珠再也回不去，一辈子“金鱼眼”了！

有进饺子馆吃烤鸭的吗？

前面两个例子要怪谁？

怪那些“庸医”，还是怪你一开始走错门？

许多人自作聪明，不看他家旁边就有的小牌“家医科”，非老远托朋友、攀关系，找著名的专科医生不可。

那医生可能忙死了，你才走进诊疗室，他好像已经要站起来“送客”。何况，有进饺子馆吃烤鸭的吗？你找他，当然是看他专精的！于是出了问题。

相对地，如果你平常就有家庭医生，对你过去的医疗史很清楚，也定时要你做体检，当你去找他说胸口不舒服的时候，他可以帮你从许多可能的角度想，建议你找哪些专科医师，不是好得多吗？

"仁心仁术""人心人术"

人都是人，医生虽然可能"仁心仁术"，但也当然是"人心人术"。既然是人，他就难免受情绪环境的影响。

今天他在医院驻诊，院里有交代：哪些检查我们自己能做、自己能验，又新进了机器，不用白不用，不赚白不赚，尽量要病人做。

于是，除了没让男士做子宫颈切片，连八竿子打不着的检查，都要你做了。

据说某些医院甚至有指标，医生不听话是会卷铺盖的。

进门先上摇钱机

私人医院该好多了吧?

也不一定！如果他是心脏科医生，新进一台电脑断层扫描的机器。天哪！那机器多贵啊！什么时候才能收回成本?

于是他套你两句："有时候胸闷是吧？总有吧？"你不置可否，就上了他那台"摇钱机"，还先签了认知打显影剂有危险的文件。

多漂亮啊！拿着报告，还彩色图片呢！没问题，你放心了，再三感谢他，可是那高辐射的断层扫描会不会造成你以后身体的"病变"？

你也别被那新落成的诊疗大楼唬了。心想，要不是医术好、口碑好、病人多，这医生也不可能蒸蒸日上，住豪宅，建华厦。

没错，也可能正因此他成为病号挂满、大排长龙的名医。但你要想想，当病人多了，他的时间就那一点！贷款多了，生活压力加大，一个细心的好医生会不会永远好下去?

说不定你找个刚开业、门可罗雀、闲得要死的新手，虽然经验不足，却时间有余，愿意帮你细细看、慢慢查，还找参考书。加上他才离开学校和教学医院不久，接触的都是最新资讯，老名医看不出的，他反而能发现；老名医不知的新药，他反而会用呢！

补到上天堂

说个真实的故事给你听：

我有位朋友，不知因为爱进补，还是因为搞直销所以进补。

他跟我打球，必自备水壶，说那是特殊的“× 性水”；球打一半，他叫停，撕开一小包，倒出七八颗药丸，说那是天然多种维生素。我哮喘，他说我只要吃他的小麦粉就好了；我失眠，他说我盖了他的“× 离子被”，保证好眠。我说没时间运动，他说我每天站上他的“×× 气血循环机”，几分钟就够了。

有一天他语无伦次，家人把他送进医院。你知道医生在检查之后，第一句问他什么吗？

医生说：“你是不是吃很多营养补充品？”

那次他还只是小中风，出院之后继续“进补”，隔不久，就大中风半身不遂了。可是才出院，就急着又进了一大箱“补给品”。

直到最近，他突然发了封电邮给我，说他现在每天由佣工用轮椅推着去菜市场买菜，再回家指导佣工怎么做。又说他终于觉悟了：过去他吃一堆补品，是舍本逐末，远不如吃自然食品来得健康。

因为过量所以中毒

我不反对吃补品，也不敢说那“× 水”“× 机”完全没用，但是发现过犹不及，或如我那朋友的“舍本逐末”，许多人太倚靠营养补给品，吃多了反而受害。

举个例子，你可能每天吃高剂量的多种维生素，又去买附加高剂量维生素 A 的“叶黄素”和附加高剂量维生素 D 的补骨药，再加两包从自然食品中提炼的各式药丸。那些东西分开来看，成分都没问题，问题出在你不能重复吃，吃那么多。碰上非水溶性的维生素，很可能中毒，甚至造成血管病变（我至今猜想我那朋友小中风时，医生劈头就问他有没有吃很多营养补充剂，就因为他血管硬化得出奇）。

见血封喉也是天然的

吃补品出问题，常因为人们以为只要是由天然食品提炼的就没问题。好比常见广告宣传吃红曲能降低胆固醇。他们说得一点都没错！问题是那种营养补充品的成分很难稳定，如果你真有病，需要稳定地控制病情，能全靠吃红曲吗?

更麻烦的是有些人已经服用“斯达汀”（Statin）类的西药，又猛吃红曲，如果接着再吃颗大柚子，能不出事吗?

姜太公钓鱼——愿者上钩

营养补充品常是药房推荐。

由于政府管得严，现今的药房是不敢把那种“食品”当作“药品”介绍给顾客的。

于是药房用了个方法，我们不找你，由你来找我们。

譬如你走进药店买处方药，抬头看见后面柜子上红红绿绿，贴了一排彩条。

那可不是广告哟！上面可能只印了个奇怪的名字，没任何说明。

这下你好奇了:“那是什么？”

于是他开始介绍给你“好东西”，再不然给你一份“资料”。

上面数据图文并茂，把“好东西”说得神上加神，但是旁边印了一行小字:“本数据仅供内部教育训练使用”。于是当你有一天拿去检举，说他把补品当药品卖给你的时候，他说那不是给顾客看的，是你好奇，自己拿去的。

只有熟客才得优惠

说到顾客，“熟客”有不少好处，可以拿到许多“生客”拿不到的东西。好比只有轻车熟路的人，才能在风声很紧的时候买到假名牌。老板如果不认识你，你问，一定没有。

譬如你小声问，有没有某种堕胎药。那是禁药，没处方不能卖。但你跟他认识十几年，今天你有麻烦，他能不帮吗？搞不好还能介绍给你更便宜的替代品呢！

反过来，换个生面孔问他，会有吗？他怎么能确定你不是调查员？

我们不把药房往坏处想，他们可能确实对熟客特别爱护，但不能不防他介绍的替代品。当医师叫你买某种药或补品，他好心介绍给你另一种更好的、更贵的、成分更浓的，是不是都对？

会不会因为它的利润更高，所以推荐？

会不会因为成分更好，反而造成你服用“过量”？

杀头的买卖有人做

进补还有个危险，是当那补品太名贵的时候产生的问题。

譬如价比白银的燕窝。你信不信，二〇〇五年台北市卫生局抽查瓶装的冰糖燕窝，不合格的达到百分之五十八？

如果那是猪皮、大白菜或白木耳假的还好。更麻烦的是虽然是真燕窝，却经过“不堪”的处理。

我有位朋友去看某国制作燕窝的地方，那一个个看起来像小船的燕窝原来是拼装的。因为采下来的天然燕窝连泥带毛，没卖相，业者只好用特殊方法清理，再一丝丝、一条条把燕子的口水，排到像小船的模型上。

朋友说得很恐怖，他单单拿着相机，走近泡燕窝的桶子，就差点呕出来。

干货变成湿货，只怕不识货

或许你要说，你不吃那种“组装”的，只吃天然的“燕盏”（就是那种像半个小杯子的“屋燕”的燕窝）。

不错，那可能好些。只是你在购买的时候也要小心，他们会不会为了称重量，往燕窝上刷胶水？再不然增加湿度，使燕窝容易发霉？还有，如果他们手上的发了霉，他们又是怎样处理？会不会用双氧水或其他方式漂白？

我有个朋友去专卖店买了一大盒燕窝，回家没几天就发出一股霉臭味，朋友拿回那家店，老板娘笑笑说只怪他没立刻放冰箱，接着给他换了一盒。

那朋友说得好："从那天，我就再也不去了，你想想！发霉那一大盒，他们怎么处理？处理完是不是又拿出来卖了？还有，燕窝为什么会发霉？燕子做在梁上都不发霉，为什么我才放在外面几天就霉了？想必他们像黑心商人卖干贝，喷水，把‘干货’变成了‘湿货’。”

虫草为什么带夹心

比燕窝贵的冬虫夏草更不用说了。重利之下能没弊端吗？

早年卖米的商人，会把石灰掺进米缸，搅一搅，半斤石灰就变成半斤白米。卖冬虫夏草的掺什么？会不会往里面“插铅线”，一斤铅丝就成了一斤贵比黄金的虫草？如果你不内行，不能分辨真虫草，又没时间好好把铅条铅粉清干净，只怕您非但延不了年，益不了寿，还得早早去天上报到！

请你挖坑埋你自己

常听股市的人谈到“坑杀散户”。

“坑杀”这个词用得真是太妙了！坑杀的方法有几种，最普通的是先杀了，再挖个坑埋掉。

狠一点的是先叫战俘去挖，再把他们活埋，省了挖坑的力气。

更狠的是连“埋”都不自己动手，而叫第一批战俘挖坑，再叫第二批战俘把第一批活埋。又命令第二批去挖坑，叫第三批战俘去活埋第二批。于是除了最后一批要“主子”亲手处理，前面就算埋几百批，也犯不着主子费力。

或许你要问，战俘就不反抗了吗？

据说还有一招，是每次挖完坑，都从里面叫上两个人，暂时不杀，让挖坑的人心存“一线活的希望”，不反抗。

手里没股票，心中有股价

股市坑杀跟战场一样。那些大户、主力、作手、分析师和神准的老师先挖个小坑，请散户自己跳进去继续挖，而且心存侥幸：就算大家都死，自己也会活。

如果你从来不碰股票，可能觉得与你无关，但是请千万记住：“手里可以没股票，心中不能没股价！”每个人都要懂得股市里的龙腾虎跃、翻云覆雨，在搞些什么。这样你才能了解“市况”，看清“黑心”，也才能在紧要关头全身而退，或在亲人往坑里跳的时候及时阻止。

圈、养、套、杀——股林绝技

用最简单的方法解说吧——

今天某人手上有些银子，想翻几番！

于是他先挑个小的上市或上柜公司，因为那是小池塘，稍稍灌点水，水位就会明显升高了。

然后他请小池塘的主人把手上的股票抓紧，别在他才出手炒作的时候就卖。因为这样非但卖不了高价，还会把他累死。

接着他下手大买，小公司的死水立刻见涨。

同一时间，他找相好的分析师、名嘴、神准老师，甚至财经记者发消息：

“某小公司要发了，据说按照新的城市规划，单单厂房那块地就值天价！”

“某小公司勤苦研发，终于有了突破，听说海外大厂都来接洽，某大公司要投资入股了。”

“某小公司咸鱼翻身，突然获得海外大单。”

请注意！放消息的人并不违法，他们只说“据说、听说”。

愈是小道消息就愈神秘，也传得愈快。于是散户们争相走告：快下手！（这不就等于非但跳下去，还帮忙挖坑吗？）

看散户开始大买，他先不动，等着涨，好比赌博老千先让肥羊尝点甜头；也好比钓鱼的人先在水面撒鱼食，让鱼儿们“奔走相告”，引来更多的鱼。

然后，他开始偷偷出货。你买得愈凶，他卖得愈多，但会把握进度，稍稍比你买的少卖一些，使股票能够继续热，股价能够继续涨。这也像钓鱼，明明上钩了，却拉一下放一下，“拉”是为了钩深一点，“放”是让鱼想：其实没有上钩，瞧！不是又自由了吗？

如此反复操作，加上名嘴、名记、名师敲边鼓。情势大好！股价狂飙！

也就在大家疯狂抢进的时候，他突然开始倒货。好比看鱼群都聚到眼前时，火速收网。只见天天跌停，十块涨到一百块的股票又跌回十块，搞不好，继续跌！

他多会坑杀啊！还留了几个活口，振振有词地说：瞧！老王老张老李都是散户，他们及时出场，不是赚到了吗？不是我坑杀你们，只怪你们不早走，怪你们贪哪！

散户也有活口

小池塘原先那塘死水，经过一阵折腾，跳进来的大鱼全被抓了，又恢复了往日的平静。

他，或者他们那一票人满载而归！

还有那些懂得跟主力下注，观风望色，及时退场的散户也赚到了。

由此可知，这种“局”不是不能跟，这种“坑”不是不能跳，但要懂得在他们还没往坑里倒土活埋你的时候，早早往外爬。

我有位朋友不是投资专家，但他买基金往往赚到，就因为他懂得什么时候“逃”。

每次他接到基金公司的业务员来电，说“头头”出去开会，回来讲最近经济情况不好，上面要利多，安定基金也将入场拉抬，可以买了，他立刻买。

但是业务员往往只会叫他买，不会叫他卖。他之所以能赚到，是因为他不贪，就算每天大涨，只要到了他的“停利点”，就卖。

至于那些不卖的投资户，常赔。

十年磨一剑，坑杀一大群

问题是，夜路走多了总有踩到坑的时候，我这朋友也赔了一大票。

那是因为才听业务员通知可以大买，他就狠狠下单，可是才涨一天就跌，而且大跌，让他措手不及。

连那基金经理人都跌不见了。

我不解地问：“因为不好意思待下去，自己请辞了吗？”

我朋友一笑：“可能。也可能他就是主力作手，眼看他的基金规模够大、筹码够多，就偷偷安排人买小公司的股票，等股价炒到最高点，再大卖。不怕没买主，他经手的基金就是买主，跟着他的投资人，则是替罪羊。

“至于他，可能早带着‘十年磨成的一剑’和三辈子用不完的获利，退隐江湖去也。”

报喜不报忧，只等你上钩！

我朋友痛定思痛，他的建议很简单——

不要懒，既然买基金，就要随时了解那笔基金的投资组合。当他叫你猛买的时候，先看看组合里有没有莫名其妙的小公司，而且是否占了很大的比例。

选购基金的时候，不要尽信这基金以前的好表现。因为风水轮流转，大红也会褪色，搞不好从你买入开始，河东就成了河西。

也别被购买的手续费优惠骗着，要知道天下没有免费的午餐。他少要手续费，一个是风险大，一个是市况差，一个是新募集，还可能有一堆隐藏的“保管费”，年年扣你钱，偷偷吸你血！

更别只听理财人员说保本、零风险之类的话，而要好好看说明书。理财人员为了赚你的手续费和他们的绩效奖金，会把好处放得最大，又把风险缩得极小。

对了，还有一点，就是别被理财专员、银行职员、投资顾问、基金经理人和名嘴、名记、名师的激情演出迷惑了。

君不见，几次金融风暴过后，华尔街的“小猫”虽然阵亡，那些“大猫”却变得更肥了！

有道是：

“散户横尸遍野日，肥猫跷脚庆功时。”

忌无原则

任何时候都

要有规矩

没有法哪有公平

作家出书，常要办签售活动，而我，大概是签售时规定最多的作家，我甚至会在自己的网站上列出签售的办法。

譬如要求大家排一行，由舞台的一侧上，另一侧下。

更重要的是，我会在签售之前，请主办单位依人数决定每个人签几本，而且严格规定只签名，不签其他文字。

这样做其实是为大家好。

因为大家排好队，一侧上、一侧下的时候，不至于造成一堆人挤在桌子前面，争先恐后地伸手递书，耗掉许多时间。

至于严格规定只签名，而且说签一本就是一本，说签两本就是两本，是为了公平。

民主的第一要义，就是公平！

为了坚持公平的原则，当有人非要我写什么“生日快乐”或亲朋好友的名字，或者非要多塞几本的时候，我会坚决不从，甚至有意停下几分钟。但即使损失几分钟，都比我没有原则来得强，到头来也少争执。

我这么做，是有缘由的。请听我说几件往事：

我以前教国画，在为学生改作业时，可能会根据需要，为学生添几片叶，或加一朵花。

常常跟着就有别的学生，也要求我为他加一朵花。

假使我为前两个学生都各添了一朵花，却为第三个学生画了两朵，麻烦了！前面两个还会回头抗议，说老师偏心，为什么就“他”多了一朵。

他们只看表面，却不想想画面需不需要。

讨价还价没了价

别认为只有中国学生如此，我在美国大学教书的时候也一样。

有一阵子，当我问特别难的问题，为了鼓励学生，会加一句："谁会？答对了会加分。"

才几次下来，后来只要我问学生，学生就先喊："会不会加分？"

天哪！我火了，心想：学问重要还是分数重要？只因为我的做法错误，学生居然把学习的价值搞混了。从此，我再也不提额外加分。要加，也偷偷为表现好的学生加。

大小姐变乖徒弟

对自己孩子也一样。

女儿小时候，每个周末我都会为她上中文课。但是常常礼拜六要上课的时候，她说："能不能明天再上？"

等到了"明天"，我下午要上，她又问："能不能改晚上？"

晚上要上课，她说功课没做完，能不能不上。连我太太都来说情："她这个礼拜功课太多了，下个星期补吧！"

一次，两次，三次，一拖再拖，等于停课。我发现不行了，改为严格规定，星期天下午两点钟，准时在我书房碰面。

起先女儿还会嘟囔，但我坚持一个月下来，到了时间，连我忙忘了，她都会自己坐在书房等着。

所以我们家有个很特殊的画面，星期天下午两点，书房里没有父女，只有师生，而且是严厉的老师和乖乖的学生。在书房里，她被骂了，会偷偷转过身擦眼泪，接着再好端端地转回来上课。

但是一下课，她就恢复了大小姐的身份，可以对我撒娇和发小姐脾气。

那"威"，使我的恩对比得更有恩。那"恩"，使我的威显得更有原则。而且，师严然后道尊，道尊然后民知敬学。

原则没有例外

有一天我到美国朋友家做客，很得意地提到这件事。

美国朋友一笑，要我进厨房看。

水池和桌上堆满了刚用过的脏碗盘。

“要我帮忙吗？”我问他。

“不！”美国朋友一笑，“是留给我儿子的，我们家说好了由他洗碗盘。在不在家吃饭，都由他洗。今天他没回来，所以留着。”

我笑说：“要不要今天破例，太晚了，我们帮他。”

美国朋友瞪我一眼：“情是情，理是理，你不是才说你很有原则吗？既然有原则，就不能讨价还价。讨一次，就有第二次、第三次，到头来没了原则。”

没有特权，才有民主

请不要觉得我扯了一堆小事。

要知道，由小看大。孔子早说了：“不患寡而患不均，不患贫而患不安。”

今天有多少孩子跟父母讨价还价，既要美式的自由，又要中式的宠爱，却没有美国孩子的自动，又失去了中国传统的孝道。

然后，这批孩子进入社会后，可能既要美式的公司福利，又要中式的铁饭碗，却没有美国员工的自修和中国传统的忠诚。由小讨价还价的结果，造成他们长大了失去原则，甚至该讲情的时候讲理，该讲理的时候说情。

回头想想那签售的场面——

如果一群人这个要签“一帆风顺”，那个要签“生日快乐”，前面已经走掉的人再回头喊：“为什么我的只签了名？”

到头来是什么结果？

是一团乱，是时间拖太久，造成后面很多人签不到；是你比我、我比你，多半的人不满意；是上面特权当道，下面一群人受委屈。

所以我要严格规定排队，而且规定本数，多一本也不签。

那是法，有法才有效率和公平，有效率才能使更多人受惠，有公平才能安定人心。

不要当个猪八戒

说两个故事给你听。

一

一位母亲开车送她女儿上学，左转时对面有个骑自行车的妇人，看到有车紧急刹车闪避，不稳，倒在了地上。

这开车的母亲没理，继续往学校开。但是女儿说话了："妈妈！你应该下车去看看她有没有受伤，你刚才没打方向灯，把她吓到了。"做妈妈的没好气地说："又不是我把她撞倒，我为什么要停车？"学校到了，没想到那骑自行车的妇人居然气呼呼地跟来，劈头就骂开车的妈妈害她摔倒，两人正争执。已经冲进校门的女儿突然跑回来，指着那妇人吼道："我妈妈又没错，你凭什么骂我妈妈？"

二

有个美国人专程到中国学习庭园设计，朋友给他介绍了一位中国学者。美国人打电话去向学者请教，学者先客气了一番，接着说："你何必来中国学造园呢？西方的造园比中国强多了，凡尔赛宫的花园会比热河的避暑山庄差吗？"才讲到这儿，美国人问："你不是中国人吗？"接着说声谢谢，把电话挂了。

忌做猪八戒

我说这两个故事，要谈的是"立场"。

心理学有句话说得好："每个人都可以很客观，但是每个人的客观都有限度。"像前面那中学女生，她可以很客观地批评妈妈该下车道歉。但是当骑自行车的妇人真跑来责骂她妈妈的时候，她立刻一百八十度大转变，护着自己的母亲。

第二个例子，如果让那位中国学者继续说下去，他很可能讲得出一番道理。搞不好，学者跟中国的同行早有辩论，谈中国造园的优缺点。

但是，他可以跟中国人争，自己批评自己，却不能在那美国人向他请教时，先把立场站错。

为什么？因为证明了中国不输给世界，证明了华人棒！

爸爸杀人怎么办？

这种矛盾，在《孟子·尽心篇》也有——

孟子的学生桃应问老师："舜当天子，皋陶做狱官，如果舜的爸爸杀了人，怎么办？"孟子说："让皋陶把他爸爸抓起来就是了。"桃应又问："舜不阻止吗？"孟子说："皋陶依法抓人，舜怎么能阻止？他只能放弃天下，背着他老爸偷偷逃走……"

请问孟子矛盾不矛盾？但是说实话，孟子讲得好。一边是国法，不能违，一边是亲情，也不能违。儿子只好背着犯罪的老爸逃走。

虽然那是封建时代的观念，但即使到今天，"亲亲相隐"，也就是为自己亲人隐瞒，甚至做伪证，在许多国家仍然不算犯罪。

"亲亲相隐"，是站在自己亲人的立场说话，就是"胳膊肘朝里弯"。

忌胳膊肘朝外弯

问题是，很多人不懂"胳膊肘朝里弯"，尤其年轻人，常常只知道"把着门槛狠"，对外人没脾气，却对自己人蛮横，而且愈是叛逆期的孩子，愈有这毛病。

为什么？

因为到了叛逆期，他要表现自己的主见，不再处处听爸爸妈妈的，所以常常跟父母唱反调，甚至帮着外人批评自己人。

表面看，父母有错当然可以批评。只是，当一个为人子女的失去立场，公开站在外人的位置，虽然可能暂时得到“大义灭亲”的赞美，到头来却可能两面不是人。因为父母永远是父母，子女是父母生的，这是无法改变的事实，所以当父母坠下悬崖，做子女的很可能发觉自己也被扯了下去，即使身体不下去，心情也会下去。

忌做没格的主管

各位年轻朋友，你可以不同意我的论点，但你不能否认每个人都该有立场，卖瓜的还知道说瓜甜呢！当你在单位任职，能一味在外面说自己单位不好吗？你可以关起门来要大家检讨，岂能到外面说三道四？前者是你爱护单位、有担当、有勇气，后者是你失去立场、失了格、不成熟！

同样的道理，如果你是主管，你可以关起门来骂属下，但是当别人骂你属下的时候，你就应该站在自己人这边。有责任，当然要你扛！只有最不上路和失去立场的主管会推脱：“都怪我下面的人乱搞。”

家有家的立场，村有村的立场，族有族的立场，地方有地方的立场，国家有国家的立场。两家比赛，你站在你家这边；两村比赛，你站在你村那边；两族竞技，你为自己的族群加油；两国比赛，你把家的、村的、族的“小立场”都抛下，为国家代表队加油！

无论小立场、大立场，永远搞清楚，别站错了地方！

猪头肉事件

少年时，我住在台北市的金山南路，街的一侧盖满违章建筑，违建的前面摆满小吃摊。

我常光顾小吃摊，而且对用餐时见到的一幕，留下深刻的印象，一记记了将近五十年。

那一幕是这样的：

有个显然跟小吃摊老板相识的中年妇人，掏出十块钱给老板，说要切五块钱的猪头肉带回家。

老板没把钱收下就开始切肉，一刀一刀又一刀，显然切得超过了五块钱的量。

妇人提醒老板："我只要五块钱哟！别切太多了。"

"不多！不多！"老板把切好的肉包上，居然连十块钱一起交给妇人，"送您的！"

妇人急了，笑道："这怎么成？钱一定要收！"

老板立刻把钱放进口袋，说："谢谢！"

"找五块。"妇人伸手。

老板笑笑："哦！那就是十块钱的。"

妇人怔了一下，露出很奇怪的表情，一扭身，离开了。

看着妇人远去的背影，就听见小吃摊老板低声骂："你好意思买五块钱，我还不好意思切呢！"

我好奇地对老板说："问题是，我看你虽然切了超过五块钱，但是也不够十块钱的量耶！"

那老板居然耸耸肩，理直气壮地说："我怎能多切？搞不好她真把钱收回去，我不是赔了吗？"

这一幕常浮现我的眼前，因为我发现后来好多经历，都像当年的"猪头肉事件"。

水电工事件

举个例子，我浴室的水管漏水，找个开水电行的亲戚来修，心想他一定来得特快，没想到他非但不快，还一拖再拖。

过了三天，我忍不住了，打电话对他说："你再不来，我可找别人了。"他才匆匆忙忙地赶到，一个劲儿地赔不是，三下两下修好了，说自己人不要钱。

我说："亲兄弟，明算账，怎能不收？"非要他告诉我多少钱，他嗫嚅了半天，说出价钱，把钱收下，很不好意思的样子离开了。

问题是，隔天他修的地方又漏水。我火了，找附近的水电工，水电工把瓷砖拆下好几块，好奇地问我："上次谁修的？根本没好好搞嘛！"经过一番折腾，还和了水泥，把瓷砖补回去，要的价钱居然比我亲戚还便宜。

出租车事件

还有一回，我要出国，想到有位小学同学开出租车，机场的距离远，不如让老同学赚，就打电话给他，约定时间出发。

问题是，时间过了，他还没到。打手机给他，说正在路上，又等了二十多分钟，才见他疾驶而至，又一路狂飙，差点误了班机。

原来他在来接我的路上，看见别人拦车，问问距离，觉得还可以，就先去载了别人。

问题是，我跟他约好，会付他全额的车资（说实话，我总加倍）。他怎能半路去接别人的生意呢？

房客发烧事件

看到这儿，相信很多读者都会有同感。

找亲戚、找熟人，甚至找自己孩子办事，常常比找外人还难。花的精力和金钱，也常比找外人多。

我有个邻居的太太说得妙：

“我老公对房客比对我还好。有一阵子流行感冒，我发烧，老公一点也不急。可是租我家地下室的房客发烧，我老公却急着开车送人家去医院。我跟老公抱怨，老公居然说他要是不照顾房客，改天人家不租我们房子了。我病了！没关系，反正我是他老婆，跑不掉！”

亲人不如生人

反正自己人跑不掉！答应别人的事，要一诺千金，答应自己人的事，千金也不必换一诺。

真正的问题是这里面还有个“作怪”的心理，就像那“猪头肉事件”，亲人或至交之间，因为牵扯不清、礼让不完，帮忙的一边会想，“你是自己人，我不好收钱，搞不好是纯帮忙”；受帮助的一边又想，“我把你看作自己人，明明知道你不比别人强，还找你，你居然还不好好做”；要不然想，“你是自己人，应该服务特别好，怎知到头来，你既慢又差，还比外人贵”。

至于先客气，后来还是收了钱的，又可能后悔：“真糟糕！早知道你会付钱，而且给得不少，我当初应该快点到，而且做好一点。”

请问，在这既顾念情谊，又彼此猜忌的情况下，亲戚朋友的关系就能更好吗？

这还只是私人间的小事，要知道，中国人因为“公私不分”造成的损失可大了。它甚至影响整个社会的发展，造成一大堆弊端。

因为敬业，所以无情

最近看到中央电视台做的“中国海外维权第一人”的专访。

令我印象最深刻的，除了浙江企业家陈伍胜在美国以六年时间，通过法律途径打败“美国国际贸易委员会”（ITC）的成就，还有一件事，就是中美文化差异。

为了打这场官司，陈伍胜特别聘请了美国的著名律师。第一次见面，他照中国式的礼貌，请两位律师在芝加哥的一家潮州餐馆吃饭，一边介绍中国美食，一边讨论案情。

那顿饭花了不到两百块美金，可是才隔三天，陈伍胜却接到律师寄来的两千六百美元法律咨询账单。

多么不通人情啊！怪不得陈伍胜在访谈节目一开始，就提到这件令他讶异的事。

敬业所以不能说

我刚到美国的时候也有过同样的“讶异”。

某日，我请一位熟识的美国医生吃饭，席间难免提到一些健康方面的问题。

只要碰上这类的题目，医生似乎就有点回避，连我母亲谈到常打嗝的困扰，他都说改天到诊所谈。

我有点不高兴，心想这医生未免太不够朋友，也太贪钱了。但我还是忍下来，带老母去他诊所。

他显然看出我的不悦，给我母亲看完病，把我拉到一边说：“你知道我那天为什么不敢多说吗？因为我是医生，当你问我医疗的问题，我就得尊重自己的职业。我没带病历和听诊设备，怎么能随便回答呢？如果你们说出病情，我不能及时记录，会不会造成遗漏？所以我这样慎重，是尊重自己的专业，也是尊重病人。”

当时我似懂非懂，因为我在台湾从事新闻工作的时候，一批记者常跟医生一边闲聊，一边请教病情，甚至在餐桌上要医生看病、开药。

别怕磨洋工

过了不久，又碰上一件事：

一对老教授要搬回中国，我问他们要不要我帮忙打包。

他们笑说搬家公司的人会做。

我说，最起码你们柜子里的那些小摆饰，得自己一样样收拾吧！

他们猛笑、猛摇手：“不必不必，我们完全不必动手。搬家公司的人会带箱子和泡棉来，一样一样包。如果我们也动手，东西弄坏了，责任会分不清。”

我问搬家公司怎么计费。

老教授说：“照时间啊！他们打包装箱花多少时间，就要多少钱。”

说实话，我当时暗想：你们不怕对方磨洋工吗？如果你不在旁边看着，他磨洋工一小时，也照要你一小时的工钱哪！

你动手，谁负责？

还有几件事，曾经令我十分讶异：

刚到纽约的时候，我推广“中国民歌”，制作了好几场大型演唱会。

有一天在剧场彩排，要把几张椅子从舞台这一侧搬到那一侧，我和几个学生正要搬，却由后台大喊着跑出两个剧场的员工，很不高兴地问我为什么不找他们。

我一怔，心想：我是客气，这么一点小事，不想劳烦你们！怎么还好像做错了呢？

却听见他们一边搬一边说：“你们既然租了我们的场地，这就是我们的事，我们有保险。如果你搬，你扭伤了，或者把东西弄坏了，谁负责？”

一分不少，一分不多

中西方处事的方法确实不同。许多我们认为是人情的，西方人好像并不领情，甚至手足无措。譬如华人包工来修理房子的时候，我太太中午为工人买盒饭、中间送饮料，是很当然的人情。

但是当我请洋人清洁工吃中餐，他们却婉拒，每次都坚持坐在门口一个固定的地方，匆匆忙忙吃自己带来的三明治。接着，他们好像应战似的，匆匆忙忙起身，继续工作，而且在准点的时候收拾工具，离开，多一分钟也不留！

有一天我好奇地问她们，为什么不轻松一下，尝尝中国食物。

清洁工一笑："太花时间了！因为我们是计时收费，我们浪费了时间会对不起你；拖延了下班时间，到下一个客户家迟到，会对不起别人。至于马马虎虎做，也办不到，因为会对不起我们自己。"

分工与负责

旅美三十多年，或许受了西方文化的影响。最近我应邀去郑州演讲。邀请人除了亲自接机，把我送进饭店，当行李员把行李推到房间门口的时候，负责人还抢着去提箱子。

"别急！这是行李员的事，你这是抢了他们的工作。"我阻止他，"而且你办那么大的活动，如果抬行李扭伤了，怎么办？行李员要对行李负责，你要对大会的两千多位学员负责，今天希望中国更进步，就得从分工负责开始。"

各位读者，这都是西方的现代观念，可能跟中国传统做法有些不同，你可以赞成，也可以否定。但我还是要强调：人生百忌，忌公私不分、分层不清、情理不明！

可以扔，不能送！

当你旅行的时候，对旅馆里免费赠送的肥皂、洗发精、护发素、牙刷、牙膏和拖鞋这“六小件”，如果只用了一点点，走的那一天不带可惜，带又沉，常会很矛盾，对不对?

尤其住高级酒店，那些瓶瓶罐罐漂亮极了，搞不好还是国外名牌，而你才洗一次头，可能五分之一都没用到;连肥皂上面凹凸的图案都还像新的一样，扔掉多可惜?

更严重的是，那些塑料瓶和里面装的洗洁剂，如果当垃圾抛弃，会对环境造成污染。这时候你八成想，大概旅馆会回收，或让清洁人员带回家，对不对?

我就这么想过，还问过清理房间的人。

你猜他们怎么回答?

他们说，如果想被开除，就带！被查到半瓶就滚蛋！所以有时候明明整瓶整块，看上去客人根本没用，也扔进垃圾袋！

好酒倒进马桶

再说个好笑的事。

有一回我搭飞机，降落前赶去上厕所，里面正有位空姐，看到我，立刻笑眯眯地退出来。妙的是，她手上拿了好几瓶酒。

“天哪！你们把酒藏在厕所里？”我笑问。

“不是不是！”空姐解释，“这酒没喝完，我正要倒进马桶。”

“为什么不留给下一班，要不然你们带回去喝，倒掉多可惜啊！”我问。

她居然跟那旅馆清洁工讲的一样："如果我们想被记过、被开除，就这么做。"

当心里有了鬼

我后来问旅馆和航空公司的高级主管，为什么不把剩下的东西当作员工福利，让大家带回家使用。

主管答得很简单：为了防弊。第一，你让哪些人拿回家，为什么，怎么分配，会有问题。如果剩下的他能带回家，还有个弊端，譬如有三瓶酒由乘客选，其中一瓶特好，"他"会不会想办法要乘客少点那瓶，多点别的？如果他可以把咖啡包带回家，会不会在房间里少放一些，好把多的带走？

更重要的是为了管理，为了公私分明！

连一张纸都不能马虎

公私分明常常也是情理分明，当情理不清的时候，会造成许多问题。

我有位开出版社的朋友，每次我去，他都从书架上拿书送我，笑说"秀才人情几本书"，他库房里堆了十几万卖不掉的，要我别客气，尽量拿！

问题是，他每送一本书，都会先交给秘书登记。

跟库存比起来，那一本真是九牛一毛，他为什么还登记？

朋友说得好："如果做老板的把公司的东西不当东西，随意出手，下面的员工会不会也这样做呢？这跟年终盘点是一样的，既然都是自家的东西，卖几本、拿几本，何必盘点？盘点是为精确，为制度，为减少弊端。公私分明，连一张纸都不能马虎。"

有借一定要还

同样的道理，如果你有位职员，家里缺把椅子，对你说公司有好几把，没人用，能不能借他一把拿回家。

你同意了。他是不是该打个借条？那是公物啊！他借走拿回家，当然应该留下记录。

然后，有一天那员工离职，就算椅子旧得不成样子，是不是也得还回公司？

我有位朋友就这样，在他一个员工离职的时候，计较一把椅子，最后折价，从离职金里扣除。

我笑他太不近人情，他很严厉地回我：

“我还有别的员工哪！我今天公私不分，以后怎么带人？”

理得是为了心安

岂止带公司员工要公私分明，连对管家、用人都要分得清楚。有一天，邻居管家因为主人不在，临时缺两样东西，正巧我太太要去超市，就搭顺道车去了。

据说结账的时候，那管家把买的东西分成两堆，分开算账。一堆是主人家要用的，一堆是她自己要吃的水果和点心。

那管家强调：“我家主人没要求，是我自己要这么做，因为这样我吃得安心，有时候他们看我的东西好吃，还跟我要呢！”

我太太问：“你也收钱？”

“不收，那是情！他们吃的东西，有我一份，我也不另外付钱啊！但是如果我不分清自己的东西，会惹东家猜疑，用得也不安心。”

爽！不能失去分寸

我想起三十多年前，刚受聘为美术馆驻馆艺术家的时候，有一天我作画，馆里的清洁工在旁边清理，看到我盛水的一个小东西，就拿着欣赏，还赞美了两句。

“你喜欢吗？”我说，“喜欢就拿去，送你了。”

清洁工手上捧着小瓶子，露出惊讶的表情：“真的吗？真的吗？”但是接着就把瓶子放回原处说：“你可别这样！不然你的东西我以后都不敢看、不敢动了。”

清洁工才走，美术馆馆长的太太就过来了，说她看到了刚才的一幕，然后很严肃地讲：“千万不能她喜欢什么就送她。那是你的，不是她的。如果你常这样做，工人会认为你的都能成为她的，这种心思很不好，对你不好，对馆里不好，对她更不好。”

人生百忌——忌公私不分。当公私不能分清楚，情理也常会模糊。这模糊足以产生弊端、影响进步。

大牌为什么在后台吵架

我曾经看过两位大牌歌星，演出才结束，就在后台大吵。

原因是在谢幕时，主办单位提到在海外推广中华文化，其中一位歌星立刻说她要捐出当天的演出酬劳，另一位也立刻跟进。

只见两位大牌在如雷的掌声中，笑容满面地对着台下挥手道别，接着转身……才转身，其中一位已经面罩寒霜，刚进后台就开骂了：

“你要捐，为什么不先说一声？”

“我是临时决定响应推广中华文化，哪有时间先跟你说？”另一人答，“而且我捐，你可以不捐啊！谁让你也捐？”

“你捐了，我能不捐吗？我能不捐吗？”前一位吼了两遍，“可是这坏了规矩，你懂吗？”

只管自我感觉良好

乍听这故事，你八成觉得那“勉强捐款”的人，格调不够，对不对？

先让我们看看《吕氏春秋》里说的故事吧！

春秋时代鲁国有个爱护子民的法律，就是谁把流落在外，当妾为奴的鲁国人赎回来，可以向“公家”报账或请赏。

子贡就去赎回了鲁国人，但是他表现清高，拒绝了赏金。

按说子贡的义举应该获得赞赏，可是孔子知道了，却对子贡说：“你错了啊！圣人做事应该能改变人们的风俗习惯，而不是只求自我感觉良好。而今鲁国富有的人少而贫穷的人多，你收受赏金不会对你的身价有损。而今你不收奖金，只怕以后没人愿意去为同胞赎身了！”

相对地，子路有一次救起一个溺水的人，人家送了头牛作为报答，子路接受了。孔子则高兴地讲:“以后鲁国人一定会勇于救溺水者了。”

孔子是个非常“合理化”的人。正因如此，当人问孔子“以德报怨”如何的时候，孔子没有大加赞赏，反而问:“何以报德？”当人家对你不好，你对他反而好，那些对你好的人，你又要怎样报答？如果你处世没有原则，是不是反而不公平？

什么是坏了规矩

好！现在回头想想那两位大牌歌星的事。首先，就算其中一位临时决定要捐出演出酬劳，是不是也该考虑另一位的感觉？你一个人表现大方、得到掌声的时候，难道要让另一位被冷落吗？

那是二人同台演出的团队耶！如同两人一起去作战，你能只顾自己吗？

其次，让我们想想其中反对者说的“坏了规矩”。这跟鲁国赎人的法律不是相似吗？你今天“耍帅”，一口气把报酬全捐了，除了逼得另一位跟进，未来别人演出该怎么办？即使不主动捐，如果有人问“上次 ×× 一分都没拿，全捐了，您要怎么做？”被问的人该怎么答？

最后是不是反而会使有些大牌不愿意来了？

如果人人都出家

这不是喊口号的时候，请各位千万做深一层想。

行有行规！该拿多少报酬就得拿多少，值什么价码就得要多少。只有这样艺人才能用报酬改进他的生活、他的行头、他的装备，用那些钱来支付自己的团队，精益求精，更上一层楼。

相反，如果坏了规矩，大家都自命清高不拿钱，到头来不是全饿死了吗？这跟劝人出家的道理一样，看破红尘的境界高，不错！茹素，有利环保，也不错！不婚不娶，没有家累，安心礼佛、帮助众生，更不错！

只是如果人人如此，不过百年，只怕世界上已经没有人可劝了。

太特别反而不公平

或许你要说你既非演艺人员，也不打算遁入空门，此事与你无关。

那么你错了！这当中的道理，在日常生活中处处可见。举几个例子：

你住的大楼有管理中心，门口有门房，还有许多维护人员。过年了，你们这些住户要发年终奖金，住户们早早开会决定了一个数字，由每户的管理费里直接扣。

请问，你还能私下塞红包吗？

你当然可以，那是你的钱、你的自由，你要赏，当然没问题。

可是如果你给，别人给不给？那收受红包的人，是不是以后要对你特别一点？“特别”合不合规矩？你特别，别人就不特别了，是否会不公平？

教别人往哪里站

或许你没住这样的社区，那么想想参加宴会吧！

圣诞节，有朋友请客，你去了，看到那家的小孩，心想就快过新年了，于是当众包个红包塞给小孩。

你有没有想到四周还有其他宾客，如果你当着大家的面这么做，别人要怎么想？是不是马上就有人不安地说：“哎呀！我都没想到，可不是快过年了吗？下次补！下次补！”

适得其反的大方

再举个例子，宴会完了，出酒店大门，“代客停车”的把车开来，你朋友掏出五十块钱，正要赏停车小弟，你一把拦下来：“我来！我来！”接着递过去一张百元票子。

你做得对吗？

你朋友手里拿着五十，你拦下来，改为一百，你是什么意思？

而且只怕后面有一堆人，个个手里握着五十，人家又会有什么感觉？

由一赢到三赢

还有，如果你参加访问团出国，觉得接待单位真不错，离开那天，大家依依不舍地拥抱，你突然掏出个礼物，当着众人的面送过去。

你对吗?

抑或你可以事先跟团员们商议，一起凑钱买礼物，如果一时不好买，你有个东西还不错，就说是大家送的行不行，这样做会不会好得多?

更进一步，如果你是基层人员，就算有这想法，是不是也应该私下跟你的中级主管谈，他觉得有理，再由他去跟“团长”反映?

结果多好哇!

老大一听，对啊！我怎没想到？对中级主管大加赞赏。中级主管得了好处，能不对你刮目相看吗?

你没有居功、没有越权、没有爱表现，这才是处世的艺术啊!

人生百忌，忌爱表现!

躺平了就躺平了

不要躺着想事情！

听我这么说，你可能吓一跳，说你就爱躺着想事情，躺下来，让身体放松，安安静静思考，有什么不对？

那么我问你，你是不是可能想着想着就睡着了？

因为想，所以失眠

如果是，请问，你能想到睡着，是够清醒的吗？如果你说不是，说你一想事就睡不着，我又要问，因为想事情，造成你失眠，值得吗？睡觉就是睡觉，你何不安心睡好觉，等睡醒精神好的时候再想？（何况你失眠，到最后八成还是睡着了。）

迷糊时别思考

假使你再问，睡醒的时候，是不是能先不起来，躺在床上想事情，我也要说，不行！你怎知你已经完全清醒了？如果你还带点迷糊，想事情想得准确吗？

说到准确，你可以做个试验，比较一下刚睡醒的时候打开计算机，和你白天工作时打开计算机，感觉上哪个上网的速度快？说不定你自己早发现，白天工作的时候，觉得计算机很慢，可是早上坐在床上开计算机，却好像快得多。

迟钝时怎么战斗？

为什么？

因为你早上的反应慢，你慢，计算机没慢，感觉上计算机就快了。

你在迟钝的精神状况下想，如果想的又是要做决定的大事，安全吗？如果你的对手像计算机，他在完全清醒的状况下跟你决斗，他明明没进步，你却觉得他一下子变快了，你能不输吗？

躺着容易忧郁

还有，你八成赖过床，甚至因为起不来，而想逃课逃班对不对？你在学生时代，早上刚醒的时候，是不是好痛苦？痛苦的不只是想睡，而是想到当天要面对考试，或者考试的结果。

但是当你硬撑起来，或者被老爸老妈拖起来之后，是不是才走出门，就觉得当天要面对的没什么大不了了？

为什么前后才几分钟，能有这么大的差异？

因为脑袋会受到身体机能的影响。你身体强、身体弱，都会影响到你的思想。所以人一病，冲力就弱了；病得重，就万念俱灰了；有忧郁症的人，睡觉的时候就更沮丧了。

躺着睡，站着想

总归一句话，你既然要做的事，需要站着或坐着完成，就别躺着想。躺下的脑袋，没有资格为要站着做的事情做主。老是赖床做梦的人，很难在真实世界有大的成就。

小心牙齿被敲光

我有个学生，最近跟我吃一顿饭，居然借故躲出去抽了两回烟，我问他："以前在学校里不是禁烟吗？怎么才出校门就抽得这么凶？"

"没办法啊！"那学生说，"起初我确实拒绝。但是因为总去派对，里面吵得要死，说话根本听不见，朋友突然掏出烟，先自己点上再递给每个人，大家都接了，我好不接吗？而且，说话听不见，气氛很僵，抽烟变成唯一的沟通，呆坐着也是呆坐着，我只好应景试试，试一次两次三次，就上瘾了。"

小心被押上车

他的话让我想起自己二十多岁的时候，我从来不喝酒，甚至因为一向拒绝，碰到有人敬酒，旁边的熟人都会主动代我婉拒："他不能喝酒。"

可是有一回，我破功了。

因为敬酒的那人，没等别人说话，对着我先一仰头干了，却还把杯子留在唇上，仰着脸，双眼闪亮闪亮地盯着我，看我没喝，居然一低头，把含在嘴里的酒又吐回了杯子。

我没办法，只好把自己这杯喝下去。

我后来检讨，那次为什么无法拒绝？因为他表示"你不喝就是不给面子"，甚至有"你不给我面子，我也不给你面子"的意思。他是"押着我"喝下那杯酒，也是押着我打破自己的原则。

忌逞英雄

相信很多人都因为这样打破原则，甚至试了毒品。

如同前面我那学生说的，当大家都接了，他怎好不接？气氛那么僵，呆坐着也是呆坐着，终于接了。当你在个吵闹的派对、昏暗的灯光下，朋友神神秘秘地拿出几颗药丸，半句话不说，他自己先丢进喉咙一颗，跟着往你手里塞一粒。他自己先吃了，表示没毒，现在你不吃就是不信任他，就是不够哥们儿，就是胆小，甚至是瞧不起人。这时候，你好意思不接吗？

再看看他，没事！看看四周吃了的人，好像也没事，你可不能表现得像个孬种，是不是也顺势把药丸吞了？然后，你可能就出了事，或者，从此染上毒瘾。

几乎大部分染上毒瘾的人，都是在朋友怂恿的情况下尝试第一次的，当大家都“嗨”，你一个人好不“嗨”吗？当大家都先吞了药，你不吃行吗？

忌死要面子

这时候拒绝就需要技巧了。

我有个在美国娱乐圈工作多年的朋友，虽然身边一堆“药虫”，但是他从没嗑过“药”，每次都能全身而退，就因为他有技巧。

第一，他很敏锐，在派对中如果有人说：“喂！到楼顶上透口气吧！”他知道极可能是吸大麻，绝对不会跟去。

第二，他很会找借口，只要看到有人递药丸，先从自己口袋掏出一包早准备好的药，指指自己，再指指那包药，意思是我生病，正吃别的药。对方如果还坚持，他则会说他身体有毛病，吃一点就会死。

知道他吃了会死，还有人逼他吃吗？如果逼他，还称得上朋友吗？

毒品的深仇大恨

我常跟一个花莲监狱的服刑人通信，那个极有才华的年轻人，因为重伤害罪被判了重刑。其中的伤害之一，是把他的一个朋友押上山，再用铁锤敲下那人的每颗牙齿。

他为什么对朋友这么残忍？

因为他的朋友更不够朋友，居然提供毒品给他老爸。可是这年轻人后来被抓，入监的第一件事，却不是入狱服刑，而是去戒毒。

多么令人难解啊！他自己吸毒、有毒瘾，但是知道朋友也拿毒品给他爸爸的时候，恨不得一刀把对方捅死。没有深仇大恨，会狠狠把对方牙齿血淋淋地一颗颗敲下来吗？那深仇大恨恐怕也是对他自己陷入吸毒深渊的悔恨与无奈吧！

忌对毒品好奇

毒品就是这么厉害，仅仅一小口或一小颗，好像无关痛痒，在你疏于防备的时候进入，然后抓住你、控制你，让你明明一清二楚"毒品有害"，却再也难以自拔；甚至为了买毒而出卖灵魂，为了销毒赚钱而残害别人，为了表示不只有你沉沦，而拖更多朋友下水。

害了自己，又去害朋友的人，怎能称为朋友？

只要是拿毒品给你的人，就不是朋友。

所以请牢记：

你可以因为好奇，去高空弹跳，吓得尿裤子；你可以因为好奇，去吃世界上最辣的辣椒，辣得进医院；你可以因为好奇，去探海底、探地洞、探月球、探火星……

你却绝对不能因为好奇，试半点毒品！半点不行、半次不行！永不让步！

忌无退路

万事留一线，
江湖好相见

小心自己成为毒饵

朋友请我参观他新装潢的屋子，做得很不怎么样，问他的设计师，居然是我熟识的名家。我实在搞不懂，就打电话问这设计师。

才听我提到那间房子，没等我问，设计师就说了："你是不是觉得设计不好？可别怪我哟！我原先设计的他不满意，一大堆意见，这边改改、那边改改，改得不伦不类。"

我说："不对就应该说，你为什么不分析给他听呢？"

设计师在那头一笑："我能吗？他不晓得什么时候上过几天设计班，好像懂点。只是一点哟！却要装内行，还在他老婆、老丈人面前表现，说这里不对、那里要改，我如果跟他辩，不是不给他面子吗？我能说他不懂装懂，是个半吊子吗？"他说完还强调一句，"天不怕、地不怕，最怕假内行。"

钓一大串螃蟹

一位书画界的朋友带我逛古董市场，好大一栋楼，全是一间间卖古玩字画的，问题是，我们连逛了好几家，挂的全是假画。

"没一张真的。"我小声说。

"骗外行的。"朋友一笑，"看价钱就知道了嘛！真画怎能那么便宜？"

才说呢，我们走进一家店，眼睛一亮，居然有真迹了。只是，细细看，还是不真，称得上是"高仿"，看看价钱可不便宜，完全是真迹的价码。

"这你又怎么说？你不是说看价钱吗？"我对朋友挤挤眼睛。

"啧！"他拍了我一下，"骗假内行啊！那种好像能看出什么门道，却很容易掉进陷阱的，对付这种人你能标低吗？你标的价钱越高，他越认为是真的。而且假内行有个好处，就是在他的圈子里，他被认为是真内行，也以此为豪，他会带一票朋友来买，说得口沫横飞，结果好像钓螃蟹，一钓能钓起一大串。”

假装内行，真害朋友

听了他的话，我的心一震，因为我大学时代也干过这种事。不是骗人，而是被骗。

有一回我因为上火，听说椰汁退火，就到学校附近一个水果摊找椰子。摊子上摆了一堆，我不知道挑哪个。

“挑老的，越老越好。”老板帮我挑。我过去几乎没喝过纯椰子汁，那天尝到，还不坏。

隔些时日，我又去，没等老板开口，就自己说:“我知道了，挑老的，对吧？”

老板喊:“内行！内行！”他还竖竖大拇指，对我女朋友说，“你男朋友内行！”

接下来，我又去了几次，还介绍给别的同学，“教”大家:“挑老的！”

直到有一天，我挑个老椰子，切开来，发现里面已经散出霉味，再去别的水果摊问，才发现自己上当多时。而且因为我上当，带了一票朋友上当，帮那浑蛋水果摊销掉不少将坏的椰子。

你身上带毒吗

这世上不怕外行，只要找到好老师，细细钻研，外行都能成为内行。真正怕的是外行找了个坏老师，变成毒饵。好比许多杀虫药，不立刻杀死吃药的虫子，而是等着那虫子把毒性带回窝，杀死一群“亲朋好友”。

所以如果你是外行，今天想学，先要找对老师。你能到那专卖假货的画廊学吗？他能教你什么？如果你把他当成老师，而且尊师重道，搞不好还介绍你一堆朋友来跟他学、跟他买，你是不是成了那个“带毒的虫子”，带死一窝朋友？

别装半瓶醋

即使找对了老师，除非你学得够精，也千万别“半瓶子醋乱晃荡”，自以为是地四处装懂。而且你越是有身份、有学历、被别人信任，越要小心。因为人家可以不信任他自己，却不能不信任你。如果你再没个准儿，不是也害人害己吗？

内行的郎中

如果你是外行，打算找内行人带你去买东西，千万先做做功课，了解一下那位“内行”是“科班”，还是“票友”，是实事求是，还是虚浮夸大，是业界的专家，还是业内的郎中。如果你实在没把握，就多找几位专家、多拜几位老师，而且货问三家吧！

内行也有的弱点

如果你学过一点，就记住“知之为知之，不知为不知，是知也”的道理，千万别因为别人一句“相信您一定早知道”就猛点头，装知道，更别因为旁边或前面站了位美女（或美男），就一下子迷失方向。

人生百忌，忌装内行。即使你百分之百内行，但是当你喝了酒，带了美女，或口袋满满的时候，也得退一步，告诉自己：“我今天会看走眼！我今天只是个‘半内行’。”

小心被坑杀

先给你看个小小说：

王董的新厂终于落成了，剪彩那天张董除了应邀参加，还拿到一把金剪刀。

但是张董站在比较边上的位置，因为中间几位拿剪刀的都是不得了的领导，单看那些头衔，就知道王董有多吃得开。

剪完彩，张董跟着领导去参观。

嗬！可气派了。

前面大厅全是进口大理石砌成，墙上挂着一幅字，天哪！居然是……

大厅进去是会议展示间，红木会议桌足有十来米，四周展示柜里全是王董的产品。

“没什么！没什么！还在开发新东西，明年计划最少成长一倍。”王董得意地介绍，再带大家进入后面的厂房。

多整齐啊！而且，多安静啊！

主控室全是穿白色工作服的高级人员，以电脑操控下面的机器运转。

“以前二十四小时赶工，月产三千台已经不错了。换成这套系统，一万台也不成问题。”王董又重复了一遍，“明年营业额最少翻一番。”

“王董不得了，要执业界牛耳了。”一位领导竖起大拇指。

“哪里！哪里！都是大家帮忙。”王董作了揖，一眼看见张董，“像张董，就是我们最大的客户，一路买我们的产品。”

“没想到王董这么厉害。”才离开，吴总就说，“您有没有看到他墙上挂的字，是 ×× 写的呢！”

“看到了，不就是幅字吗？”

“王董那厂子也了不得啊！没想到他观念那么新，几乎全自动化了耶！他得投下多少钱哪！”

“不就是机器吗？外国人装的，是花了不少。”张董哼了一声，没再说话。

进了公司，张董觉得突然天暗了下来，也不真是天暗，是从王董那儿回到自己公司，连天花板的高度都矮了半截。

“王董卖咱们一台多少钱哪？”张董问。

“九百！”吴总说，“他对咱们很不错，过去两年都这个价，没涨过咱们的。”

“好！打个电话过去，降成八百。”

“八百？”吴总叫了起来，“您还要他减价？现在物价都涨，王董对我们已经够好了。”

“他不是发了吗？”张董一瞪眼，“靠谁发的？咱们一个月就进他六百台，他那气派的厂房，没咱们的功劳吗？废话少说，告诉他不降到八百，我们就抽单了。”

吴总低着头，怯怯地出去，心想：王董现在爬多高了，怎么得罪得起？他又暗骂张董八成是看了眼红，吃醋。

想归想，他又不敢不打电话，拨过去，王董正忙，但听说是张董这边的事，立刻接起来。

“不好意思，因为生意太难做，我们张董叫我跟你商量，能不能调一下价钱，一台卖我们八百？”

“什么？”王董在那头叫了起来，接着显然是捂着电话跟别人说话，“喂！你等等啊！”王董回头说了一句，又捂着电话，捂半天，再回来说，“喂！我考虑考虑，再回你们张董。”

吴总挂上电话，走回张董办公室，张董正接电话呢！原来王董已经打回来了。

“成！谢谢啦！下个月就八百啦！”张董满脸得意的笑容。

财大不能气粗

看懂了吗？为什么政商关系奇佳，而且一路发的王董，居然非但没有财大气粗，涨价，还乖乖地降了价？

因为“财大”不见得能“气粗”啊！财大就像“个头儿”大，力气大、消耗大，目标也大！

当他盖个日产一万台的厂房，要支撑多重的贷款哪！

而他的订单一天能有多少？照他说的以前一天二十四小时开机，可以月产三千台，他原先的出货量也就这个数目吧！

而今他一下子扩厂，很可能月产一万台，可是有这么大的订单吗？

一万台是他的理想，他摆谱、夸富、搞关系，希望生意能蒸蒸日上，三千到四千，四千到六千，六千到一万，那只是他的理想。

但是跟原先二十四小时开机比，他现在虽然有了一流设备，他还能开二十四小时吗？只怕八小时就不错了吧！

如果他不能接更多订单，多半时间就得停机。

机器不动，可银行贷款（搞不好还有民间借款）得动啊！

这时候如果张董一下把那六百台的订单抽走，王董吃得住吗？

还有，才乔迁，老客户就跑了个大的，面子怎么挂得住？而且不显得不吉利吗？

所以，看到张董乘人之危，王董火大归火大，却发不出来！不敢发、不能发！他不得不降价。

炫富的大肥羊

别以为炫富很神。炫富的结果很可能就像王董，在炫的同时，也暴露了自己的弱点。

炫富还有个坏处，是容易吃亏。

想想，你今天带一票朋友到你家的豪宅，坐你一套百万的沙发，接着带大家去吃饭，你能去差的餐馆吗？

你既然炫富，表示你有钱，当然应该你请客，请这票不如你的朋友！就算改天在外面聚会，应该轮到别人做东或分摊，只怕大家也偷偷盯着你看。

你摆谱！你装阔！这时候能不证明一下你的实力吗？

坑杀凯子①

说个笑话：

有位大款去买眼镜，要最好的，最时髦的。

店员挑出五副，说都是顶尖的，每副一万。

“才一万？我要顶尖当中的顶尖。”大款说。

店员立刻把其中的一副递到大款面前：“这副就是！一万块只是镜框价，不算镜片，算镜片要两万。”

“才两万啊！”大款说，“我朋友才买了一副，三万。”

“您别急啊！”店员一笑，“两万，是一只镜片，两只镜片加起来，正好三万。”

生意人常见风转舵，不信你躲在那些不标价的精品古玩店，八成会发现每个客人的价钱都不一样。要不然怎么说“三年不开张，开张吃三年”呢？

开张吃三年，一定得做一本万利的买卖。那花大钱的大肥羊，当然是有钱的主。

他如何知道谁是有钱的主？

看穿着、听谈吐，甚至看你提的“去上一家买东西的购物袋”。

更直接的方法，则是大肥羊自我介绍：“我是待宰的大肥羊。”

知道了这一点，就算东西不贵，你也得露出迟疑的样子，那差别可大了。

举个例子，你到“不上路”的店里买照相机。

他拿出一台，说出价钱，你做出大吃一惊的样子。

“包括镜头哟！”店员马上说。

你还不以为然。

“还有电池！”

---

① 源自闽南语，本意为傻子，现专指被女人骗了钱财又没讨到好处的男人。——编者注

你仍不为所动。

“还送您包！”

到最后，你连“保修期”都获得加倍。

相反，今天他拿出一台，说出价钱，你一副嫌便宜的样子。

“镜头另外算！还有，您要不要电池？要不要包？要不要延长保修？……”

谁让你是凯子，他不坑白不坑！

炫富还有个很大的坏处，是遭忌！

今天你当着一桌宾客，指着自己老婆手上的钻戒说：“结婚纪念，我给我老婆新买的，两百万！”

你多神哪！多疼老婆啊！一桌的客人都赞美你是好老公。

可是你知道自己也得罪了一桌人吗？那些做太太的，早看到你老婆手上闪闪发亮的戒指了，已经“吃味”，只是故意不问。现在你主动说是你买的，她们能不由羡生妒？

还有，别急！你还得罪了一堆男人。

搞不好才出门，那些老婆就对着老公开骂：“瞧瞧人家老婆手上戴的。你什么时候给我买了？你买了什么？”

这时候，那百般不是滋味的老公，只怕冷哼一句：

“他给小三买的还四百万呢！”

为自己留条退路

不知道你有没有看过由《贫民窟的百万富翁》导演执导的《127 小时》？

那是根据艾伦·罗斯顿的真实故事拍摄的——

一位登山家，独自攀爬世界上最窄的峡谷，不幸被一块落石击中，右手臂夹在巨石和岩壁之间，他用尽方法，都抽不出手臂，眼看干粮饮水用尽，孤立无援的登山家不得不用随身的小刀插入手臂。问题是，刀太小，切不断骨头。逼得他使用更残酷的方法，硬生生把骨头折断，再一刀刀将皮肉切开，终于血淋淋地脱身。

他撑着最后一口气穿过峡谷，严重缺水，使他随时会昏厥死亡，所幸发现悬崖下有一泓潭水。

问题是，悬崖那么高、那么陡，他又只剩一只手臂，怎么下去？

幸亏他带了一条登山的绳索。

如果没那条绳索

看完整部电影，令我印象最深刻的，除了一刀刀切开手臂的血淋淋画面，就是那条绳索了。登山家用它把自己固定在峡谷中间，才能一步步设法脱身。也靠着那条绳索，他才能从悬崖垂降到下面，喝到水，找到救兵，保得一命。

其实那峡谷窄到用双手双脚撑着就能上上下下，根本不需要绳索。就算需要，也犯不着带那么长一捆。

他为什么带？又为什么索不离身？即使在断臂失血的情况下，还不忘带着那捆绳索？

因为那是他的退路！

所有的登山家都备有“退路”。他们可能在背包里带一大块塑料布，里面裹着一盒火柴、一包盐巴和一个哨子。

当他坠崖迷路的时候，可以用塑料布包住身体以免失温；可以用火柴引火，以烤食取暖；可以在断粮时捕猎，用盐巴和着下咽；可以在无力喊叫时，吹哨子求救……

投资家的退路

所有的投资家，一定有退路。

他可能有积极的、平衡的、保守的、避险的退路。他不把鸡蛋放在一个篮子里，就算碰上金融危机，还能像前面那位登山家，保得一命，东山再起。

冒险家的退路

所有的冒险家，一定留退路。

高空跳伞，主伞出了问题，像一块石头般往下坠，突然伞张开了，是副伞！

太空船出了问题，警铃大作，接着爆炸，就在那团火焰中，飞出一个小东西，是逃生舱！

交通工具的退路

所有的交通工具都该有退路。

船上有多少乘客，就该有多少救生衣和救生筏。

大巴士除了有逃生窗、逃生钟，顶上还有可以开启的逃生门。

连火车、地铁里都有拉环，可以紧急停车。

公共场所的退路

所有的公共场所都该有退路。

旅馆把逃生路线标示在每个房间的门后。

电影院一片漆黑的时候，安全门的红灯依然亮着。

电扶梯的前后总有按钮，可以立刻停机。

球队的退路

所有的球队、剧团都有退路。

当主帅不行的时候，有人代打。

当场上正在投球的时候，“牛棚”里已经忙碌热身。

当 A 线主角生病的时候，B 线演员立刻接手演出。

你家的退路

人生百忌，忌没有退路！

你投资的鸡蛋在几个篮子里？如果你挺富裕，是不是该把资产像切蛋糕一样规划？不动产、股票、现金，就算一时房子卖不掉、股票不宜脱手，还能有现款应急。

你家有没有做防灾演习？如果大楼有火警，你们选哪条路逃生？你叮嘱过家人火警时不能进电梯吗？你注意过逃生梯，平常都畅通无阻吗？你是否做过假设，譬如家里的厨房失火，该怎么处置、怎么跑、往哪里跑吗？如果有强化玻璃窗挡路，你家的锤子放在哪里？如果有铁栅窗阻隔，能打开的是哪一扇？你跟全家约定过，假使发生火灾，逃出之后要在哪里集合，以免误认有人陷身火海，冲进去反而遇难吗？

你家有个重要档案，写上如果你出车祸该找哪家保险公司，如果你出问题存折在什么地方，如果你有重要收藏，它们藏在什么位置，如果你有银行保险箱，是在哪家银行吗？

你平常注意急救方法吗？如果有人突然噎住，你懂得怎么急救吗？如果需要心肺复苏，你会最基本的心肺复苏术（CPR）吗？如果有人烫伤，你知道处理的方法吗？

你的钥匙有没有备份？藏在哪里，存在哪里，使你紧急时可以拿到？你告诉了孩子的学校你家的紧急联络人，使他们在找不到你的时候，可以有另外的渠道吗？

你告诉家人，如果碰上可疑的人，能用什么方法查证吗？你们有没有约定过识别的信号？

问个残酷的问题：

如果你是一家之主，什么事只有你一个人知道，有一天，你出了意外，躺在床上开不了口，你急不急？

如果你藏了黄金在墙壁里，只你一人知道，今天你突然死了，来不及告诉你的家人，死后若有知，你能平安往生吗？

你扮过猪八戒吗?

有位韩国朋友，多年前跟我说个故事，太精彩了，让我至今难忘。

他说他隔壁住了一对卖泡菜的韩国夫妇，常常吵架。深更半夜只要听到啪的泡菜坛子破掉的声音，好戏就要开演，噼里啪啦，一下接着一下，泡菜坛子全砸了。

“你们不去劝劝吗？”我问。

“我们只听好戏，才不劝呢！劝什么？帮谁说话？帮哪边说都不好。”韩国朋友一笑，“他们的戏码全一样，第二天，天不亮，只要偷偷拉开窗帘，八成看见两口子正坐在门口。”

“还打？”我问。

“两人坐在一张板凳上，补泡菜坛子呢！”

野鸡打得满天飞，家鸡打得团团转

这类戏码我家也上演过，有一段时间，我儿子叛逆，父子俩常吵架。

起先我们一吵，我母亲就紧张，迈着她的小脚出来劝，不是说我脾气不好，就是叫孙子少顶两句。但是后来她不管了，还对外人说：“我才不管他们呢！有时候他们吵得跟仇人似的，我还在屋里操心，看到窗外有人影，他们两个已经在打球了。”

别为朋友背黑锅

最近我在电视谈话节目上，也听到一个女生说的新鲜事：

那女生的“手帕交”跟男友吵架，跑去跟她哭，一边哭一边骂男生不是人，骂不够，居然拉着她到男朋友家，看见男朋友的摩托车停在门口，二话不说就又刮又砸，把车灯、后视镜全砸烂了。

隔两天，在街上遇见那女生，坐在一辆破摩托车的后座，骑车的男生狠狠瞪她一眼。后来才知道，女生说男朋友的车是她砸的。

为什么两家疏远了

再说个事儿：我母亲有位老朋友的女儿，交了个男朋友，怎么看怎么不配，做娘的反对，还要我母亲帮着劝。因为看着那丫头从小长大，我母亲就苦口婆心地分析他们不登对的地方。

起先那女生还一个劲儿地点头，说她也觉得不配，可是渐渐她不吭气了。再过一阵，两人结婚了。

我老娘也去了婚礼，坐在上座，却好像怯怯地缩在那儿，而且从此两家就不太来往。

谁是龟儿子

人都有个毛病，就是爱传八卦、爱管闲事。因为管人家的闲事可以对比显得自己比较好、比较神。管完人家的闲事，更有扯八卦的材料，可以对外透露内幕消息。

问题是，人家还是一家人。今天他跟孩子不高兴，把孩子骂成畜生，你能跟着骂畜生吗？

孩子是“畜生”，你朋友是什么？

所以不管别人怎么骂孩子，还是血浓于水。就算那孩子真浑蛋，你也得护着，他爹他娘越骂他一文不值，你越得反着讲，说那孩子其实很棒。就算他给你看他孩子三十分的成绩单，你也得说还见过考十分的呢！

你信不信，他一边骂你胡说，一边偷偷感谢你，他小孩听到，也会感谢你。宠那孩子的爷爷奶奶知道，更讲你才是个朋友。

你说，一边是得罪一堆人，一边是讨好一堆人，甚至因为你的美言，化解了一场纷争。这种“德”，你能不积吗？

压住他的话

朋友谈恋爱，你更得严守分界。

哪对爱得死去活来的恋人，能不吵得死去活来？

当他在气头上，把“贱货”“野种”“烂人”全骂出来，甚至把另一半以前的糗事都告诉你的时候，你能跟着骂吗？

你非但不能附和，还得用你的话“压”他的话，就是尽力把他的话打断，要他别再说了。当他拿出信件、照片（搞不好还有内衣、卫生纸）给你看的时候，你要一把拦住，只当没听到、没见到。

否则改天他们两人和好了，你绝对倒霉！因为你知道他们的糗事烂事，只怕他们还会躲你忌你，甚至说你最爱挑拨是非，让大家别听你胡说八道。

你算老几啊

别人的父母或另一半的闲事，你也要少管。就算基于交情，不得不帮，也得注意分界。

举个例子，你邻居太太下班晚了，你看她老公在家挨饿，送几个包子过去。

你以为这一定讨好吗？除非你们总是互相支援，只怕她表面感谢你，心里却怪怪的。

又譬如朋友的父母不舒服，该去检查，你可以提醒朋友，但是不宜一提再提。

没错！你好心。但那是别人的爸爸妈妈，你那好心是否暗示了你看不顺眼，觉得你的朋友不孝？非但你朋友可能不悦，只怕有一天他老爸老妈都会冷冷地说一句:“我们家的事，你少管！”

猪八戒照镜子

还有个状况，非常麻烦！

就是当你发现朋友的孩子偷窃吸毒，甚至做“鸡”当“鸭”，这是多么有辱家门的事，你能不告诉朋友吗？

但你怎么说？

既然是“见不得人”，也就“不得见人”“不得人见”，你不是人吗？被你见到了，他会怎么感觉？

感谢你不吝指教？佩服你消息灵通？

抑或，他会暗骂：

你不会装不知道吗？我孩子不如你孩子，你神气吗？你跟我说，你会不会大嘴，对外人讲？

如果你讲了，会伤害到他一家，只怕他会希望你不存在。因为那是他家的事，你多么亲，都不是他的家人，都不如“他们”亲。

所以碰上这类事，如果你非说不可，只能暗示，就算你有证据，也千万别拿出来。

然后，当有一天，他主动跟你说他去调查了，根本没事。你明知他骗你，也得附和地说：“是啊！我也认为不可能嘛！”

除非你是猪八戒，千万别说：“我亲眼见到，百分之百确定！”

否则你就真成了猪八戒照镜子，里外不是人！

每个人都死定了

别以为中国人爱做媒，其实美国人不遑多让，就算没搞相亲大会，或者由媒婆拉着双方，正经八百地见面，私下也总在打听、总在撮合。

我刚到美国的时候，在弗吉尼亚州的博物馆做“驻馆艺术家”，总有机会听义工们聊天。我发现那些太太除了谈八卦，就是说哪家的儿子该娶了、哪家的女儿该嫁了，然后咬耳朵，批评双方的条件。最妙的是，当她们说到女孩子的时候，常常会加一句“她家常开派对”。起先我认为那是负面的说法，表示女生比较疯，后来发现那非但不是贬，还是褒，好像家里常办聚会的女孩特别优秀。

有一天，我好奇地问为什么。一群太太居然异口同声地说：“当然！”因为家里常办聚会，表示经济环境好、人际关系好，那家的女儿一定见过世面、懂得礼仪。还有个重要的原因，是家里开派对之前，一定得好好整理，桌布要烫、烛台要擦、餐具要配套、鲜花要插好，更别说得把杂乱的东西都收拾妥当，连厕所的肥皂、干燥香花、卫生纸和毛巾都得细细安排。

那些太太们，你一言我一语，我记得最清楚的是，有一位说得很干脆：“简单嘛！家里常开派对，总有DEAD LINE。”

谁能不死

“DEAD LINE”这字多狠哪！逐字翻译是“死线”，好像过了那条线，就得死。问题是，谁没“死线”呢？

有生就有死，只是我们平常不会想。

如果有人问你“少年时期”过去是什么，你答“青年时期”。

再问你“青年时期”过去是什么，你答“中年时期”。

又问你“中年时期”过去是什么，你答“老年时期”。

如果还问“老年时期过去是什么”，你怎么答？

答“不知道”，答“没了”，还是干脆一个字“死”？

生活中的死线

也就因为人人都有死线，却不念着有一天会死，所以越需要日常生活中，常常设个“小小的死线”。

想想，如果你家下礼拜要宴请宾客，届时会来一群朋友，你是不是从今天就开始忙、开始想？

你会让宾客进门，打开柜子挂外套，柜子打开一团乱吗？

如果有客人要上厕所，你家虽然有两间厕所，外面的正有人用，你不得不开主卧室的厕所给对方，你会让他看到不成样子的床被枕头吗？你厕所里能满地梳下来的断发、泛黄垢的便池，搞不好连内衣都扔在一边吗？

于是，这么一个派对，即使是小小的，你为了面子，也得从里到外好好收拾一番。

相反，如果你家从来不对外开放，除非你有非常好的生活习惯，或从小受严格的管教，恐怕难免马虎。

灶王爷要上天了

为什么任何民族都有传统节日？一个是为了能借机会聚聚，一个是为给生活带来变化。还有一点，是平淡的生活需要刺激。

可不是嘛！过年搞一堆迷信，说什么灶王爷要返天述职，家里各路小神要随同前往了，这时候打扫才不致惊动他们。

编了一堆神话，真正带来的是什么？

是年终大扫除！是把长期积累的脏的乱的扔出去，是把坏的修理好，是把窗子擦干净、对联贴上去……是除旧布新。

没交就死定了

除旧布新！先要除旧，才能布新。问题是，一年才除旧布新一次吗？古人不是早说要“苟日新，日日新，又日新”吗？

新需要时时求新，旧需要时时去除，错误需要时时检讨！只是一般人因为生活太一样，太缺乏刺激，心想“明日复明日，明日何其多”，于是拖了下来。

这时候，那些常常为自己设定“死线”的人，就不一样了。

如果你今天还在学校读书，你在学校里最常挂在心上的是什么？

是什么时候考试、什么时候交报告。

是过了什么时候没考没交，你就死定了。

你是不是在这些“死线”的压力下生活？总得念着“哪样要早早准备、哪样得快快完成”？

“滚石不生苔”！那些压力使你时刻警醒、不腐不烂！

至于哪样先做、哪样后做，优先顺序的考虑更重要，因为衡量轻重缓急的能力，足以影响你未来的成败。

你还是原来的你吗

如果你已经出了校门，进入社会好一段时间了，我则请问你：你已经多久没买书、没读书了？你已经多久没考试、没反省了？

你会自己在心里给自己打分数吗？你会因为从不待客而把屋子搞得一团乱吗？你会把该处理的邮件堆在一起，心想不急着做，于是一拖再拖吗？为什么过去在学校都能准时读书、交报告的你，变成这个样子？

现在你了解了吧？

人生百忌，忌在心里没有 DEAD LINE！

所幸还剩一点

说几个真实故事给你听。

还剩半边

有一天我去医院看病，诊疗室外好多人等着“叫号”，我旁边有个妇人，坐立不安地直搓手，终于门打开了，走出一个中年妇人。

“怎么样？”等待的妇人迎上去，焦急地问。

“还好，发现得早。”出来的女人说，“还好，只有一边，另一边没有。”她又说，“还好，医生说切掉做假的，根本看不出来。”她再笑笑，“还好，我先生不太会摸我。”

失的等于得的

有个朋友定存到期，准备续存。银行的理财专员建议他买基金，非但保本，而且利润高得多。

我朋友听了，把刚解约的五百万全换成基金。

没多久，雷曼公司倒闭。

“居然让我碰上了！”那朋友对我说，“全泡汤了！”

“多少钱？”

“五百万！幸亏我那天解约的定存不是五千万！”

“你还有五千万的定存？”

“没有啊！我是说幸亏我不是别人，那些下五千万的不是也倒了吗？”

玉能护身

近几年和田玉的价格飙涨千倍。有位太太把家传的玉镯戴起来四处秀："妈妈真好！留给我这个宝贝。戴起来，好像看到妈妈。"

没想到才过几天，她下楼不小心，摔一跤，连跌五六级。

"人居然没受伤，只是玉镯子断成了三截。"她四处打电话，"真神了！我妈好像知道我有灾，让我把镯子戴起来。你看！玉能护身，镯子断了，我一点没伤。"

杯底也够了

餐馆里。旁边桌子的人叫了一杯红酒，才端来，不知怎的就打翻了。

服务生一边擦桌子，一边问他要不要再点一杯。

"不用了！我反应快！里面还有。"

接下来就见他吃两口牛排，喝一口酒，每次只喝一点点，那不到三分之一杯，居然让他啜了一整餐。

临走，他还转过身，对我举起几乎空了的杯子："干杯！还有一点！"

还剩一点

这四个故事，都一样——

"还有一点！"

一边乳房有了病变，还好，还有一边！

五百万泡汤？还好，还剩一些。

玉镯子碎了，还好人没伤。

酒杯打翻了，还好抢得快，杯底还剩一点！

换个角度思考

一体总有两面，从负面想伤心透顶的事，只要换个角度，就可能完全不一样。

戒指上的钻石掉了，负面思考的人，伤心得把戒指圈圈也扔了。

正面思考的人却说：多好啊！戒指还在，只要再配个上面的小石头就成了。

到非洲考察鞋子市场。负面思考的人回来摇头："没有前途，他们都不穿鞋。"

正面思考的人却可能报喜："太好了，他们都没鞋穿！"

在野外办活动，天气突然转寒。负面思考的人怨：为什么早不冷、晚不冷，偏偏今天冷？

正面思考的人却说：多好啊！原先怕野地蚊子多，天一冷，蚊子都不来了。

看病，花大把银子买了一堆特效药，还没吃，病就好了。负面思考的人怨：早知道不去看了，买这么多这么贵的药，钱白花了！

正面思考的人感恩：特效药会伤肝，吃多了还有抗药性，谢谢老天让我不用吃了。

在街上被自行车撞倒，衣服扯破，还挂了彩。负面思考的人说：真倒霉，被个冒失的自行车撞了。

正面思考的人说：真是万幸，那人没开大卡车。

中国人的正面思考

中国人也有不少正面思考的说法。

过年打破东西，说："碎碎（岁岁）平安！"

人家失火，说："越烧越发！"

家没了，人平安，说："留得青山在，不怕没柴烧。"

人受了伤，捡回一命，说："大难不死，必有后福。"

阅世不足，吃了亏，说："不经一事，不长一智。"

办事不顺，总遇到阻碍，说："好事多磨！"

前途暗淡，见不到希望，说："黑暗过去，就是黎明。"

受苦的人没有悲观的权利

经历苦难的人，必须从正面思考。即使被一枪打中肩膀，都想"幸亏没往下几厘米，打中心脏”。只有这样，才能激励自己，从跌倒的地方站起来。

享福的人没有抱怨的权利，因为已经有了不少，该感恩自己的得，而非抱怨自己的失。

有房子就有白蚁，
有粮仓就有老鼠，
有子女就有烦恼，
有身体就有病痛。

人生百忌！忌负面思考！

后面总要留一手

不知道你有没有发现，武侠小说或电影里，主角得到秘籍，终于可以跟仇家一决生死，两边杀得你死我活，总要到最后关头，主角屈居弱势，才使出最后一招，只见电光石火、形势逆转，仇家已经倒下。

写小说或搞电影的人多鬼啊！明明可以上来就用“绝招”，立报血海深仇，他偏要主角冒险，好几次差点丧命，也正因如此，揪住观者的心，叫你不得不往下看，心里还拼命喊：快！快用最后一招！

变魔术不也一样吗?

舞台上除了魔术师，还搞几个清凉辣妹陪衬，左伸伸手，右伸伸手，虚晃一招又一招，把箱子转来转去，人都钻进去了，还特别再打开来亮亮相。

那真正精彩的只有一瞬，三分钟就能演完，他硬要拖个十分钟。而且如果他有一堆戏法，前面的八成不够好看，直到最后才精彩。

高潮在后面

还有特技表演，演员上场好像先热身，由非常简单的动作开始，渐渐才难度加大。反过来想，他明明有一百分的实力，为什么开始只表现十分?

答案很简单！他要渐入佳境，把你的情绪一步步带上去，如果一下子“全抖出来”，只怕你还没看清楚，表演已经结束，怎可能有好效果呢?

失而后得的喜悦

人都有争强好胜的心理，喜欢越攀越高，渐入佳境的感觉。

所以浪子明明败家，当他回来的时候，父母还会杀牛宰羊庆祝，说“浪子回头金不换”。一个总唱反调的，有一天“改口”了，很可能被重用，比原先效忠的臣子还得宠。

也因此，两个店员卖同样的东西，一个总是先抓一大把，再看着秤往外拿，另一个先少抓一点，再看着秤往里加，顾客会喜欢后者。

不断进步的好学生

连学校挑学生都离不开这心理。

我最近看到新闻报道，说一位中国台湾学生如何进入美国名校，又如何升迁创业，成为世界闻名的危机处理专家，连美国发动伊拉克战争，都请他做评估。

当初一堆同侪申请麻省理工学院研究所，只有他入选。你猜为什么？据说因为他是以“吊车尾”考进大学，却以第一名毕业，让麻省刮目相看。

相对地，如果他当年以第一名考进，最后一名毕业，或以中等成绩考进，中等成绩出来，就算平均成绩相同，也不可能那么耀眼。

让上司更有成就感

我有个朋友也深谙此道。他因为工作的关系，总要参加集训，而且回回拿高分。

他说方法很简单，就是刚去的时候别急于表现，但是接下来一天天进步，也可以说即使能一次“做到位”，也装不行，直到最后才显出真本事。

他说得好：如果从头到尾都好，虽然会被欣赏，却不见得“亮眼”，也不见得被上司疼爱。道理很简单，能由差变好，甚至变棒，表示上司带得好、教得好，他们会更有成就感。

有好点子，藏着！

三十多年前我想买一架摄像机，一位专家建议我别急，说更新的系统就要出来了，而且是革命性的进步。

我看店里卖的，出厂时间才两个月，就问：“既然新的要出了，为什么还制造旧型？”

那专家一笑说：“你怎不想想，美国人卖最新型的战斗机给别的国家，真新吗？他如果不发展出更棒的飞机，是不可能卖的。就像变戏法要一步一步来，有时候已经发明了两三代的新东西，都藏着，先推旧的。何必把市场的购买力一下子吃光，接下来没得要，饿肚子呢？”

按部就班的道理

同样实力，用不一样的方法发挥，可能产生完全不同的效果。除非你只有出手一次的机会，不必一开始就用撒手锏。

如果你演讲，准备了一堆资料，每个都很珍贵，不讲可惜，你千万别想全讲了。

因为三个讲得不清不楚的精彩内容，远不如一个能完全发挥的。许多人演讲得七零八落，都因为东西太多，舍不得，到头来一样也没说清楚，而且因此导致观众不耐烦，越不耐烦，讲的人越紧张，能不砸吗？

如果你教学生，一定要拟“教案”，按部就班地教，别因为精彩的东西在后面，就早早把它移到前面教。因为当你教早了，可能如同耍特技，“绝招”用尽，学生就不带劲了。而且教得太早，学生的基础不够扎实，效果也差。

后面总要留一手

如果你要发表新点子或新产品，每个点子都很棒，足以赢过对手，明明有三个同样精彩的点子，也不必一次全发表。对方已经没有招架之力，你何不留两个以后用呢？

而且搞不好他要诈，也有狠招存着，看你招式用尽，再出手。

你能不留两手吗？

人生百忌，忌一次把招式出尽！

倾听心灵的声音

就算你没看过心理医生，也在电影里见过吧。

一张躺椅，病人躺在上面一个劲儿地说，医生则在旁边听，只偶尔问几句。

天哪！这心理医生多好当啊！没讲几句，只有听，就能按时计酬，赚进大把的银子。

问题是，可能那病人就需要倾听，他遭遇的问题只是没人听他讲话，许多心结纠在心里，解不开，成了病。

你或许要问，他没亲人、没朋友吗？

当然有，只是亲人就会倾听吗？

请想想，你多久没听你最亲爱的人倾诉了？那是倾诉，不是一般交谈，只有当你们静下来面对彼此，把手上的事情都放下，好比躺在心理医生那长长的椅子上，再娓娓道来。

有倾听才有倾诉

没有人“倾听”，是不会有人“倾诉”的。许多人想倾诉，或者找到机会倾诉，才说几句，对方已经开口打断了。尤其碰到忙碌和自以为是的人，你才说几句，他已经插嘴，好像你要说的他早猜到，接着由他说一堆。这是多懊恼的事？有时候根本是伤害。

可不是嘛！想想医生是不是应该让病人倾诉病情，再把各方面的问题整合，决定诊疗的方向。但是今天除了专业的心理医生还可能“倾听”，一般医生有几个不是病人没说几句，已经低头开单子，叫下一位进来了？

再想想家人，就算到了假日，一家聚餐，该是交谈的好时候了，却不是这个手机响，就是那个手机响，再不然一个个低着头，各自沉在网络的世界。才端上一道菜，“低头族”已经拍照，传给一堆朋友。地球另一边，还可能有人正等着跟他视频。天涯仿佛成为咫尺，咫尺却成了天涯。

连走在路上，坐在车里，也见到一个个低头族。有一回我坐地铁，突然停电，车厢里却是亮的，因为大家的手机都开着，好像夜色中千家万户的灯火。而且这种灯火在家里的灯光都熄灭的时候，还可能开着。君不见多少人不是在黑漆漆的卧室打手机吗？

倾听别人也是倾听自己

当然，深夜打电话可能是一边倾诉，一边倾听。只是在那不能面对面，又要考虑通话费的情况下，能尽情倾诉吗？更严重的是，当你从早到晚都闲不下来，非但没能跟亲人倾谈，更失去了对自己说话的机会。

倾听自己心里的声音，自我反省、自我鼓舞，比什么都重要啊！

什么叫“顿悟”？顿悟是自己突然想通，瞬间领悟。如果众声喧哗，连一点安静的时刻都没有，能够顿悟吗？只怕汲汲营营，连很容易看清的事都看不清了。

我有位朋友遭遇一堆困扰无法解决，有一天忙得筋疲力尽，回家躺在浴缸里，突然大叫一声，接着问题就解决了。

他太太好奇地问怎么回事，他说明明是很简单的问题，过去忙得没时间想，当天躺在浴缸里，静下来，一下子就想通了。

当我们每天从早到晚都开着手机，不是打进就打出，好像很忙碌的时候，会不会连最简单的问题都无法面对，连自己的心声都听不到？

用倾听学习

倾听，要“倾”，倾所有的注意力，敞开心房聆听。我们日常都在听，但是很少倾听，岂知倾听是最好的学习。

想想小娃娃，他们是怎么学会说话的？刚生下来的娃娃，眼睛还看不清呢，已经开始倾听，听妈妈爸爸说话，听每种世上的声音，然后在心里组合，所以才两岁，他们已经能说话，甚至说很长的句子。

相对地，那些缺乏照顾，少被关爱的孩子，倾听说话的机会少，心智语言的进展就慢。

耐心听别人诉说

倾听也表示尊重与关怀，如果对方不值得你信任，一副心不在焉的样子，你不可能对他倾吐。

真正懂得倾听的人，就算心里已经不耐，也要压着，让自己静下来，眼睛看着对方，听对方说话。即使中间被打断，他都要主动问："刚才你讲一半，继续啊！"

想想，如果正倾诉的是你，原先讲到一半，以为不能继续了，而且其他人已经纷纷转变话题，这时却有一位不仅前面专心听你说，此刻还叫大家安静，请你继续把话讲完，这时候，你会多感激！

每天都要倾听

倾听别人的失意，也倾听别人的得意。当他失意时，你的倾听可以让他觉得不孤独，得到心灵的慰藉。当一个人诉说得意事，你也要倾听，他得意地说，当然希望你知道，就算听来很不怎么样，也不能泼冷水，而要想：他只有这点可以吹的，就让他好好吹吧！这时候如果你再附和两句，鼓个掌、喝个彩，他就更高兴了。

所以倾听也是交际的技巧、处事的方法和为人的美德。

每天找机会，暂时把手机关上、把电视关上，面对你熟识却久未深谈的亲人、朋友，倾诉自己、倾听他们吧！

一天无论多忙，也找个机会静下来，倾听自己心灵深处的声音吧！

人生百忌！忌不倾听。

宁可尿裤子

中国人常说“人在人情在”，这话虽然有点绝，却是真理。人的世界嘛，当然人在人情在。

首先，人是群体动物，西瓜选大边，当对方人多势众的时候，为了少吃眼前亏，只好“从众”。连自认为讲求公平公正的美国佬不是都说吗：“If you can't beat him，join him！”（不能战胜，那么就加入吧！）

所以在台湾地区看政论的谈话节目，同一个来宾，今天在偏蓝的台，是一边倒地向着蓝，明天上了绿的台，又可能染了绿。有时候你简直难以相信那是同一个人。

问题是，换作你，就算不换颜色，也可能换语气。当你上那个节目，少不得领他们的出场费，拿人的手短，你嘴下能不留三分吗？面对一群立场跟你不同，平常却私下玩耍的其他名嘴，你又能像在别的台，扯开嗓子，甚至指名道姓地骂吗？

你确实是墙头草，但就算你不是草，是棵大树，风来了，你也多多少少会斜一点啊！

既然你不来，就把你“做掉”

“人在人情在”，反过来是“人不在就人情不在”，这也难免。首先，谁让你不在呢？

譬如你死了，是从人生的战场上消失了，没死的，是赢的，死人没法开口，当然轮到赢家说话。

再不然，你没死，可你为什么不在？如果你怕，没到场，你是弱者，活该挨骂。如果你要大牌，故意避开，你是瞧不起出席的人。

你既然瞧不起“大家”，大家修理你又有什么错？

所以如果参加什么影展评选，你先说不会出席颁奖典礼，八成你得不了奖。除非你太棒，评审委员又对你超好，再不然他们就是吃错药了，明知到时候你的位子是空的，宣布你得奖的时候，是别人代领，造成典礼的冷场。他们何必给你？是你先不对啊！所以甚至有些奖，明明评出某人得奖，一听说某人不会出席，私下就把某人“做掉”了。

爷爷不疼，奶奶不爱

“人在人情在”还有个原因是僧多粥少。就那么几个奖项，就那么几个名额，到场的人已经不够分了，当然不在场的容易出局。

我就亲眼见过，某会审核申请加入的新人，出席的理监事，各有要护航的人。

他们为什么护航？是为了帮助“自己人”，更是为了图利自己。

如果自己的门生都能进来，多有面子！表示我这师傅棒，表示我这母鸡能帮小鸡。而且，下一次大会改选理监事，我的人多，我就能高票当选。

结果，没通过审核的八成是没有“母鸡”在场的。“爷爷不疼，奶奶不爱”的原因很简单，因为爷爷奶奶没来啊！他们明知道你需要疼爱，还不来，不是摆明了不疼你、不要你入选吗？

见面三分情

“人在人情在”还有个原因，是“相逢自是有缘”。举个例子，今天你到陌生的地方，进一家小店用餐，跟老板聊了几句，接着你在小巷子与人争执，如果那店老板经过，很可能说句“算了吧”。如果你躺在街头，他很可能帮你一把。

为什么？不为什么！这是人之常情，见面三分情嘛！正因此，很多政治人物会四处鞠躬握手。那拉拉手的作用可大了，前一天反对他或“没意见”的，第二天拉那么半秒钟的手，可能就变成支持他了。连餐馆的服务生都知道，有时候轻轻地有意无意与客人碰触，都能增加小费（这可真有心理学家的调查统计）。

谁是替罪羔羊

“人在人情在”，人不在会被欺负，更重要的原因是当你不在场，就不容易知道场面上发生的事，别人攻击你，你没办法辩白。如果场上再没有你的死党，甚至你原先的死党到场真“死”了，大家看他既然没向着你，当然更朝你开火。

尤其是有些会议存心找个人来杀，譬如公司出了大事，要究责，场面上你看看我、我看看你，各个龇着牙，如果非找替罪羔羊，找谁?

当然找那不在场的。

而且，那些在场的既然都曾经把矛头对着你，事后也不太会对你说实话。

很简单，你躺在乱石堆里，他也曾经丢过石头，就算他扔的是小石头，甚至只是旁观，他也对不起你，他怎么好意思说呢?

所以，你不在场，你死定了!

把你打不见了

“人在人情在”还有个很毒的原因，且听我说个故事:

我有位包工程的老朋友，早年参加某工程的投标，事先大家说好了“搓汤圆”，意思是讲好由哪一家得标，其他人只是“陪榜”，照约定的下线高一点，使约好的那家能以“最低标出线”。

我老朋友不同意，单刀赴会，半路硬被拦下来，先一棒子，打碎了膝盖，再一棒子，打得头破血流。

那天，他没到开标的会场，“搓汤圆”成功了!他躺在医院，我去探望，他吊着一条腿，脸肿得像个大馒头，还对我笑:“只怪我不懂道上的规矩。”

宁可尿裤子的代表

请别说我讲得太毒，你去看看世界各国的议会，甚至国际大会，是不是有些与会代表，为了“守着场子”、维护权益，憋得要尿裤子了，都不敢离开会场上厕所?

一人一票啊！如同一家一标！你不在场能不吃亏吗?

所以我要说：人生百忌，忌不在场！

从小处看，只要有关你的利益，就算你病了，拄着拐、吊着点滴，都最好出席。人在人情在，你到场就是不一样！

再不然，你就要有真正的死党，而且你事先把话放出去：“当天我不能到，但是我的死党会到，他会向我报告一切，他会代我发言投票……”

可别永远不在了

至于往大处看，人在人情在，最重要的是你得“健在”。如果你不保养身体，不爱护自己的健康，早早缺了席，而且永远不在了，此时你留下的高堂、孤儿和寡妻，到你坟上哭“人在人情在”，你能如何?

你的阿喀琉斯之踵在哪里

说几个故事给你听。

两位邻居太太在门口聊天。

“我真操心，我大儿子近视已经八百多度了，小儿子才初中，也已经六百。”一位太太忧心忡忡地说。

“这有什么稀奇！”另一位太太安慰，“私下跟你讲，我女儿有一千两百度，我早早就给她配了隐形眼镜，谁不说她漂亮？谁看得出来？”

“真的啊！可真看不出来。”

前面那位太太心情好多了。回家，她进门就对着老公和儿子喊：“你知道隔壁丫头近视几度吗？一千两百度呢，比小宝多一倍。”她又特别盯着大儿子说，“你还是别追那丫头了吧！你八百，加上她一千二，将来搞不好生个两千的！”

谁进过精神病院

两位同事聊天。

“你最近好像有心事？”

“是啊！不知道为什么，老提不起劲，觉得自己什么都不对，活得没价值，可能得了忧郁症。”

“快去看医生啊！”

“看什么？精神科吗？”

“是啊！有药可以吃。私下跟你说，我就看，吃药吃五六年了。有一阵子非常糟，还住过医院呢！”

没几天，办公室就传开了。某某人有精神问题，曾经进过精神病院。

谁是文抄公

艺术系准备毕业画展。有一张作品，才挂出来，四周作品全“失色”了。

“你太棒了！让我佩服得五体投地。”一个学生对那张画的作者说，“跟你比，我四年都白学了。”

“这有什么？你太客气了。”他拍拍对方，“私下告诉你，我也是偶然翻到一本美国旅游杂志，才有灵感的。”

画展开幕了。

大家站在那张“杰作”前议论纷纷。

“画得真棒！”“亏他能想到这样的景。”多半的人赞叹不已。但也有人冷冷一笑：“得了吧！抄的！从 ×× 杂志抄来的，不信你们去看。”

私下说八卦

好！故事说完了。回头想想，每个故事里是不是都有同样一句话——“私下跟你说”？

那“私下”，真能“私下”吗？

那“私下说”有必要吗？

这世界是根本没有私下说的。每个私下说的，早晚都会公开。因为私下的事情最八卦，私下的事情最刺激，私下的情报最珍贵，人人都爱窥探隐私。

还有一点，是当一个自卑的人听说别人跟他有同样毛病或弊端的时候，会产生自卑式的自大。

今天他一米五三，你一米五二，只因你穿了特制的“矮子乐”，看上去比他高，其实你比他还矮一厘米。他知道了，能不在心里安慰自己，又能不对外说吗？

谁让你自己说

再想想第三个故事。

如果那张画真是抄的，画的人会说吗？

说出来没一点好处，他为什么说？

想必如他所讲，他只是由其中得到灵感，所以他并没有抄。如果你把那本杂志找来看看，也应该发现没有直接关系。

问题是，听到的人会立刻找那本杂志看吗？

当一个传一个，传得满天飞的时候，又会有几个人真去找来比对？（何况是外国杂志，不好找。）

不比对、不能证实，大家就不说吗？

错了！人们的“忌妒心”“八卦嘴”，众口铄金，死的都能说成活的，何况还是那创作者自己透露的？

谁能明察秋毫

我知道一位研究生，也遇到同样的问题。

他写了一篇非常棒的论文，先拿去请一位教授指导。

教授才翻了几下就大为惊叹，心想这学生已经比自己高明多了，当面大大赞美一番。

学生有点不好意思，就像前面画展故事里的主角，谦虚地说，其实他也是受到别人一篇论文的启发。

学生说得很明白，他下的功夫更深，而且发现了新东西。问题是，教授真听进去的是哪一句？

结果，论文还没真送审，系里其他教授都知道了。大家都看了那篇论文，都佩服，但是……

你猜！从头到尾谁看得最少，却说得最多？

是那第一个教授。

因为他只要不说是学生自己讲的，就能显示在别人都不查的情况下，他却能明察秋毫。

你的罩门在哪儿

你知道“阿喀琉斯之踵”（Achilles' Heel）吧？

因为母亲在阿喀琉斯一出生，就提着他的脚后跟把他浸在冥河的水中，使俊美英挺又骁勇善战的阿喀琉斯，能够全身刀枪不入。可惜阿喀琉斯的妈妈不小心，剩下脚后跟没浸到。

也就因为有这么个小小的遗漏，在特洛伊战争时，所向无敌的阿喀琉斯，被毒箭射中脚踝。

问题是，谁把这秘密说了出去？

如果阿喀琉斯的妈妈不说、众神不说，敌人能知道阿喀琉斯的致命弱点吗？

自己最了解自己

在这世界上谁最知道你的“阿喀琉斯之踵”？

当然是你自己！

你不说，谁能知道？恐怕连你的父母兄弟子女，甚至你的另一半，都不会知道。

那是你的阿喀琉斯之踵，是你能被一箭射死的弱点。除非你希望听你说话的人能帮助你保护你的弱点，你有必要说吗？

别给敌人制造机会

你对某种花敏感，何必让你的对手知道？

他知道了，可能在你跟他比赛的时候，特别找人送你一束那种花，甚至在整个比赛会场，都摆上那种花。

你样样强，只有外语弱，你有必要说吗？

我就见过两位女明星争风，其中一人不小心讲，她最怕说英语的场合。

另一位女星，后来就总制造这样的场合，甚至连平常聚会，都找个洋人来。只见席上一位女明星侃侃而谈，另一位讷讷无语。后者的光彩立刻被压了下去。

守住你的阿喀琉斯之踵

请千万记住！

你的隐患、你家人的隐患、你经济的隐患，甚至你房子的隐患，只要应该“隐”的，多说无益的，就由你自己消受好了。

如人饮水，冷暖自知！

兄弟登山，各自努力！

你不必用透露自己缺陷的方式表达谦逊，更不必因为别人对你说出他的秘密，就拿自己的秘密去回报。

你甚至得叮嘱最亲近的人，别告诉任何人你的阿喀琉斯之踵，免得有一天你被敌人一箭射死。

做好好人好事

我有位朋友，大学刚毕业的时候因为找不到工作，只好去一家货运公司上班，每天天不亮，就由台湾最北边的基隆，押车一路开往南边的高雄。

才上班不久，他就来对我说，每天坐在前面副驾驶的位子，看到不少车祸。最令他不安的是，常在天刚亮的时候，发现公路上躺着人，多半是夜里骑摩托车疾驶的，因为没看见路上的坑洞翻车。只见人躺在路上、车子倒在一边，有时候人还在流血，伸着手求救。

“你救了几个？”我问。

“一个也没救！”他摊摊手，“司机说了，如果我们下去救，会被受伤的人诬赖，是我们害了他，麻烦可就大了。所以每次车子都小心地绕过躺在路中间的人，而且可以看见前前后后，别的车子也一样，没人敢下去救。”

才听他讲完不久，看到电视新闻说有钓客坠海，附近的渔民明明看见了，却没人去救。

记者还解说，因为当地的渔民有个迷信，就是水里的“冤魂”拉那个人做替死鬼，如果渔民下去救了那人，得罪了“水鬼”，下次就会抓救人的人。

好人难做？

再说个我的亲身经历，二十二年前的十月某日，我去台北近郊六张犁为父亲扫墓，下山时看见一个孩子躺在血泊中，旁边是一辆扭曲的自行车。显然他顽皮，从山上顺坡往下冲，撞到山边的大石头而受伤。

当时有好多人站在四周你一言我一语，却没人去救，我马上下山打了紧急救助的电话，但是隔了半天，都没见救护车来。我跑回失事现场，看见一个年轻妇人去抱那孩子，却抱不动，我赶紧冲上去把孩子接过，问旁边停着的出租车能不能载去医院，司机犹豫几秒钟，答应了，却听见有人喊："不要冒险，会倒霉的！"原来是那司机的岳母。所幸司机没听，让我把满身满脸鲜血的孩子抱上车，开往附近的医院。

我冲进医院呼救，里面一个工作人员一边招呼担架，一边对我说："你是救他的人吧？你麻烦了！他会怪是你害他。"

跟着，我染了满身鲜血地跑回家，邻居问出了什么事，居然也说："做好人小心惹麻烦哟！"

慈善不慈善？

同样的情况，几年前我在网上看见似乎上海有个年轻人，救助一位摔伤的老婆婆去医院，后来被老婆婆诬赖是他害的。接着好多网友议论，说从此再也不敢做好事了。

只是，我立刻想到南亚海啸的时候，我有位好朋友捐了许多钱去印度尼西亚。有人讲当地政府腐败，只怕外面人捐十块钱，到灾民手里只有一块钱。

我那朋友只淡淡一笑地说："毕竟还有十分之一到灾民的手里，如果我们都拿这个当借口，不捐了，他们不是十分之一也拿不到吗？"

喜舍！喜舍！

人们不行善倒也罢了，最糟糕的莫过于找借口不行善，甚至阻人为善。深究起来这有种心理：是别人捐款，自己没捐，面子挂不住，知道了这样的内幕，正好可以当作托词，意思是捐也白捐，甚至有"我才不当冤大头、不当傻子"的味道。

这种心理难免，而且捐钱并非义务，也不一定人人有能力。只是如果那借口说多了，一个传一个、众口铄金，好比前面那货运司机和海上渔民说的，甚至成为一种迷信，变成一种口号，就麻烦大了。

换个角度想：

“喜舍！喜舍！”舍的时候要欢喜。为此，我曾经对义卖会上，主持人指着宾客，半强迫地要对方捐钱的做法表示反对。因为那样常常捐的人不情不愿，回去还要怨。

我有个朋友，甚至在做公益演讲时，反对主办单位在门口摆奉献箱。他的道理是：“当大家刚听完演讲、心怀感动时，常会冲动地掏口袋，结果回家又后悔，所以不能利用人们的热情，必须等他们冷静之后自己乐捐。”

道教的《修身宝鉴》里也提到行善，意思是一个人如果不能善待亲人，却对外人行善，非但不是行善，而且是行恶。

行善绝对是一件应该衷心愿意，而且量力而为的事。也可以说那是每个人自己的事，没有外人能置喙，也无须别人“强力劝进”。只是，自己不做倒也罢了，如果非但不做，反而猜测别人；见到他人行善，就冷嘲热讽，说对方沽名钓誉，甚至找到“借口”，便猛宣传，阻止他人行善，则是行恶！搞不好，还是大恶！

凉心！良心！

再换个角度想！

对于别人没有行善，我也认为不能妄加批评。

举个例子，某地涨大水，下游的渔民看着尸首一具具漂下来，起初把每具都捞起，但是捞多了，变成视若无睹、任尸首漂过，或将尸体拖到船边，等着死者的家属来找，再谈价钱，把尸首捞给丧家。

乍听，渔民太没良心了、太可恶！好像丧心病狂！

但是且听我说个五十年前的往事：

我小时候有一阵子住在台北近郊的碧潭。那只是一条河，由于中间有一块广大的水面，所以称为潭。正因此，上游的水势虽然猛，一流进碧潭，就被涵纳，变得看似波平如镜。

许多泛舟的人不觉，直到把船划到接近下游的位置，才惊觉水势突然变快。所以在碧潭的下游，常听见人们在水上喊救命。

按理，人命关天！岸上的人应该立刻去救，我却多次看见附近的“船家”

站在岸边喊价:“五百块！六百块！”而且愈危险、价钱愈高。

我当年虽小，还是很不平，有一天过去责怪船家，却见船家叹口气说:“小弟弟，你要知道，我们虽然识水性，急流还是危险哪！而且一艘船、两艘船，隔几天来一下子，我们还做不做生意啊！还有，你在这里多站几天就会知道，你救了他，他不一定感激，就算答应了价钱，上岸还是赖账。以前免费下去救的时候，有人连句谢都不说，好像我们是欠他的。”

我后来果然看见有人被救起来，才上岸，惊魂未定，就破口大骂船家:只要钱，不救命！一毛也不付地悻悻然离开。

公义与公益

我当时幼小的心灵一直想，到底谁不对呢?

同样的道理，如果捞尸体的人，整天只顾捞尸，他和他的家，由谁顾?

今天社会上有那么多责人行善，和借口不行善的人，我们是不是也该回头想想，那些借口是怎么来的，那些诬赖好人、倒打一耙和不能知恩图报的人，是不是恶的真正源头?

我们是不是应该从积极的方向去做，一方面严惩忘恩负义的人，一方面对见义勇为者有实质的补偿，一方面严格审查公益团体，而非消极地说“我不捐了”!

或许有人说，给他们报酬，他们也不会要。只是我要讲:如同拾金不昧的人，法律规定可以向“失主”索取一定比例的报偿。收不收是他们的事，给不给是失主的事。因为这是公益、是公理、是公道，更是整个社会的公义！没有公义的社会，公益很难持久。

众口不可铄金

最后让我再一次呼吁大家，用积极的态度去监督公益团体、用牺牲的精神去奉献爱心，用宽容谅解的心去接纳可怜人，而非一竿子打翻一船人，以自己好恶的“第一反应”做判断，置身事外地说风凉话。

而且，你可以不行善，但是千万别在他人行善时冷言冷语。更不要因为一点负面消息，就不断宣传，作为不行善的借口，将一些恶毒的观念四处传递。

想想！当一个肇事者，撞伤人之后，非但不下去救，反而倒车再轧过伤者。被抓之后还说“轧死大不了赔一笔钱，轧成残废反而会被拖累一辈子”。

这样的话，我们是不是常听到？

听久了，听多了，一旦你自己闯祸，这句话是不是可能掠过你的心头。于是慌乱中，你可能做了傻事，犯了不可原谅的错。

请问！谁是祸首？

你这撞人的人当然是祸首。但是把这句话传来传去的人难道没有责任吗？只怕整个自以为“明哲可以保身”的社会，都是共犯！

小悦悦是谁杀的？

第一次是人轧的，第二次是社会轧的！

一条命换一只眼

我少年时很爱看武侠小说，印象最深的情节往往是高手对决。

只见两位顶尖高手，沉气凝神，静穆如山，紧紧盯着对方，身不动，剑不动，仿佛进入冥想，由烈日当空僵持到人影西斜，突然电光石火，两个身影瞬间交错，又倏地分开，其中一人深深一叹：只怪在下学艺不精，今日认栽。翩翩转身，拔地而起，仿佛归燕消失在深垂的暮色中。赢家也长长一揖，道一声“承让”，转身而去。

晚风起，众人犹如梦中惊醒，方才连双剑交会，都未闻铿锵之声、火石之光，细看地上黄沙，无血无痕，甚至没什么足印，只在风中微微飘起几丝鬓发！

多过瘾哪！高手过招，不在缠斗，不是恶斗，不是你死我活的殊死之斗，而是点到为止，心有默契的君子之争。

为吊死的人留个颜面

愈是境界高的人，愈懂得君子之争。愈是进步的社会，愈会欣赏君子之争。

让我们比较一下，学生的辩论比赛和竞选时的辩论。

学生比赛，一个比一个言辞犀利，只要对方露出一点破绽就攻击到底，非把人逼到墙角不可。这种咄咄逼人、口若悬河、辩才无碍的，往往能得高分。

他把对手打趴了，攻击得体无完肤，当然是赢家。

但是再看看选举的辩论，当一方抓住弱点，眼看让对方难以招架的时候，那攻击者却可能淡淡一笑，不再追杀。他这样的表现，往往能得到选民的肯定。

相反，如果那“强者”好像学生辩论，刀刀见骨，即使明显获胜，却不见得讨好。

为什么？

因为每个人都是人，有义理也有人情。除非真是深仇大恨，人人都有恻隐之心，当一方明明已经把对方撂倒，却不留情面，继续砍杀的时候，难免勾起大家的不忍之心。

想想第二次世界大战，意大利的墨索里尼，杀了多少人，多少人恨之入骨？但是当他和他的情妇被倒吊着示众的时候，有人特别过去把他情妇的裙子拉起来，绑好，遮好。

为什么？因为赢的已经赢了，输的已经死了，不为已甚啊！

何必树个终身的死敌

人生好像开车，除了自己方便，也得为人着想。比如说停车，如果你停得太靠外面，或停在街上转角的地方，除了会造成别人不便，另一个结果是，你的车很可能被撞伤。

所以，留一步给别人走，也是留一步给自己。

如果你是初入社会，正年轻气盛，尤其要注意这一点。

今天你把对方打垮了，他已经垮了，你就不必再站在他头上耀武扬威。你神，能神到几时？他垮了，就一辈子不见了吗？

伤人的身体简单，伤人的自尊就严重了。所以即使赢，也要有“承让”之心。

或许你要说，你强，不怕他这个敌人，但是要知道一个敌人你不在乎，一群可就麻烦了，何况他有亲人、有朋友，一个拉一个，你犯得着在未来人生的路上，随时碰上冷箭吗？

所以说“冤家宜解不宜结”，聪明人即使赢，尤其是当实力悬殊，自知一刀能让对方毙命的时候，也该手下留情。

当大家都没察觉，你已经住手，你是积了阴德。除非那是真刀真枪的战场，你不杀他，他转过来非杀你不可，否则这阴德是必要的。

开个后门让他溜

即使在战场上，可以把他赶尽杀绝，也要想想，你这样做，会有多大损失。狗急也会跳墙！一支从不留战俘活口的军队，必然遇到最顽强的抵抗。你要的是战胜，何必在这儿跟他拼命？他用一条命，换你一只眼，值得吗？如果下一场你又失去一只眼，这仗还怎么打？

赢了一次战斗，失去一场战争，这非但不是用兵之计，而且是用兵的大忌。

上兵要“不战而屈人之兵”，那不战不是真不战斗，而是兵不血刃，以智、以德、以实力，使敌人不战而降。

上兵也要懂得“围师必阙”。当你发现对方只剩下些散兵游勇，与其让他跟你拼命，拖延你的战局，损伤你的人员，不如给他一条路，让他偷偷撤走。

扯破脸难复原

平常处世也一样，无论是在商场上还是在政争中，当别人已经不是你的对手，与其让他跟你拼到死，不如给他个台阶下。

今天你跟人论理，你的理直，人家的理屈，只要像我前面提的高手对决，你们双方都心里有数，就点到为止吧！

今天你的员工、你的孩子，甚至你的另一半作弊，有小辫子被你抓到，当他已经吞吞吐吐，下不来台的时候，你有必要扯破脸吗？就算他被你逮个正着，无处可逃，只怕这扯破的脸也无法复原，反而成为长久的隐患。

给别人留条退路，就是为自己留条进路。明着宽恕要人感谢是阳功；暗让一步，只有自己知道是阴德。

人生百忌——忌不留余地！

拖出去乱棒打死

我看过一个历史剧，片名忘了，但有个画面，一辈子也不会忘。

一群身穿盔甲的武士，任务失败，骑马奔驰回京，半路被宦官拦住："你们没能尽责，现在自己了断，可免你们的家人不死。"

那些武士居然似乎想都没想，就一个个拔出利刃，引颈自刎，在飞溅的鲜血中滚落马背。

为什么身经百战的武士，只听宦官那么软绵绵一句话，连一声冤都不喊，就自杀？当初应该是皇上要他们去的，只为没完成任务，就得死，死也要死得明白点吧？

主子无情，下人有义

这让我想起最近很红的电视剧《甄嬛传》，后宫一群女人钩心斗角，使尽各种手段，要置对手于死地。她们又不自己动手，而差使下面的宫女害人。

宫女被抓了，一个个拉出去杖毙。

令人不解的是，当皇上将宫女们处死的时候，她们为什么不喊冤，不说出真相？

不是她们要下毒害人，是她们主子唆使的啊！这时候，那主谋的主子可能正站在眼前，冷冷看着她们被拉出去乱棍打死，居然不出面求情。这主子值得她们用生命去护吗？

最起码，主子无情，我下人可以无义吧！喊出来是某小主、某贵妃、某答应指使我的，接着叩头流血，说不定皇上把小主治了罪，还能免"奴婢"不死呢！

她们为什么一个个乖乖去“领死”了？

因为她们聪明，在重要的关头知道“舍己为家”！

否则她们喊出真相，可能皇上不信，还要罪加一等。非但自己得死，因为主子偷偷报复，全家都性命难保。权衡轻重，这些所谓的贱人奴婢，只好真贱、真奴，连猪牛都不如，挨刀都没能哭喊一声。

视而不见的主子

这时候，你或许会想，那皇上未免太差了吧？当这奴婢道出真相，他岂能不查？

没错，有些确实查明，把主谋治罪了。有些明明可以查，皇上却好像不想查，睁一眼闭一眼地过了。

为什么？

因为他太爱那个妃子，舍不得“她”死。也可能因为杀了这个，可能扯出一堆。为了大事化小，就算了！

还有个原因，是那些女人互相争斗，毕竟没人敢伤到“圣上”，她们争斗的目的是为取得圣宠。搞不好皇上还像主人看见自家狗儿对外人狂吠，一边骂一边窃喜呢！

而且下面的女人彼此争斗，努力表现，反而能造成“恐怖平衡”，让皇上过得更好，也能因此随时得以掌握内幕消息。

今古乌鸦一般黑

现在可以进入主题了。

今天社会上的明争暗斗，跟那些宫廷倾轧，有差异吗？

你聪明、会打听，知道了别人的隐私，说出来足以造成对方倒地不起。

你神气？

你发现单位内部的弊端，知道某人贪渎，或者你的主管好比那宫中的小主，指使你去“使坏”，他的小辫子被你抓住了。

你能去告发，或拿这个要挟他吗？

浑蛋不滚好蛋滚

你当然可以去揭发，而且有责任揭弊，但你也要想想，你说了，会不会像《甄嬛传》里，皇上装傻，把主谋放过，却把你给毙了？

“芳兰当户，不得不锄！”“好高人愈妒，过洁世同嫌。”你这孤高的君子，是忠臣砥柱，应当被尊敬、被佩服，可惜“生错了地方”！

在你把你的主管扯出来之前，有没有好好想想，他的举动，全是他一个人决定的吗？还是有共谋共犯，搞不好他也是听命办事？

结果你往上面告发，那上面的大头头，才是真正的“藏镜人”。

还有个状况，是他原先确实不知道你单位的主管搞鬼；现在知道了，却不敢办。

为什么？

因为事情太大，他的单位出了这么大事，是他知人不明，他能不被责怪，甚至负连带责任？

你单位那个小主管，教你去“使坏”的，又会不会是某方神圣？

人家有背景、有后台，你老板得罪得起吗？

而今你去告发了，大家也知道了。如果那“浑蛋”不滚，谁得滚？就算他不辞退你，你每天面对他，难堪不难堪？

搞不好，“冠盖满京华，斯人独憔悴”。当上上下下打成一片、玩成一团、乐成一堆的时候，你，卷起铺盖默默离开了。

走到门口，后面还飞来一只鞋和一片笑声。

不必说！不能说！

什么叫“停损点”？

顾名思义，“停损点”就是停止损失的点，损失到此为止，不再往下等待，认赔杀出的点。

举个例子，今天你玩股票，最近一直跌，你心里有个停损点，就算明天可能涨，今天跌到你的停损点，你也不再犹豫，今天非卖不可。

前面一篇文章说的那些杀手、宫女，当任务不能完成，主子要他们做代罪羔羊的时候，他们的停损点是“我死不足惜，但别祸及家人”。

所以他们不会招出指使者，宁愿停损在此——赔上自己的一条命。

大贪官的担当

不知你有没有听过这个笑话——

某大贪官，被关进监牢，有人去探监，问他里面怎么样。

“跟外面一样啊！”大贪官说，“以前在位子上，我叫谁进来，谁就进来。现在虽不在位子上，我还是叫谁进来，谁就得进来！”

如果你涉世未深，恐怕看不懂。

为什么大贪官已经身陷囹圄，还能叫谁进监牢谁就得进去？

很简单！他只要把外面的同伙说出来，那人也就会进去了。

问题是，他为什么不说？为什么一人顶？他未免太义气了吧！让那票“共犯”在外面逍遥，却甘愿自己关在大牢？

因为他设了“停损点”。到了这个点，他决定一人扛。

想想，第一，把其他人招出来，他有什么好处？如果好处不大，还可能有害，何不义气点？

第二，他这么有义气，外面那些人能不感激吗？就算怕惹人猜疑，不敢去探他的监，最起码可以照顾他外面的妻小吧！

第三，如果他握有证据，甚至让外面那些哥们儿知道，他安排了保命的录音录像或文件，只要他出事，被灭口，那“黑材料”立刻曝光。

他就更重要、更在里面有发言权了。

小心手上的黑材料

他的“黑材料”多棒啊！你知道某国情报机关头头，为什么能换几任总统，还在位子上屹立不摇吗？

因为他握有太多要员的黑材料，大家不敢动他。

他这黑材料应该提供给他的领导了吧？领导如果握有政敌的黑材料，为什么也不见“大杀大砍”？

这里面的学问更大，基本道理却差不多：因为有停损点！

“停损点”，也可能是“停利点”。领导如果利用黑材料，显然可以扳倒强敌而获利，但是黑材料曝光的一刻，也是他“利多出尽”的时候。

杯子边上的 DNA

说两个故事，你可能就懂了。

某富商过世，有个妇人带着儿子出来争产。富商的家属不敢拒绝，因为知道富商在世的时候，认为那小孩是他的，一直在照顾那对母子。

直到有一天，富商家属的态度突然改变，他们坚持验 DNA，说那妇人是讹诈。

那妇人果然被判了刑。

为什么原先虚与委蛇，唯恐辱没先人名声的“富商家属”，突然硬了起来？

因为他们在请那母子谈话的时候，从杯沿上取得孩子口水的 DNA，化验结果跟富商无血缘关系。

当梭哈亮牌的时候

另一个故事，也是有个女人说她新生的孩子是某富豪的，富豪断然否认，新闻闹得很大。

可是一天天拖下去，隔不久闹一次，大家叫那女人把孩子抱出来给大家看看的时候，孩子却迟迟没出现。

她居然抱不出她信誓旦旦的孩子，于是事情落幕。

乌龙一场，那女人被大家笑死了。

“她”确实可能搅局闹事、无事生非！但你也能往另一个角度想：如果她把孩子抱出来，又不小心被人“采了样”，验出来“无关”，她是不是满盘皆输，也得进监牢？

那孩子好比打“梭哈”时的底牌，也好比贪官和情报头子的黑材料，只要不亮，就比什么都神，比什么都亮。相对地，亮牌那一刻，可真一翻两瞪眼，不是你死就是我活。无论如何都是伤害，会不会“他们”已经私下和解了呢？

能杀不杀，刀下留人

每个自以为握有王牌的人，都得有个认识，就是亮牌的那一刻，自己的优势就再也不会增加，对方的怯懦隐忍也不再会持续。甚至因为对方“卧薪尝胆、受尽委屈”，当他终于拨云见日，或做垂死挣扎，那出手的力道是非常惊人的。

今天情报机关头子握在手里的是王牌，明天亮出去，却可能是他自己的死牌。

对方原先不是他的死敌，他亮了对方的黑材料，如果没把对方一枪毙命，从那一刻开始，他就多了个死敌。

这就是“恐怖平衡”！也是为什么许多人会能摊牌不摊牌，能杀不杀，刀下留人。

得噤声时且噤声

虽然前面讲了一堆“上层”的游戏规则，但天下的道理都一样。山不转水转，人不能太绝。今天你容人一步，明天别人也能容你一步，何必两败俱伤?

如果你懂得处世，最好避免打探别人的隐私，就算知道也要装作不知，否则你会被忌恨。如果社会发生动荡，那个知道你握有他小辫子的人手上有枪，就可能在关键时刻对你扣下扳机。

你也千万别认为拥有别人“黑材料”愈多愈神，自己也愈安全，因为这世上的人，一个牵着一个，你自己也牵着一家老小，连宫女和杀手都知道“不能说”，你能说吗?

为自己设下停损点，衡情度势，顾全大局，得噤声的时候噤声，得忍让的时候忍让，得饶人的时候饶人，得牺牲的时候牺牲。

人生百忌——忌不设停损点。

忌溺爱

渔网比鱼

更重要

别用爱把孩子淹死

这世上最难了解的是爱，给人压力最大的是爱，造成最多问题的是爱，影响最深的是爱。凡是爱得过多，多到可以把孩子溺死的，都是“溺爱”。

其实每种动物都会爱，甚至在孩子小的时候，都会溺爱。

我卧室窗前有棵石楠树，到了春天，常有知更鸟在上面筑巢孵蛋，我总看见鸟爸鸟妈，各站在巢的一边，叼着满口的小虫，争着往鸟娃娃的嘴里塞，吃不下了还硬塞。

妙的是，它们塞归塞，可能有一天，又带着“大鱼大肉”回家，却发现孩子全不见了。这时候只见大鸟站在巢边发愣，不知它心里是什么滋味。

小鸟飞了，因为翅膀硬了，不再需要父母溺爱。

放孩子飞吧

我也见过麻雀孵窝。麻雀娃娃比较差，翅膀硬了还不离开，装成小宝宝，张着大嘴要父母喂。

但是麻雀父母厉害，起先它们还会喂几口，渐渐地，小鸟一靠近，大鸟就躲开，小鸟再黏过去，大鸟会用啄的，把孩子赶走。

可以说，麻雀娃娃虽然不像知更鸟，能自己“断奶”，但是父母会强迫孩子断奶。

第二次断奶

绝大多数动物都懂得断奶。因为如果孩子不断奶，非但孩子无法独立，父母也无法过正常的生活。为了生存，老天爷早就给这些动物灌入了“断奶程序”。

只有人，麻烦！

因为人有两次断奶期。第一次妈妈们很容易做到，为了让孩子不再黏着妈妈吃奶，有些母亲甚至会在自己奶头上搽薄荷。

妈妈们为什么能做到？因为这时候她们还年轻，要出去工作、出去活动，要有自由。加上她们的奶水渐稀，为了孩子成长，必须让孩子改吃比较实在的东西。

用溺爱换逆爱

但是第二次断奶就出问题了！

当孩子十六七岁该独立的时候，妈妈们年纪已经比较大，冲力也比较弱，又跟孩子相依十几年，眼看孩子要走，妈妈反而舍不得了。

这时候不再是孩子黏着妈妈，变成了妈妈黏着孩子。她们整天守在家里，不一定等丈夫回来，是等孩子回来。孩子晚一点回家，她们就心神不宁；孩子一句顶撞，她们就火冒三丈；孩子半句甜话，她们又心头涂蜜。

问题是跟别的动物一样，人天生有个力量，要出去独立，闯自己的天下，成自己的家。那些个性强的孩子，碰上不让他“第二次断奶”的娘，难免产生冲突。

于是妈妈的“溺爱”，换来孩子的“逆爱”。

大鹏还能展翅吗

当然也有些一路被溺爱的孩子，已经失去自主的能力，妈妈舍不得孩子走，孩子也舍不得娘。大学四年就算住校，也时时向妈妈报告。假期哪儿也不去，立刻赶回家，黏在父母身边。大学毕业，又躲回羽翼底下，每天在家吃、在家住。

没错！这是天伦之乐！这孩子很可能在父母的安排之下成婚，几代同堂，太完满了！

但是也有多少可以出去发光发热的年轻人，因此被埋没了；多少可以“扶摇直上九万里”的“大鹏”，连展翅的动力都消失了。

还有许多孩子在外面恋爱，谈一次吹一次，都是被父母拆散的。父母没错，在他们眼里，别人的孩子永远配不上自己的。但是拆散一次、拆散两次，搞不好孩子错过机会、错过年岁，一辈子守在父母身边。

这种父母称得上成功吗?

孩子还能做什么主

不久前，有位台湾名医，因为医疗事故被责难，在博客上发牢骚，令我印象深刻。

他说他从小就没做过主。大学读什么科系，是爸爸指定的；毕业娶怎样的太太，是妈妈选定的；婚后生几个子女，是太太决定的。他每天待在医院，只知拼命工作，不想回家，因为不知道回家做什么。实在倦了，他对老爸说想出家。老爸居然讲："好哇！我来给你盖座庙！"

给孩子一点自由

再说个我以前在书里提过的真人实事：

一对老夫妇带着未嫁的大女儿过，幸福极了！常说女儿三十多岁还长不大，需要他们照顾。

问题是，在美国的二女儿生了孩子，要爸妈过去帮忙。实在没办法，老夫妇去了美国。但是才半年，因为担心大女儿，二老还是回来了。

大女儿去上班，老夫妇自己拿钥匙开门。还好！一切如常，跟他们离开之前差不多。

但是老先生才上完厕所，就对老太太说："行李先别拆！咱们过几天，还是去美国吧！"

隔不久，大女儿结婚了。

"幸亏我们出国，让她有机会找到这么好的伴儿。"老先生私下对朋友说，"也幸亏我机灵，那天打开水龙头，看见全是锈水，就知道该给女儿一点自由了。"

别误彼此一生

人生百忌，忌溺爱！

当孩子成长的时候，做父母的也得成长。不能成长的父母，千万别认为孩子离不开你们，要知道是你们离不开孩子。

拖孩子走半辈子的父母，很可能被孩子拖累一辈子，而且误了彼此的一生。

别养个无能的小霸王

最近看到一则新闻——一位妈妈在马路上跪求她的女儿用功。据说那妈妈跪了十几分钟，女儿都不理，最后还是外人看不过去，把妈妈搀起来。

这让我想起多年前看过的另一个画面——一个八九岁的男孩，因为妈妈不买他要的东西，居然在马路上狠狠掐住妈妈的脖子。

更严重的则是，成年孩子要钱，父母不给，居然弑亲。

当你看到这样的新闻，你觉得匪夷所思吗？

没良心的猴子

让我先举个养小动物的例子吧！

今天你养了一只小猴子，把它关在笼子里，给它好吃好喝，偶尔牵它出去玩，从来没教它自己找食物。

小猴子一天天长大，你养不动了，也想它应该回归自然，于是把它放到野外。起先它兴奋极了，一溜烟跑不见。但是它过去跟同类没有相处的机会，无法合群，甚至被欺侮，加上它不会觅食，几天后你再去看，它已经瘦得不成样子。你只好继续喂它，隔两天就带食物过去。

只是你想来想去，认为小猴子还是应该独立，所以你渐渐不喂，它就算抓着你、拉着你，又叫又跳地要吃，你也说："没有！我不能再给了。"接着把它推开。

突然，小猴子抓狂了，它跳上你身，掏你口袋、扯你衣服，最后狠狠咬你一口。

孩子为什么抓狂

听这故事，你会觉得不可思议吗?

不会吧！你八成会谅解小猴子，它从小被宠到大，不懂觅食，当然会找主人要。主人不给，它又渴又饿，当然急。小猴子会想，你过去给我吃好住好，为什么今天把我赶出去？你不管我了吗？你不爱我了吗？只怕下面还有：你既然有一天会不爱我，过去为什么对我那么好？

如果你能谅解小猴子，为什么不谅解孩子？当父母溺爱得孩子都难以呼吸了，有一天突然放手不管，孩子抓狂又有什么稀奇？

是谁造成悲剧

今天在中国，无论家庭还是学校，都有个同样的问题，就是跟社会脱节。

孩子在学校，只教他读书，不教他了解社会。关起校门教的全是圣人贤人，打开校门展示的可能是一堆坏人。

家里也一样，父母、祖父母、外祖父母，一群人宠一个宝，只要他好好读书，要什么有什么。至于做家事，太浪费宝贵时间了！哪里需要孩子动手？更别说烧饭了，只怕连水怎样烧开了，孩子都不知道。

当有一天，孩子入了大学、进了社会，怎么办?

有能力的父母照办！他们甚至住到学校旁边盯着孩子读书，给孩子做饭、洗衣、打扫。

好！成功了！孩子大学毕业了，还申请到国外的学校。

这时候，做父母的又怎么办?

可能因为经济问题，没办法了，也可能听说别人的孩子留学都自己打工，于是不管了。

你怎不想想，就像那小猴子，它从没出去过，可能兴奋得一溜烟消失在森林深处，从此不知生死，没了消息。

再不然，孩子果然去打工，但是连热水都没烧过的他，进入餐厅厨房，猛力端起一锅油，才发现它是烫的。

请问，出了悲剧，要怪谁?

怪他自己不小心，还是怪父母没教?

孩子为什么嗑药

你确实可以说，既然别人宠大的孩子，出国就能半工半读，你家的孩子为什么不行?

没错！大部分的孩子经历一段挣扎，确实能撑过来，但是也有多少孩子，一个学期都念不完，就跑回家了。

再不然，那孩子虽然没回家，却因为受不了诱惑而走歪路，因为受不了压力而酗酒嗑药。

这种事情很多，但家丑不外扬，那些孩子的家长不会说，许多把孩子宠大的父母，没看到别家的教训，也就继续同样的戏码。

给他鱼，也给他网

再回到养小动物这件事吧！

你知道把一只长期豢养的动物，放回野地有多难吗?

我曾经看过一个小熊的纪录片：收养小熊的人，为了放小熊回归自然，居然制作捕兽夹，故意把小熊夹伤。为了怕小熊太相信人类，甚至假装攻击小熊。又为了教小熊觅食，把肉挂在树上，教小熊自己去发现，一步步学着独立。

同样的道理，我们的学校和家庭是不是也该在孩子进入社会之前，教导他们谋生的技能?

人生百忌，忌溺爱！

如果你已经溺爱了，趁孩子还在身边，开始转向吧！一步一步转、一点一点教，让他去吃一点小亏、受一点小苦、上一点小当。告诉他：“爸爸妈妈不能跟你一辈子，所以给你鱼，也给你网，下面的鱼，你得自己捕！”也告诉他，“我们的爱虽然无限，但是能力有限，有一天帮不上你，别怨爸爸妈妈！”

死狗比死娘还伤心的子女

今天文章一开头，我又要说两个“没良心”的故事给你听：

我朋友的狗死了，她在电话那头哭：“狗死了！我比当年死了娘还伤心。”

学生收养了一只流浪猫，从捡来那天就开始给猫看病，不知花了多少钱。他非但没怨，居然还说：“奇怪！为猫花钱，我一点也不心疼，比给我妈还不心疼。”

怎么样，够没良心吧？但是先别骂，他们的没良心除了天生薄情，还有其他原因。

首先，我猜他们很可能太久没跟妈妈一起生活，更别说照顾母亲了。如果前者的妈妈，死前由她长期照顾，像她照顾她的狗一样，妈妈死，她当然会伤恸逾恒。后者也差不多，据我了解，那学生的父母都健在，而且十分富有，根本不需要他照顾，只怕他还需要父母接济。

越爱，越爱

爱很妙，你越付出，越会爱；越不付出，情越淡。

不知道你有没有读过世界名著《爱的教育》？里面有个小男孩，在家乡得知爸爸病倒在城里的医院，小男孩急急赶去，父亲已经瘦得不成人形。

小男孩日夜守在床边，照顾病重的父亲，不断安慰爸爸：“你一定会好起来的，我要带你回家！”

经过五天，突然出现奇迹：爸爸好好地出现了。原来躺在床上的那个人，并不是他爸爸，只因为已经憔悴得不成人形，被小男孩误认。这时候，真正的爸爸要带小男孩走，小男孩说：“不！我要留下来照顾床上的那个爸爸。”

“床上的爸爸”终于咽下最后一口气。小男孩伤心极了，临走哭着说：“我爱你！爸爸！”

我爱你那么多，你为什么离开

请问，小男孩为什么会伤心？那人并不是他的爸爸，而且他已经糊里糊涂地照顾了好长时间，他应该怨自己白辛苦了，为什么反而伤心呢？

答案很简单——

因为他付出了爱。

即使是毫无关系的人，如果在偶然的机会交给你照顾，你照顾越久、付出越多、牺牲越大，有一天他离开，你越会失落。

对小动物也一样。今天你看到一只流浪猫，把它带回家，你只是可怜它、同情它。但是当你每天跟它相处，为它清粪便，带它看医生，忍受它砸东西，甚至因为对它敏感而自己不得不吃药，你渐渐由同情它变成爱它。

如果有一天它不见了，你又可能一边哭、一边想、一边骂：“我为你牺牲了这么多，你为什么离开？”

你居然气它、恨它。

爱你、想你、恨你

当亲爱的人死亡了、变心了、离开了，那原本“无条件付出”的人，也可能由爱转恨。他不能不恨，因为恨是忘掉爱的最好方法。

多少离婚的人，在另一半变心的时候，突然否定过去所有在一起的幸福时光，就是这个道理。

父母也一样，从小为孩子牺牲奉献，起早睡晚、省吃俭用，哪怕在外面省下半口，都要带回家给自己的孩子。

我就在街头看过这么个画面，一位乞丐妈妈，整天没吃，饿得已经趴在地上，但是当有人给她一块面包，她先解下背上的娃娃，把面包撕成小块，送进娃娃嘴里。

如果有一天，这娃娃对她不敬不孝，她是不是会加倍伤心？

越牺牲、越爱，也越会被伤害。

正因如此，总听见做父母的（尤其是妈妈，大概妈妈牺牲得最多）咬牙切齿地怨孩子没良心，他们会拿别人的孩子比，说别人对孩子远不如自己牺牲得多，为什么别人的孩子更用功、更孝顺？

然后，如同那些失去婚姻的妇人恨自己瞎了眼，他们会怪自己，说自己过去都错了，错在只想到孩子，忘记了自己。

他们说得一点也没错。父母为孩子忘掉了自己，他们不知道爱一个人之前，先得爱自己。如果连自己都不能照顾好，如同泥菩萨过江，怎么去保佑人、照顾人？

别剥夺孩子爱的权利

但是从另一个角度想，他们在付出的时候，也就得到了回馈！

当他们自己舍不得吃，把好东西塞进孩子嘴里的时候，当他们省吃俭用，买件漂亮衣服为孩子穿上的时候，他们心里是快乐还是痛苦？

当然是快乐！

养小动物也一样，当你喂食的时候，它们高兴得又叫又跳；在你抚摸的时候，它们厮磨撒娇。你送它们去洗澡剪毛，还要算好时间赶去，抱着香喷喷的“宝贝”回家……

请问，你哪一刻不是在付出的时候，也享受了付出的快乐？就算你有时候觉得辛苦，只怕苦里也有牺牲的愉悦。

奉献的乳汁

爱像妈妈的乳汁，由里面产生。不给孩子吸，就会胀痛发炎。当娃娃一口口吸吮的时候，妈妈也得到付出的快乐，甚至因为促进子宫收缩、减少乳腺癌的发生，而得到健康。

每个人都有爱。付出爱的时候，也会得到爱。即使没得到实质的回馈，也得到温馨的感觉。所以无论后来的结果如何，都不必怨恨。

尤其那些爱得太多，因为溺爱而害了子女的父母，更不能怨。请容我说句难听的话：要知道，可能正因为你一直追求那种付出爱的自我满足，而付出太多的爱。也可能因为你一味付出、一味把爱填塞给子女，却不让他们有付出的机会，导致孩子认为你欠他们的，对你的付出已经无感。甚至可以说，由于你剥夺了孩子对你付出爱的机会，到最后孩子不是不爱你，而是不懂得爱你，没想到你也需要他们的爱。

爱是好事，不恰当的爱，绝对是坏事。

宠儿不孝，宠猪倒灶！

人生百忌，最忌溺爱！

优等生为什么自杀

爱，有溺爱。

爱的教育，也有溺爱的教育。

“溺爱的教育”是一种教育方式，它没错，却可能产生错的效果。

举两个例子吧。

一位美国的华裔高中生对我说：“奇怪了！好像只要是中国人，数学就非好不可。我们班上只有我一个中国人，每次老师问到同学不会的数学题目，一双双眼睛就亮亮地盯着我看，起初我确实会，没想到从此被称为天才。哪次不会，同学就说我一定病了。害我不得不在家偷偷准备，老师没教，我先得自己学。问题是我很累耶！我也是平常人耶！而且我根本是在装嘛！我何必装呢！”

学习的快乐在哪里

另外一个例子是我女儿最近对我说的。她到加利福尼亚州去，在她哥哥大学同窗家住了几天。有一天看见那家的小孩投篮球，投进了，她夸一声：“进了！好棒！”

那孩子的爸爸在旁边，却说：“别因为他投进而叫‘好棒’，要赞美的是他投球这件事。他能投了再投、试了再试，值得赞美，不能只赞美他成功的部分。”

我女儿说她听了很有感触，因为她从小就被赞美，每次比赛得大奖、考试拿第一，都被我赞美，使她为了得到赞美，不得不拼命，拼命拿第一、拼命考高分。

我问，这有什么错呢？这是爱的教育，用鼓励的方式。

女儿却理直气壮地说:“问题是，如果我总为得到你们的赞美而学，会失去学习的快乐和初衷。”

快乐就是把别人打垮?

大概这正是东西方教育观念的差异吧!

中国学校常在月考之后把全班的成绩公布，有些非但公布，还印出来请家长签名。甚至班与班、老师与老师也比，好多学校会把各班的平均成绩公布，看哪班比较棒。

一个孩子从进幼儿园就是考、就是比，就是我要赢、赢过别人，如果输了，就颜面无光，甚至爸爸妈妈都抬不起头。

比，当然有好处! 对于获胜的，给他掌声，也当然对!

问题是学习的目的是得到“知的快乐”还是“获得高分”和“把别人比下去”?

相对地，美国学校是不公布分数和名次的。每个学生考试得几分，只有他自己知道。谁打听同学的分数，会被认为没礼貌。我太太以前在美国大学做入学部主任，还跟我说，连学生家长到学校要求看孩子成绩，学校都不能给。因为那是大学生自己的事，不是爸爸妈妈的事。

起初我对这种做法很不以为然，但是在美国大学教了十年，我渐渐了解到其中的道理:

学习要对自己负责，不必因为别人都差，或者我已经拿第一，就不再努力; 也不必因为别人都强，我就把命赔上去，或者自暴自弃。

学习最重要的目的是我学了，我学到了，我能学以致用，我看事情的深度和态度不一样了。

正因如此，我女儿说的那家人讲“只要努力去投，无论进与不进，都值得赞美”。

什么是不可承受之轻

说到赞美，这当中大有学问。许多人说爱的教育就是不断赞美、不断鼓励。问题是一味地赞美也可能造成无穷的压力。

这世上真正“不可承受之轻”是什么？

绝不是有形的东西，因为有形就有实际的重量，就能应付；只有无形的东西，会重不可当。

那是什么？是爱！

看看体育新闻，动不动就说某运动员的“心理素质很好，可以在正式比赛的时候，发挥平常练习的最佳水平”。

天哪！正式比赛当然应该比练习的时候更拼命，为什么可能更差呢？

因为心理素质不够好，因为不耐压！

谁给他压力？

他的教练、他的亲人、他的国人，每一个盯着他，巴望他拿金牌的人，都可能是造成他失常的压力。甚至应该说，你越斩钉截铁地夸赞一个人，说他一定会赢、一定能不负众望，那压力越大。

她为什么不见了

我知道有个女孩，漂亮又聪明，从小大家就说她当然能样样拿第一，初中升高中的考试却失常，进了二流高中。

所有过去赞美她的人一下子不吭气了，那女生的家长也抬不起头。

但这情况没维持多久，大家又开始赞美。

因为女生偷偷用功，以插班考试第一名进了明星高中。大家又开始说女生是天才，前一次是意外，未来高考绝对是榜首。连补习班的人都送钱给她家长，希望那女生能挂个名，将来为补习班做宣传。

高考到了，女生昏天黑地地用功，模拟考次次名列前茅。虽然还没考试，爸爸妈妈已经准备庆功。

考试当天，妈妈开车送她去考场，停车回来没看到女儿，四处找不到，眼看着同学都进考场了，妈妈急得又哭又喊。铃声响了，女儿呢？

整场考试女儿都没有出现……

拥抱得无法喘息

请问，是谁害这必胜的女生成了必败？是谁害她临阵脱逃？又是谁害许多好学生跳楼、逃家、嗑药、迷失？

除了他们追求完美的自我要求，也可能是那些无条件“爱他”、肯定他，对他寄予殷切期望，说他是天才，只要上课听一听，回家不念也能考第一的人。

“溺爱的教育”就是这样，它的初衷是爱！是夸赞！是肯定！但是当那些“爱”给得太多，好像拥抱，抱到对方无法喘气的时候，反而有害。

别让鼓励变成压力

我做了几十年的青少年心理咨询，看了太多总要赢过别人的孩子，进入社会却不受欢迎，因为他只想压倒别人，不懂与人分享；也看过太多以成绩为目标的学生，出校门就失去学习的动力；更看过许多资质好极了的孩子，最后临阵脱逃，甚至成为人生的逃兵。

这类事件多半被掩盖，但我不能不说。

对孩子失败的责骂要适度，过度的责骂会使他们失去自信；对孩子获得成功的赞美也要适度，因为过度的赞美会成为他们的负担。

溺爱除了把孩子溺死，还能把孩子压死！

人生百忌，忌溺爱！

忌执拗

放开别人也
放过自己

不是不报，时候未到

大家都说美国是法治社会，岂知在美国打官司学问可大了。

我有个华人医生朋友，拥有三家医院，最近硬是被病人告垮了，还不只是垮了医院，照他的说法，简直是倾家荡产。更令他不平的是因为他倔强，只要自认有理就官司打到底，因此造成了更大的损失。

举个例子，有位病人咳嗽严重，没约到自己的家庭医师，临时跑去找我这朋友看急诊。照X光片，肺部有阴影，判断是肺炎，开药，隔周再照X光片，好多了。我朋友又跟她约好复诊，却不见人影，心想应该已经痊愈，没想到半年之后病人发现脑瘤，是肺癌转移，于是把他告上了法庭。

我这朋友在庭上据理力争，说那原本也不是他的病人，临时跑来，又约好了复诊不出现，怎能说是他的错?

法官答得妙——

“你最好合作，签字和解走人，赔的又不是你的钱，是保险公司的钱，这是我们美国人处理事情的方法。在我们的法庭里没有正义，只有钱！”意思是既然你有医生保险，病人告，由保险公司出面和解赔钱了事，现在病人要死了，她丈夫又失业，还有小孩子需要钱，你何必争呢?

我这朋友硬不妥协，官司打到底，原本五十万美元可以和解的案子，足足赔了九十一万美元。

里外都是输

从此他学乖了，再被病人告，就算自认理直，也交给保险公司和解。但是每赔一次，他的医生专业保险就加倍，最后他不用保险公司了，自己请律师。

问题是律师费奇高，每小时三百美元，上一次庭三千美元，写个状纸一千美元，简直是无底洞。连律师到后来都跟他说："和解算了吧！别争下去了。对方有包打官司的律师，赔钱可以对分，非用钱摆平不可，我这边也每次要收费，你何必耗着呢？"

我这医生朋友脾气再硬、理再直，也没办法。最近一个案子用二十五万美元和解，加上律师费，又被剥了一层皮。

当先驱还是先烈

打官司，常常是必要的。为了证明是非曲直，为了不让恶人逍遥法外，当然要力争到底。问题是争多久呢？争到后来会不会两败俱伤，谁也没赢？

我自己也有这样的经验，十几年前盗版猖獗，我忍无可忍，打了场官司。我是赢了，被认为是打版权官司的先驱。问题是得到五万块钱赔款，还远不及我从纽约千里迢迢赶去的旅费和律师费呢！而且因为受寒，重感冒，躺了足足一个多月。

我认为自己做得对，总要有人站出来才行嘛！所以连那五万块钱都不愿拿，全部捐给了公益团体，表示我不是为钱打官司。

只是私下想想，值得吗？可以说很值得，也不值得！因为我为这件事花掉的财力、体力、心力，太大了！

当心对方小动作

最近又听到个故事，让我十分感慨。

朋友在台北近郊有块墓地，地震震落两块大理石，请墓园估价修理，居然要几十万，想请外面人进去修理，墓园又说不行。

他私下跑去殡葬管理单位打听，说没这种规定，于是跟墓园吵了起来，一气之下去找了位律师朋友，打算告上法庭。

你猜那律师怎么说？

律师说："墓园是他在管，给你一点小动作，你防不胜防。而且打官司花钱又花时间，何苦呢？干脆把墓园的地址名称告诉我，我找那个地方的议员，打个电话就解决了！”

我朋友听了很不解，跑来问我，明明自己理直，一定能打赢官司，为什么律师会那样说呢？有理走天下，不是应该力争到底吗？

投鼠要忌器

我把美国医生朋友的遭遇讲给他听。

他气得没错。如果这世上大家都抱着息事宁人的想法，坏人就猖狂了。但俗语说得好，投鼠忌器。当你打老鼠的时候，是不是也得算算成本和代价？

今天你出国旅游，买了件好东西，回来发现有瑕疵，你会再请假，花时间、花体力、花钱，坐飞机回去找那卖家吗？

除非东西非常贵，远远超过你“追索的花费”，否则你是不是只好自认倒霉？

认赔杀出的时候

今天你做小工程，完工之后业主说你做得不好，硬是不付尾款，你自认理直，是不是要找公信单位来鉴定，上法庭告那业主？

搞不好更麻烦，是业主告你，要你赔。偏偏那业主平常没事在家，以跑法院当休闲，他不怕，三天两头跑去递状子，告完这个告那个。

而你的事业正忙，东西南北都有工程，早出晚归已经做不完了，哪儿还受得了这官司困扰？你怎么办？算算你在精神、金钱和时间上的损失，早超过了“他”要求的那点钱，你是不是会“认赔杀出”？

当你碰上大鲸鱼

再说个状况——当你是小虾米，碰上大鲸鱼。今天你买名牌登山鞋，发现那鞋底制作不良，非但不能登山止滑，恐怕还容易摔伤。你对厂商提出纠正，他硬不认账。你打电话，他要你等，告诉你他要录音存证；你找他碰面，他安排律师出来。他是闻名国际的厂牌，后面养了一大票律师，这官司你打不打？你告不告？

当然要告！不告真相怎能大白？公理怎能得到伸张？

我确实应该这么说，以我的个性，也会想要干到底。只是除非我真有钱有时间，甚至有个庞大的律师团，和一堆支持我的公众媒体，否则我犯得着跟他纠缠吗？

白道养黑道，黑道养白道

今天我写的是处世书，不能脱离现实说空话。我必须说：别认为这是个处处有公理的社会，其实都避免不了有黑暗面，有财阀，有法匠，有讼棍，有白道养的黑道和黑道养的白道。

开车时闪躲路上每个小洞的人，出事率特别高。人生就像开车，我们没办法事事满意，也不可能永不吃亏，或吃亏之后一定能得到理赔。有些该争的，譬如领土，一寸也不能让；有些可以争赢，却会两败俱伤，只好暂时搁下。

最有理和最有实力的人最有发言权，只有理却没实力的人难免吃亏。所以为了争口气、争个理，当自己没有实力的时候，千万别暴虎冯河，宁可忍口气退一步，养足了力气，积够了实力，再出手！

不是不报，时候未到！只有忍一时之气，谋长远之计的人才会是最后的赢家！

拼命半辈，陪葬一生

当你听我说“人生百忌，忌不自爱”的时候，你八成会想：哪个人不知道要自己爱自己？这不是废话吗？

那么我要讲：没错！人人知道要自爱，但是知道归知道，却不一定能做到，甚至可以说，这世上多半的人不懂得自爱。

如果你是家庭主妇，丈夫孩子中午不在家，你是不是可能随便热点剩饭剩菜吃，甚至觉得不饿，一懒，连午饭也免了？

请问，这是自爱吗？虽然你爱你孩子老公，晚餐为他们准备得很丰盛，问题是你忘了爱自己，如果自己倒下了，还能好好照顾老公孩子吗？

别把丈夫往外推

我有个女学生更过分。她得了严重的胃病，据说是因为饿的。为了表示对老公的爱，她晚餐做好，非等丈夫回家才吃，有时候丈夫没先说不回家吃饭，她就默默对着一桌子菜，等到深夜。

或许这是她的苦肉计，逼丈夫良心不安，少在外面鬼混。问题是，她把自己拖成了黄脸婆，整天病歪歪的，能留住丈夫的心吗？只怕更把丈夫往外推了！

拼命半辈，陪葬一生

做丈夫的也一样。多少男人爱老婆、疼孩子，希望为家多存点钱，于是在外面拼命，甚至打一份工不够，还兼差打两份三份，结果事业是闯出来了，钱也愈赚愈多，后来却把赚来的钱拿来治病，早早去了极乐世界，这是自爱吗？

说爱孩子，毁了一家

我以前的家附近，有一对中国夫妇，原本都在国内教书，说是为了孩子的前途移民美国，开了家水果店，深更半夜才打烊，还要收拾烂果子，天不亮又得进货，没有时间管孩子。加上孩子正当青春期，不能适应异乡，混了帮派，把两口子气得几乎吐血。

每次我去买水果，两夫妇都一个劲儿地叹气，说为孩子做了多少牺牲。

问题是，他们的牺牲值得吗？他们以为爱孩子，却害了孩子，害了自己，不是不懂得自爱吗？

没资格早恋

谈到孩子，很多孩子谈恋爱，偷偷摸摸，提心吊胆，茶不思饭不想，深更半夜熄了灯，还要躲在被窝里讲手机，电话账单寄来，再跟父母大吵一架，结果亲子关系恶劣，成绩一落千丈，健康也亮了红灯。

这样的孩子有资格谈恋爱吗？连自己身体都没办法顾好，生身父母都不能孝敬，分内的功课都不能做好，还有余力出去爱别人吗？就算他敢爱，甚至跑出去成家有了孩子，又能好好疼自己的孩子和另一半吗？

我在故我思

自爱是务本，因为这世上的一切，都要以“自己”这个“人”为本。你要爱人，先要爱自己这个人。“我在故我思”，我不在，就什么也甭谈了。

问题是，当爱自己、爱国家、爱家庭，不能兼顾的时候，要牺牲哪一个，以哪个为优先？这可是大智慧。

我有位女学生，半夜接到个电话，说她要好的朋友在国外出车祸死了。

别的朋友听到噩耗都急着联系，聚在一起又哭又喊，我这女学生放下电话却继续睡。她后来跟我说得好：“起来哭有什么用？把自己哭伤了，哭垮了，人能活过来吗？所以我先睡，睡醒了，再面对打击。”

果然，当那些哭的人乱成一团时，唯有我这女学生冷静，帮助死者家属料理了许多繁杂的后事。

只是从另一个角度想，听到朋友死讯，她表现得那么冷静，好像自己睡觉更重要的样子，是不是会被人认为无情呢?

自爱不是自私

为了更远大的目标，自爱的人常常不得不显示自私。

受苦的人没有悲观的权利。为了应付接下来的打击，怎么能流泪?

当食粮有限，大敌当前，就算孩子喊饿，只怕都得把前线的人先喂饱。一个知道取舍的爸爸，会狠着心，把东西吞下去，冲向前线!

因为他知道，一旦敌人打进来，自己妻儿都将不保，他的自爱是为了爱“他们”。

忘了自己就牺牲大家

同样的道理，一个享誉国际的演员，旁边跟了一群拥护者，他只管自己，不管别人，甚至大家要他出去拍张照他都拒绝。到卫生落后的国家，他坚持自己带食材、厨子，连洗澡都用矿泉水。他那些看起来自私自利，甚至自大的表现，虽然被媒体骂翻天，他也不听。

为什么?

因为他要负责，把他自己保护好，然后带给大家最精彩的演出。

相反，如果他处处将就别人，自己先病倒了，受损的会是谁?

亲民不是冒险

所以，如果你是一家企业的老板，大家在搬东西，你不必身先士卒抢着干!

你应该专心把自己运筹的事办好。因为你的健康、你的成功，关乎你企业里的每个人。

如果你是领袖，不必为了表现亲民，就坐着敞篷车挥手出游，或是穿着小短裤在巷弄里跑步。

你高高站在游行的车子上，四周罩上防弹玻璃，你的安全戒备严密，只因你要对整个国家负责，不能不牺牲自己的自由。

自爱需要狠心

自爱常常是失去自由的，为了自己的健康，你不得不勉强自己吃不爱吃的东西；为了更艰巨的任务，你不得不放下自己的喜好；为了能更“有情”，你不得不表现得无情。

君子务本！务本的自爱不是自私，是爱人！

孩子自爱，让大人少担忧，是爱父母。

父母自爱，别让孩子没爹娘，是爱家。

老人自爱，免得年轻人操心，是爱子孙。

领袖自爱，保持身心的最佳状态，是爱全民。

自爱容易吗？

不容易！

要取舍，要坚持，还要不顾别人的误解。

关公怎么掉了脑袋

我初学打网球的时候，有一天教练临时请假，由球场的负责人代课。早听说他是著名的网球选手，曾经打进美国公开赛，居然来教我这个初级班的学生，让我有点紧张。

妙的是，他好像也不轻松，只见他站在底线，双腿分开，不断地调整身体重心，好像我是个高手。

“我是初学。”我对他喊。

“我知道！”他还是那副戒备十足的样子。

一个小时的课，虽然知道我很差，但是从头到尾，每次我发球，他都是那副一丝不苟、全力应战的姿势。

下课了，我跟他握手，再一次笑着说：“我是初学啊！你干吗那么认真的样子？”

他笑笑说：“我是专业，专业的人不知道什么叫不认真。无论对手强不强，都不能轻敌。”

大意失荆州

可不是嘛，战场上多少自恃武力强大，深入敌阵，中了埋伏而全军覆没的！

连关云长都因为轻敌而死。

听听关羽对他儿子自夸的话：“矢石交攻之际，千枪万刃之中，匹马纵横，如入无人之境，岂忧江东群鼠乎？”语气有多狂！这种鲁莽的骄兵，能不中伏吗？

他连江陵的南郡太守糜芳和公安的驻守将军傅士仁都看不起。所以当他出兵的时候，那两个“自己人”扯后腿，甚至迎接孙权。

“大意失荆州”！什么是大意？大意就是骄矜自满，自以为是的轻敌。

最后的赢家

相对地，让我们想想孔明的“空城计”，当司马懿率大军，兵临城下，孔明城里连一员战将都没有，却安排老百姓开着城门扫街，自己则身披鹤氅，坐在城头弹琴。

司马懿居然不敢杀进城，反而退走了，成为流传千古的笑话。

问题是，那次司马懿虽然不敢轻敌，输了，但是最后谁赢？

是那即使拥有千军万马，仍然不敢冒进的司马懿啊！

黔虎不轻敌

“黔驴技穷”里的老虎不也一样吗？

贵州早期没有驴子，有人从外地弄了头驴子放在山下，山里的老虎没见过驴子，居然不敢靠近，就算靠近了也不敢攻击，直到那驴子喊一声、踢一脚，才确定“不过尔尔”，扑上去把驴子咬死。

老虎多“虎”啊！驴子多“驴”啊！那么神的老虎居然也不敢轻敌。

安静的藏獒

同样，大家都知道藏獒凶猛，连老虎都不怕，大概狗里很难有强过獒犬的。但是据说藏獒最可怕的不是它凶，而是它在攻击之前，往往非常安静，所以有人说藏獒个性孤独。

它为什么安静？因为它要先观察，看清楚了情势再攻击。

让对方轻视你，然后赢他

我从大学一年级开始，几乎在每个校外的训练营里，都能崭露头角。

你猜为什么？因为我强？

错了！由于我一向晚睡晚起，参加活动却早上六点就得起床，每次刚入营的时候我睡不好，非但不强，反而弱；总会双眼无神、寡言少语。

所以在大家削尖头冲的营里，我起初不会被列为对手。可是一天天过去，等我适应，精神好了，就能异军突起了。我赢，赢在前面像藏獒的静；别人输，输在轻视了我的存在。

当然，我也有阴沟里翻船的时候。

也是打网球——

有一天，我刚练完球，一位华裔妈妈走进场里，带着她小学四五年级的儿子。

“让我儿子跟你打几球吧！”那妈妈说，“他也练网球，打得不错了。”

“好啊！”我心想，那么小的一个孩子，陪他玩几球！就站到底线。

啪！那小子发球了，我居然都没看清楚，球就飞过了我身边。

我开球过去，啪！小鬼打回来，我居然接不到。

直到今天，我还记得那妈妈脸上的笑，还有我的尴尬。

轻视敌人就是轻视自己

我也常在看到一张老照片的时候脸红。

那是早年我跟一位小学同学打乒乓球时拍的。因为我的球技比他强，我把左手插在裤袋里跟他打，照样打得他毫无招架之力。

明明很神的一张照片，不知为什么，每次我看到都觉得丢脸。

因为我非但表现了轻敌，而且显示了轻佻。我想起后来网球教练说的：“轻敌就是轻视自己，会让人看不起，而且输得很惨！”

人生像战场，许多时候，打垮我们的不是强者，是弱者；把我们摧毁的不是敌人，是我们自己。

人生百忌——忌轻敌！

谁说人生没定数

在报上连着看到两位名人遇难的消息。

一个是虽然年岁大了，很久不再下水，但仍然四处演讲，教授潜水知识的潜水专家。

有一天晚辈向他请教潜水问题，老先生分析，晚辈不懂。老先生说："哎呀，简单嘛！"接着掏出全副潜水装备，带着晚辈一起坐船出海，以优美老练的姿势翻身入水。但是才潜下去几分钟，老先生就浮上来了，急救无效，死在岸边。

后来发现不是老先生潜水的技术有问题，是他的潜水装备太久没用，老化破裂了！

鳄鱼先生之死

另一个消息是，闻名世界的澳大利亚鳄鱼先生史蒂夫·欧文（Steve Irwin）拍摄海洋生物影片时，他游在一条鱼的上方，鱼不知为什么突然转身，就在那一瞬间，鱼尾后面的尖刺扫向史蒂夫的胸口，竟然不偏不倚刺入了史蒂夫的心脏。

史蒂夫用手拔出毒刺，鲜血染红海水，接着就断了气。

消息传出，举世震惊。天哪！史蒂夫这位号称非但能驯服鳄鱼，而且对付过无数剧毒蛇蝎的专家，怎会莫名其妙地死在一条鱼的刺下？

鱼的刺虽然有毒，一般刺伤也不会太严重，问题是史蒂夫怎么会那么巧被刺进了心脏！

牙齿的多米诺骨牌倒了

这故事让我想起小时候，总见母亲在下午的阳光下做针线活，每次缝完，都很有技巧地用针挑着线，连着转几下，再一撸一拉，打个结，接着用牙轻松地把线咬断。

“妈什么都不好，就牙好！”每次我母亲都得意地说。

问题是后来有段时间，她总去看牙医，也总怪自己爱用牙咬线，说一次不知怎的，没使对力，伤了一颗牙，从此满口的牙全出问题了。

铁胃也会生锈

也记得我少年时学画国画，一间画室由胡念祖和喻仲林两位老师各在一边教学生。

我虽然跟胡老师学画山水画，但是常分心听另一边的喻老师讲笑话，印象最深的是好几次听喻老师用他的山东腔得意地说：“我什么都吃，就秤砣不吃！”

喻老师才六十岁就过世了，得的是胃癌。

登山老将的磨损

前两年跟几个朋友去台北近郊的九份游览。从山下的市街一路往上爬到山顶。

多高啊！我站在山头看下面的九份山城，还有远处的太平洋。再往右看，发现远处有一座更高的山。我说不知那是什么山，同行的一位朋友立刻说，那山他早爬过，没什么稀奇。当大家表示佩服的时候，他得意地一笑：“台湾岛的高山我爬遍了，我天生一双好腿，一点都不费力。”

今年我回台又碰上那位朋友，拄着拐杖，说他膝盖磨损，换了人工关节。

天可怜见吗？

我自己也一样，自从“9·11”世贸大厦被毁，接下来十多年，纽约都没什么自然灾害。就算气象预报说有什么大风大雪，到了纽约，也好像会特别绕道过去。所以我常说天可怜见，自从“9·11”，纽约就没天灾。

只是才说没多久，就来了飓风，海水倒灌把曼哈顿南边都淹了，整片住宅被毁，停电半个多月，汽车连油都加不到，单单我家就倒了五棵大树。而且才把树清理完，又来了超级大风雪。

吃烧饼哪能不掉芝麻

中国人常开玩笑“说嘴打嘴”，洋人也爱讲“绝不说绝不（never say never）”，连基督教《圣经》都讲：“不可指着天发誓，因为天是上帝的宝座；不可指着地发誓，因为地是上帝的脚凳。”在西方如果不小心说了“绝话”，譬如讲“今天因为我出来，所以天气变好”“我从来不生病，十几年连感冒都没有过”，人们会迷信地立刻用手指敲木头，表示“悔过”。就算说的人不悔，四周人也会要他敲木头。

可不是嘛，吃五谷杂粮，谁能不生病？人非圣贤，谁能无过？人有乱步，马有乱蹄，吃烧饼哪能不掉芝麻？

我总看见说嘴打嘴的人，甚至是“立即报应”。才说自己开车总不出问题的，出门就碰车祸。

我后来想通了！世事的概率差不多，好比把绿豆和红豆，一比一倒进桶子里，再搅匀了，闭着眼睛一次拿出三颗豆子，很可能全是绿的或红的。但是如果一次抓出一大把，再数，比例就差不多了。

一个人再强壮，能永远不生病吗？当感冒流行，身边一个个全感染了，你没感冒，能得意地讲自己厉害吗？

很可能你才夸下海口，就染上感冒，因为照概率也该轮到你了。

不可妄自尊大

“说嘴打嘴”还有个原因，是如同前面提到的潜水老将，当你自以为是的时候，常会得意忘形；当你自认为是专家的时候，常会跳过该有的检查程序；当你连小病都没得过，小车祸都没碰过，常会放松戒备。

所以小病不断的人可能次次过关，很少生病的却一倒不起；旱鸭子能够平安无事，浪里白条却被活活淹死。

人生百忌——忌把话说绝，忌自以为是，忌妄自尊大！

举着枪做慈善

说几个故事给你听。

有一天，我为某公益团体去找位企业家朋友募款。原本以为他会一口答应，没想到他叹口气，接着苦笑："那个公益团体一定不知道你来为他们募款对不对？要知道，你可能帮了倒忙啊！"

我说："他们确实没托我，是我自己觉得有意义，来告诉你。怎么说帮倒忙呢？"

他指指我拿去的资料："我早注意到他们这次的活动，今天上午才主动捐了笔钱过去。"

我说："太好了！"

他一笑："不是太好了，是好险哪！如果我还没把钱捐出去，看到你来募，就不会捐了。"

我有点诧异，也有点不悦。

"你先别不高兴，如果你是我，就懂了。"他拍拍我，"其实很多企业都这样。为什么？为了减少困扰！你想想，如果有人来募款，你就捐，捐得完吗？当然有捐的有不捐的。这下问题来了，你凭什么标准捐？又凭什么不捐？那些团体开始质疑，甚至说得很难听，是不是有关系的、有上面交代的你就捐？搞不好，能帮你造假账逃税的你才捐？结果听了一堆闲话，惹了一堆麻烦。所以我后来定个原则是资助哪里完全由我们自己发现、自己决定，只要有人来说项或说三道四，原本打算捐的也不捐。"

拿着枪发救济物资

不知道你有没有看过冯小刚的电影《一九四二》，片子里当救济物资运到灾区时，居然由举着枪的士兵监督发放，必要时还开枪。

或许有些观众会责骂："天哪！这是救济吗？搞不好还开枪伤人呢！"

说得没错，当秩序失控，确实可能对人开枪。

为什么？为了救命！

救命是要讲究方法的。

救个溺水的人，你可能得绕到他背后，从后面抓住他，把他往岸上拖。如果你从正面过去，已经意识不清的他，可能把你狠狠抱住，结果两人一起沉下去淹死。

发放救济物资的时候，一群人拥来，争先恐后地又抢又哭又喊，没有人排队。你还没松手，手里的东西已经被抢走；你给了左边的，右边的就抓狂。结果是群众一哄而上，有人抢了一堆，有人一样也没有，没有的人又去抢别人，明明救人却可能先死了人，搞不好连你自己都被踩死。

再举个简单的例子，如果你把运水车开进久旱的地方，一群渴得将死的人冲过来，他们容得你一瓶一瓶、一杯一杯，或一点一点给水吗？

除非你用严格的方法发放，只怕那运水车先被推倒、砸裂，结果谁也喝不到。

连你在沙漠里拿水壶给单独一人喝，都要小心，否则他将水壶一把抢过，急着往口里灌，水已经很珍贵了，居然还喝一半洒一半。

所以发救济物资，先要把秩序维稳，不得已时宁可用强力的手段。碰到失控，甚至得先退出那个地区，控制好，再重新进入。

"给的"变成"欠的"

再举个例子。有位很慷慨的大老板，每年都把相当多的利润作为年终奖金。

员工对老板打心底爱戴，尤其将近年底的时候，个个碰到老板都特别奉承。

大老板有一天想，反正每年都从收益里分出一定比例做奖金，干脆告诉大家是怎么算出来的，这样比较透明，员工也比较能早点算出大概有多少奖金好拿，及早做财务规划。

可是从计算方法公布那天起，员工们的表现就不一样了。很多人抱怨原来比例那么少，老板自己留那么多，不断要求提高比例。

更麻烦的是员工开始“盯着”财务报表看，甚至怀疑公司做假账。突然间，老板发现全体员工都成了自己的债主。原本年终奖金是老板高高兴兴“给的”，现在却变成乖乖溜溜“吐的”。

情义变成利益

亲人间也一样！

举个很普遍的例子，有些父母叫孩子帮忙洗碗，还给奖励，洗一次多少钱。

没错，孩子确实可能比较有意愿了。但孩子是家庭的一员，父母那么辛苦，他们帮忙洗碗是应该的。为什么许多孩子才洗完就伸手要钱？再不然他们记账，隔一阵跟爸妈“结一次账”：“我这个月洗了 ×× 次，一次多少钱，拿来！”

父母是不是变成欠孩子的？

不患寡而患不均

更严重的是财产分配。

我认识一对没有多少积蓄的夫妻，住在三个孩子中最富有的一个家里，某日无意中对那孩子说：“我死了，我那点钱反正你也看不上，就都留给比较穷的老二吧！”

非但供养他的孩子听了不高兴，连另外一个也不是滋味：“爸妈确实没多少积蓄。问题是，可以先平均分配，我们不要，再给老二啊！”

为什么不高兴？因为不平则鸣，这世上有不少老人家就因为不懂这一点，落得晚景凄凉。

孔子说得好:“不患寡而患不均，不患贫而患不安。”

不均会造成不平，不平会引发争斗。

结果寡变得更寡，贫加上不安。

这道理可以用在治国，也可以用在治家，甚至可以用在我们每一天的处世。

愈是拥有权势和财力的人，愈要注意分配的方法，免得弄巧成拙，非但美意变了质，而且把“给的”变成“欠的”，把喜剧变成悲剧。

人生百忌——忌不会给!

习惯也会要命

说个黑色笑话给你听。

有个江洋大盗要问斩，刽子手生病请假，监斩官临时找个屠夫代班，心想反正都是杀嘛，屠夫也成。

屠夫来了，拿过大刀，先在死刑犯的脖子上刮，刮了半天，一笑：“错了！今儿不是杀猪。”

剃头

有个人学剃头，师傅让他用冬瓜练习，冬瓜有毛，皮又嫩，跟人脸差不多。

过一阵，徒弟技巧熟练了，师傅说：“成！今天让你上场试试，给我剃！”

徒弟两三下剃完了，得意地说：“师傅！好了！”啪！顺手把刀插在了师傅头上。

新婚

妓女从良，找个嫖客结婚。新婚第二天一早，丈夫起床穿衣服，掏出五百块留在床上。新娘子半睡半醒，伸手把钱抓过，塞在枕头下：“再来啊！”

小鸟天天在练飞

这三个笑话“笑”的是什么？

笑的是习惯。

习惯！习惯！看这两个字就知道。

“习”（習），上面是“羽”，下面是“白”，小鸟每天张着翅膀练飞就是习。

"惯"，左边是"心"，右边是"贯"，一心如贯，不用想就直接做！

你开车开习惯了，不用想就知道上路靠右开，转弯之前打转向灯，换挡之前踩离合器。问题是，如果你今天去香港，又换开自动排挡的车，你的习惯可能就有了麻烦。

为什么？因为同样是汽车，同样是马路，你有习惯，却又不习惯。

有习惯又不习惯最危险

一九八九年，一架客机从花莲飞台北，天黑了，不知飞过几百趟的机长照旧起飞之后左转。才升空，副机长疑惑地问机长："左转还是右转？"机长正犹豫，机头的警报已响，接着撞上山，死了五十四人。

二〇〇〇年，一架客机从桃园机场起飞，当天风雨、视线不佳，飞机快速进入跑道滑行，突然发现前面有修护工程的机具和水泥阻拦，紧急拉升来不及，造成了空难。

都是有名的航空公司，也都是资深的飞行员，为什么会那么糊涂？

也就因为他们飞这条路线习惯了，以为一切照旧，没想到当天换了跑道，造成致命的错误。

习惯是我们练出来的，好习惯使我们有效率，让我们不用花什么脑筋就能把事办好；但是也因为没用脑筋，造成许多问题。

想想，如果是新飞那两条线的驾驶员，他们起飞前会不再三确认跑道吗？

坏习惯，烂表现

坏习惯更甭提了。如果你平常在家，抠鼻屎之后都闻一闻，还抹在桌子底下，习惯成自然，你会不会有一天当着众人也这么做？我就见过一位出版公司的老板在记者会上这样失态。

还在电视上看过一位名演员接受访问，话说一半，抓头。这本来没什么了不得，人人都可能摸头抓痒痒，只要不过分就成。问题是这位女明星在抓头之后，还弹弹手指。

相信抓完头把指甲里的头屑弹掉，是她一系列的习惯动作，糟在她没想到那天是当着主持人和千万观众。

确实无心，实在抱歉！

习惯也会产生无心的过失，譬如你要写东西，摸口袋没带笔，于是跟朋友借，写完顺手一插，别人的笔进了你的口袋。

又譬如你总单独一个人坐在汽车的后座。这天有人跟你同坐，你先下车，搞不好顺手关门，哎哟！正好打到后面的人。

手比心还快

你愈在慌乱的时候，习惯愈会出问题！

今天你回家，没开门就闻到煤气味，急急把门打开，很习惯地伸手开灯。

轰！开关引起的火花正好点燃煤气。

很可能你按下开关的时候已经想到，也可能你先想到了，却没能拦得住自己已经伸向开关的手，结果送了命。

愈不能错愈犯错

我们也常在交通电台的广播里知道，有人为了给家人治病，出去凑钱，好不容易凑足了，坐出租车赶去医院，开车门就往急诊室冲，进去才发现钱忘在了车上。

我也犯过同样的错，有一次跟太太由台北飞纽约，随身带了最重要的画作。出门前叮嘱太太:我很糊涂，千万帮我看着，别忘了拿这卷画。太太说好。

我们到机场，过海关，进贵宾室，都小心拿着那卷画，还把画夹在两人坐的沙发之间。

登机了。我们快步走到登机门，进入空桥，突然后面有人叫。原来是“华航”贵宾室的小姐，手里拿着那卷画。

事后我跟太太检讨，只怪我们每次旅行，随身都只带一个小手提行李箱，习惯了。所以一听说登机，拎起箱子就走，完全没想到那天多带了一件。

血淋淋的习惯

更常发生的是例行生活中的不例行。

孩子同学的家长说临时有事，拜托你顺便接他孩子。没问题！你一口答应，写在本子上，心里叮嘱自己别忘记，开车到校门，儿子跳上车，你照例问，考试还好吗？一路开一路训话，进家门了，看到桌上的记事本，大吃一惊，朋友的小孩呢？你居然忘了！

盼了一整年，两岁的孙子总算来了，爷爷早早就下班，先开车去买冰激凌，怕融化，急着赶回家，心里浮现孙子的笑脸。照例转进家里的车道，平常总是空空的车道上怎么有个小黑影？紧急刹车，砰，已经撞上了！

幼儿园的娃娃车到校，十几个娃娃照例各自跑进教室。上课了，有个孩子没来，老师打电话去他家，没人接。下午总算打通了，家长说，不是上学了吗？老师急了，问司机，司机说没看到啊。赶到停车场，打开车门，娃娃睡在最后一排的座位上。酷晒一整天，来不及了！

愈是习以为常的事，愈在非常的时刻，愈得随时警告自己：小心自己的习惯。

人生百忌——忌习以为常！

别让内人变外人

常听说某太太跟丈夫吵架，提着箱子，门一摔，回娘家了。现在就说个提箱子摔门的故事。

有个老婆总是一吵架就回娘家，非丈夫去求，绝不回头。

某日两口子又吵架，太太照例提起行李，冲向大门。但是当她打开门，又犹豫了，把门狠狠一摔，坐在箱子上生气。

这时候没见丈夫追出来，却听见他在里屋打电话："亲爱的，你快来！黄脸婆又滚了！"

出走漂亮，回头难堪

这个故事揭示了什么？

揭示了离家出走多半没好处。

第一，你离开的是你的家。你是主，为什么离开？除非你存心想把家让给别人。

第二，你生气离家，你另一半气不气？如果他不追出来拉你，你走不走？他不气，你气，你亏不亏？

第三，如果你走了，他不去你娘家找你、求你回去，你是不是会愈想愈气、愈等愈急？到最后你受不了，只好摸摸鼻子自己回去，再不然由你老爸老妈出面打圆场，把你送回去。你有面子吗？

更麻烦的是，你走的日子长了，你丈夫甚至孩子适应了。当你打电话回家，孩子爱理不理地，还说就要跟爸爸去游乐场、吃麦当劳，接着把电话挂了，你是何感觉？

烂摊子自己收

别以为离家出走是女人的专利。我有位男性的朋友，也负气出走过。

他连自己公司的事都不管了，从纽约市一路开车北上，开过美加边界，到多伦多找他妈妈，还一路打电话给朋友们诉苦，搞得大家出面劝架，天下大乱。

妙的是，他太太很平淡："不知道啊！他生气了吗？"

结果他才到"娘家"就后悔了。是啊，公司一堆员工怎么办？只好又坐飞机回纽约上班。

车呢？

找人由加拿大开回纽约，据说花了不少钱。

事后他对我说他学乖了，再气也不能离家。跑得了和尚跑不了庙，何况庙里还有一堆小沙弥。

太阳照样出来

除非打仗，你实力不够，撑不住，不得不放弃自己的堡垒，等养足了力气再反攻。家既然是你的，你凭什么退出去？就算你不愿意跟"他"同床，而自己去睡客厅，也能在屋檐下宣示主权啊！

同样的道理，你在单位里就算有什么不高兴，也最好别以负气出走，或请长假的方式表达抗议。

你出走，或许跟"太太出走"的心理差不多：你们不是觉得我不重要吗？好！我把摊子留给你们，看你们怎么应付！

也确实人家会一团乱，发觉没了你，真麻烦！问题是，即使纽约世贸大楼，"9·11"一百多层被炸成一堆，都能一点一点清干净，原址再建一栋更结实更漂亮的起来。

你的烂摊子会永远烂在那里吗？

于是一天天不烂了，渐渐有人接手了，搞不好理出头绪，还找出许多你的错。

那些不能一天没有你的同事，由一开始的求你回来，到不再急着找你。只怕他们渐渐还会想：你神什么？以为我们非要你不行吗？

当有一天，如同待在娘家终于憋不住的太太，你提着行李回家，看见屋子整理得干干净净，大人孩子白白胖胖，个个穿得漂漂亮亮的时候，你反而成为多余的局外人了。

可以示威，不能造反

狗为什么到街上会四处撒尿？它每次只尿一点点，目的是告诉别的狗那是它的地盘！

人为什么从小爱贴贴纸、盖小印章，大了还会旅游刻字（坏行为）、刻石、涂鸦？也有“此地我来过”，占地盘的意思。

连小花小草都各占一块地，把根扎进去。

人生天地间，更要有自己的立足之地，除非迫不得已，不可放弃。

所以即使你有一天跟另一半生气，策略性地回“娘家”；或在办公室里不高兴，装病请假，好让大家知道你的重要，也一定要掌握“度”，见好就收，别搞得歹戏拖棚。

人生百忌——忌负气出走；就算走也不能走太久。

后记

有些话不吐不快

本辑写成，我太太照例是第一个读者，看完，她说："比前两辑更辣，有点像一把刀子插下去。"[①]接着一笑，"大概因为起初以女儿为目标，现在女儿比较练达了，所以你说得更凶悍。"

我问她："凶悍归凶悍，讲的是不是实话呢？"

"是实话！"

"对！"我说，"人生百忌，忌不说实话！也忌不会说实话，我只是以迂回的方式说实话。"

既然是实话，就一定要感性。

譬如在《不输阵也不忘本》里，我说："在得意人前可以摆场面，不输阵；在失意人前能够有宽厚，不忘本。达到这两点，做人至少成功了一半。"

在《拼命半辈，陪葬一生》里，我说："孩子自爱，让大人少担忧，是爱父母。父母自爱，别让孩子没爹娘，是爱家。老人自爱，免得年轻人操心，是爱子孙。领袖自爱，保持身心的最佳状态，是爱全民。"

本辑中也谈到礼貌习俗——

譬如"忌死不认错""忌晚退""忌不敲门"，单单看这些"忌"，就知道那是讲礼貌。因为许多今天的规矩，跟旧时代有差异。譬如以前认为与

① 《人生百忌（新版）》由三个先后出版的单本重新编排顺序后构成。

人有约，愈早到愈显得有诚意，现在大家都忙，你提早，别人没准备好，反而失礼。凡此，我都做了细细的分析，甚至在我的腾讯和新浪微博里做过“民调”，支持我的看法。

当然，我的处世书一定辣。不是我要辣，而是因为这个社会太辣，我只是把真相呈现。

譬如在《庙小妖风大，池浅王八多》里，我说：“如果你不愿同流合污，最好……立即求去。而且即使离开，也最好少说！何必呢？证明你聪明？你干净？你明智？你能早早脱身？至于别人，还在那浑水里混……王八多、池浅，更得抢水喝；妖风大、庙小，正好有时间飞出去造祸。你犯得着惹那‘小庙里的大妖风’吗？”

在《举着枪做慈善》里，我说：“不均会造成不平，不平会引发争斗……结果寡变得更寡，贫加上不安……愈是拥有权势和财力的人，愈要注意分配的方法，免得弄巧成拙，非但美意变了质，而且把‘给的’变成‘欠的’……”

我也在《不是不报，时候未到》《拖出去乱棒打死》里面说，有些时候你斗不过或不屑浪费时间斗下去，就隐忍一下，暂时认栽吧！甚至很讽刺地写：“而今你去告发了，大家也知道了。如果那‘浑蛋’不滚，谁得滚？……搞不好……你，卷起铺盖默默离开了。走到门口，后面还飞来一只鞋和一片笑声。”

本书里还有数篇文章谈到医疗。我以前曾经亲自“下海探查”，甚至“以身试医”。在这儿只是掀起医疗界黑暗的一角，提醒大家小心，或纠正错误观念。

我无意与医界为敌，搞不好改天自己“身上麻烦”的时候，反而“麻烦上身”；也无意与“直销补品”的朋友为敌，倒想建议他们：“如果直销的补品卖不掉，宁可送掉扔掉，也别自己全吃掉，免得早早挂掉！”

没错！这一辑我写得很“损”，也有些无奈。但我要讲的是实话，不是放空炮。既然写给大家做处世的参考，我不能只画彩虹不画乌云。

所以我希望大家在看到这些让人牙痒痒的情节时，别忘了那是“反讽”，是“诡文谲谏”，是用迂回的方式说出我的愤懑，以及对这社会积极的期许。

最后，我要引用《臭鳜鱼应该是香的》中的一段：

“我们有太多时候，以最初的印象当作终身的判断，没能给对方再一次的机会，也让自己失去机会。……人生百忌——忌主观地以偏概全，以一时的成败论英雄，以早年的印象论永远！”

让我们一起努力，先保护好自己，再设法化腐朽为神奇，使这个世界更美好。